月光照在撒哈拉

刘笑嘉 著
LIU XIAOJIA

MOONLIGHT IN THE SAHARA

北京出版集团公司
北京出版社

图书在版编目（CIP）数据

月光照在撒哈拉 / 刘笑嘉著. — 北京：北京出版社，2019.10
ISBN 978-7-200-15151-0

Ⅰ. ①月… Ⅱ. ①刘… Ⅲ. ①游记—作品集—中国—当代 Ⅳ. ①I267.4

中国版本图书馆 CIP 数据核字（2019）第 213957 号

月光照在撒哈拉
YUEGUANG ZHAO ZAI SAHALA

刘笑嘉 著

*

北 京 出 版 集 团 公 司   出版
北 京 出 版 社
（北京北三环中路 6 号）
邮政编码：100120

网　　　址：www.bph.com.cn
北 京 出 版 集 团 公 司 总 发 行
新 华 书 店 经 销
三河市嘉科万达彩色印刷有限公司印刷

*

880 毫米 ×1230 毫米　32 开本　7.5 印张　224 千字
2019 年 10 月第 1 版　2019 年 10 月第 1 次印刷

ISBN 978-7-200-15151-0
定价：49.80 元
如有印装质量问题，由本社负责调换
质量监督电话：010-58572393

How do you tell a good writer from an ordinary one? Anyone can write about life in Paradise, only a good writer can make us want to share their life in Hell, their bad days, their difficult travels. That's why I look forward to Liu Xiaojia's books. I love her descriptions of her good days, but I love her bad days even more.

——Bill Porter

如何区分一个优秀作家和一个普通作家？任何人都可以写天堂里的生活，只有优秀的作家才能让我们想知道他们在地狱的生活，他们糟糕的日子，他们艰难的旅行。这也是我期待刘笑嘉的书的原因。我爱她对美好时光的描述，但我更爱她对糟糕日子的描绘。

——比尔·波特

序

这是我一生之中最热的夏天

没想到有一天，我竟然靠流鼻血而扬名海外。

短短几天时间，我就在撒哈拉沙漠中的这座城市——瓦尔格拉（Ouargla）很有名了。伊萨姆的家人和朋友每天见到我的第一句话都是"萨朗姆[1]"，第二句就是："你又流鼻血了吗？"我知道将来他们提到我时会怎样描述："嘿，你还记得笑嘉吗？就是那个很傲慢的鼻孔朝天（因为天天流鼻血，只好总仰着头）的中国女孩。"

我想你一定认为我疯了。人人争相避暑的夏天，我竟然去了世界上最热的地方——撒哈拉。

7月下旬的第一天，我到达了这座撒哈拉中的城市——瓦尔格拉。就在我到达的第一周里，这里成为整个地球表面的城市中，最热的一座。7月24日，也就是我到达的第四天，这里的地表温度达到了76.9摄氏度。不仅是地点，连时间都选得这么完美。这都要归功于我的柏柏尔好友伊萨姆，他土生土长于这座"热城"，现在在北京读博士，选择这个时间回国是因为放暑假。

每个阿尔及利亚人都知道，他们有两个首都：一个是阿尔及利亚地图上被标注最大圆点的阿尔及尔，另一个就是眼前这座瓦尔格拉——他们视它为撒哈拉的首都。

---

[1] 萨朗姆：常见的阿拉伯问候语，意思是"祝你平安"。

阿尔及利亚属于北非，也就是撒哈拉以北，是个白人比黑人多的非洲国家。北部沿海城市几乎都是白人，越往南，也就是越深入撒哈拉，黑人才逐渐多起来。瓦尔格拉则刚好位于国家的中心，这个中心指的不是地理位置，而是城市密集程度与不同肤色的人种分布程度。瓦尔格拉以北城市密集，以南则城市稀疏。在瓦尔格拉的街头和伊萨姆的家族里可以看到黑人、白人、"巧克力"、"咖啡"、"咖啡牛奶"……总之除了黄种人，什么肤色都有了。而我的这位朋友伊萨姆，是整个家族里最黑的。同时，他也是整个家族里最严格的穆斯林，留着一脸大胡子，每周一和周四都要斋戒。

我的到来，在这个家族，甚至整座城市引起了轰动。因为我是这里唯一一个在街上闲逛的黄皮肤，也是唯一一个不戴头巾就敢出门的女人，甚至，我是近年来这座"热城"唯一的长途旅行者。

这是我自25岁迷恋上独自长途旅行后，最特别的一次旅行。这是一段怎样的时光，我一直无法找出一个合适的词来形容。我在这个一半撒哈拉、一半地中海的国度里，与11个柏柏尔成人、5个孩子、12只猫和1只乌龟一起度过了一个半月，除了在这座撒哈拉中的"热城"生活，一起过一年中最盛大的穆斯林节日——古尔邦节，我们还开车在地中海沿岸旅行。有时，我甚至觉得自己也是这个家庭中的一员，也是在这个北非国度出生、长大的。

目录

Chapter 1
初入撒哈拉

西飞 / 2

热城之夜 / 8

北非大宅门 / 12

沙漠下午茶 / 19

午夜足球 / 27

占领地球 / 30

热城之昼 / 35

人人都精通数门外语 / 43

最重要的一项活动 / 52

吃不胖 / 61

这里没人谈恋爱吗？ / 67

真人动物园 / 76

沙漠月圆夜 / 82

女人的时间 / 89

男主人终于出现 / 98

Chapter 2
一念烦恼生

我是老外，麻烦的老外 / 104

头巾与偏见 / 115

去动物园预习当妈 / 120

Yallah! 去买鱼 / 125

倾盖之交 / 130

我的选择总是对的 / 136

度过一生很容易 / 141

我们不上班 / 147

下辈子见吧 / 151

离开奥兰 / 156

有水就开心 / 160

梅莉姆 / 168

Chapter 3
不想说再见

儿女成双 / 172

在全世界最热的地方被冻伤 / 175

我们都曾经是猫 / 180

为婚礼定做衣服 / 185

今天没饭吃 / 189

古尔邦节 / 193

节日快闪串门法 / 198

这才是中国茶 / 203

分开旅行 / 210

姆妈说嫁给伊萨姆吧 / 214

一不小心挑战了底线 / 220

最后一天，前途未卜 / 224

后记：你根本没有借口 / 229

Chapter 1

初入撒哈拉

生活确实是可以毁掉一切你对浪漫的幻想，于是你想尽一切办法要摆脱它，你跑得远远的，跑到与你的生活完全不同的地方，跑到撒哈拉。可你发现，正是这无用的生活构建了你的世界，它无处不在，就像撒哈拉的沙子。

西飞

"'关系'在我们国家很重要",这一点我在阿尔及尔一下飞机就感受到了。伊萨姆的朋友是机场海关工作人员,他带领我们大摇大摆地越过所有排队的人,径直走到一扇专门为我们而开的"边门"前,将入境卡递到我手中。卡上竟然没有英文,只有阿拉伯文和法文。根据以往的入境经验,再加上法文跟英文本属近亲,大致能够猜到每项空格需要填写什么,只是,如果我填了英文,是否真的能被看懂就不得而知了。还好,伊萨姆是个精通5种语言的家伙,阿拉伯语又是他的母语,自然是三下五除二就帮我填好了。海关人员把我的入境卡和护照拿走后,我只打了两三个哈欠,护照便已回到了我的手中。我忍不住又望了望玻璃门外排着长队等待入境的人群,这真是个比中国还讲关系的国家。

我们只有两个小时时间转机,并且需要二次托运行李。我们有一个坏消息和一个好消息。坏消息是从北京飞到阿尔及尔的国际航班晚点了，好消息是从阿尔及尔飞到瓦尔格拉的国内航班几乎没有不晚点的。于是，我们非常从容地下飞机、过海关、等行李。与我们同一趟飞机的还有伊萨姆的两个朋友——珐哈和阿里，他们都是在北京留学的博士。我们一起过的海关，一起在转盘处等行李。

来阿尔及利亚之前，我对这里几乎一无所知。这个国家的国土面积居非洲各国、地中海各国和阿拉伯各国之首，全球排名第十。这仅有的可怜的知识也是我临时百度来的。甚至连知道它的邻国是突尼斯都是因为动身前一周参加马来西亚古晋的热带雨林音乐节，认识了一个来自突尼斯的乐队，聊天的时候我说起自己马上要去阿尔及利亚，他们说那里离我们不远，欢迎来突尼斯看一次我们的表演。

一个月以前，伊萨姆说："我要回国过暑假啦，想邀请你同我一起去我的国家——北非的阿尔及利亚，我的城市在撒哈拉沙漠之中。"

每当伊萨姆谈起自己的家乡，他总会给人一种错觉，像是一个国王在谈论自己的王国。据他自己说，北非历史上确实曾经有过叫"伊萨姆"的国王。每个阿尔及利亚名字都有固定的含义，"伊萨姆"的含义是"独立"。伊萨姆没有白叫这个名字，他确实做到了这点，而且简直是个励志典范。他的母语是柏柏尔语和阿拉伯语，同时他可以流利地听说读写英语和法语，只学了8个月汉语后，就已经可以用汉语日常交流了。我甚至不能当着他的面说他任何坏话，因为他完全可以听懂。他一边读博士一边在某跨国互联网公司工作，还是健身房动感单车教练，一家针对外国留学生提供服务的旅游公司的导游，一家留学生职场培训公司的员工。就这样还没把他给"忙死"，作为一个虔诚的穆斯林，他需要雷打不动每天做5次祷告，每周一和周四斋戒。除此之外，这个家伙还有空跟朋友踢球、聚会、旅行，世界杯也没有落下，候机时他曾掏出手机说来一盘《王者荣耀》吧。写到这里的时候，我不得不找了个角落蹲着自卑了好一会儿才能继续写下去。请问像我这样平庸又普通的人怎么才能跟这位哥们儿一样轻松而愉快地生活呢？

现在，我努力回忆当时，只想到了一个句子可以形容我答应他时的内心活动："老子信了你的邪！"其实，我什么内心活动都没有，居然是想都没想就说好。我这个人有时候头脑简单到令自己都格外震惊加分外难以理解。

阿尔及利亚这个"高冷"国家的驻华使馆官网上明明有旅游相关页面，却没有办理旅游签证的页面。伊萨姆让他的妈妈给我写了一封邀请函，担保并负责我在阿尔及利亚的一切行动。于是，我用一张一个字都不认识的，写满法文和阿拉伯文的邀请函，顺利获得了这个神秘国家的签证。

这是最仓促的一次行前准备，差不多什么也没准备。拿回护照的第二天，我先飞到马来西亚参加热带雨林音乐节。这一年的7月和8月是我的"清真月"，我将几乎所有时间花在了前往两个伊斯兰国家的旅行上。从吉隆坡飞回北京，我只有24小时的时间回家洗个澡、睡个觉，再换个更大的行李箱。从世界上最开放的伊斯兰国家到相对保守的阿尔及利亚，我需要把所有短裤、短裙都换成长裤、长裙。我没忘抽空在微信群里跟朋友们开玩笑："即将进入北京最热的季节了，留守北京的兄弟们挺住啊，我先撤了——撤到更热的非洲去。"

直到登上了阿尔及利亚航空公司的飞机，我才知道那个印在机票上的座位号不过是个一本正经的玩笑——座位是随便坐的，这令飞机机舱看起来和长途大巴差不多。面对一脸茫然的我，伊萨姆耸了耸肩，摊开双手说了一句："欢迎来到阿尔及利亚！"今后无论在阿尔及利亚遇到任何有趣的、奇葩的或是不靠谱的事，他总是用这句话来做总结。

当我们终于在空姐的帮助下找到两个并排的座位后，伊萨姆拿起手机给我俩来了张自拍合影。欣赏照片时，伊萨姆用一种分外惊奇的口气说："咦，我怎么这么黑！"好像这是他这辈子第一次自拍一样。除了精力旺盛，伊萨姆的另一个优点就是幽默，而他幽默的灵感大多源于"自黑"。

行李转盘突然停住了。"它累了？"我指着转盘用汉语天真地问。伊萨姆和珐哈都笑了，他们把我的话用阿拉伯语翻译给周围的人听，大家都被逗乐了。在我们等待行李的一个半小时中，转盘一共"累"了两次，4个人拿齐6个箱子，比集齐七龙珠还难。突然觉得"走捷径"入海关，似乎没有多大意义。

拿到行李后，伊萨姆跟我说的第一句话是："赶快去厕所换上长裙吧。"

伊萨姆告诉过我，阿尔及利亚的北部沿海城市还算开放，越往南部沙漠地带深入，人越保守。

我是穿着普普通通的短袖和短裤（比热裤长整整10厘米那种）上飞机的，机上的空姐、空少经常往来于阿尔及尔与北京之间，想是看惯了北京街头的各种吊带、热裤、迷你裙，我的穿着并没有使他们多看我一眼。就是那么微妙，飞机刚一在阿尔及尔落地，舱门都还没有打开，空少盯着我大腿的眼神儿陡然变了，害得我赶紧低头看了看自己——还是那身普普通通的短袖和短裤，可是透过他的目光，我几乎快要肯定自己什么也没穿了。

我从行李箱中抽出一条在柬埔寨买的三浦[2]，向最近的厕所走去。在我去厕所的路上，所有人都在向我行注目礼，其实他们在我等行李的时候就一直在看我了，但是我也没辙啊，看就看吧。

围上三浦后，从厕所走出来，我感觉好多了。那片布帮了我大忙，让我从"赤身裸体"调到了正常的频道上。

"伊萨姆，如果我在南部沙漠地带穿短裤出门会怎样？"

"人们会用石头打你呀。"

"你不会救我的，对吗？"

"对啊，警察也不管的。"

在北京时，有一次他说他饿得快晕了。我说那咱们赶紧去吃饭吧，如果你真的晕倒了，我一定把你丢在大街上，也不会叫警察来帮你，因为你太重了。没想到这个家伙记仇记到现在。

2　三浦：一片印花布，可以围在腰部以下当作裙子，属于柬埔寨女性传统服饰的一种。

"男人穿背心短裤也会被石头砸。"伊萨姆看着刚刚在无袖背心外套了一件短袖的阿里,补充了一句。

"那你第一次到北京的时候,看到满大街的姑娘穿着短裤、短裙,是不是眼睛都不够用了?"

"当然没有啦。我17岁就离开沙漠到海边城市上大学啦,见过穿比基尼的姑娘。"伊萨姆有点小骄傲地说。

伊萨姆和珐哈的着装没有任何变化。伊萨姆还是短袖加及膝短裤(他的短裤可比我的长多了,属于特别安全那一种);珐哈无论在阿尔及利亚还是中国,都恪守着穆斯林女性的着装准则——长袖上衣、长裤,一丝不苟地用头巾包裹住头发、双耳和脖颈,只露出整个脸庞。珐哈是位漂亮的白人姑娘,有着挺拔的鼻梁、单薄的嘴唇和纤细的手指。"珐哈"的含义是"微笑"。"你们的名字很像呀,都是笑的意思。"伊萨姆介绍我们认识时说。半个月后,我住进了她在海边的家,一起嘻嘻哈哈笑了好几天。

我们与珐哈、阿里告别,前往2号航站楼转乘飞往瓦尔格拉的飞机。一出1号航站楼就有两个清洁工小伙迎了上来,一个对我说"泥号(你好)",一个说"你标酿",我反应了半天才琢磨出来他说的是"你漂亮"。我立刻问伊萨姆阿拉伯语"谢谢"怎么说,然后现学现卖用一句"舒克浪"表达了我的谢意。他俩迅速脱下反光马甲跟我自拍,笑得那叫一个灿烂。

当我们拖着行李在路上走时,又遇到两个帅哥笑着跟我说法语,伊萨姆告诉我是"欢迎你来阿尔及利亚"的意思。

当我们坐定在2号航站楼中的一家餐馆后,一位上了些年纪的男人走过来用英语说:"你不记得我啦?我们在阿尔及利亚使馆见过呀。"作为一个长年患有严重脸盲症的患者,我能做的只有微笑和假装记起来了一切。

刚踏上阿尔及利亚的土地,我以为自己的病又多了一种"关系妄想症[3]"。仔细观察了机场的工作人员、其他乘客和餐馆的顾客两个小时后,我终于可以理直气壮地问伊萨姆:"为什么所有人都盯着我看?"

"因为这里的中国人经常不跟外国人说话,可是你居然跟我在一起,他们觉得很奇怪呀!"伊萨姆伸出左右两个食指,认真而俏皮地指着自己黝黑的脸。

原来,一片布改变的只是人们盯着我看的理由,并没有改变那个"盯"的动作。

---

[3] 关系妄想症:患者坚信周围环境的各种变化和一些不相干的事物,都与自己有关。常发生于被害妄想之前或与之同时发生,多见于精神分裂症。

热城之夜

启程前,伊萨姆跟我说过:"我的城市非常热。"

我对这个警告嗤之以鼻,熟练地翻了一个白眼:"我知道,姐又不是第一次去非洲。"

没想到,我还是小看了撒哈拉的热。

我至今记得刚刚抵达瓦尔格拉的感受。一出机舱门,一股热浪扑面而来,让人连眼睛都睁不开。它的热足以让任何其他地方来的人突然领悟,生命中以前遇到的全都不配叫热!我们抵达时还只是一个被夜幕笼罩的夜晚而已。

哦对了,睁不开眼这件事也有可能是困的,72小时里我好像只断断续续地睡过六七个小时。

整架飞机上只有三个中国人,另外两个是拿商务护照的一男一女。伊萨姆说像我这样不是来工作而是来旅行的中国人非常罕见。行李还没拿到,我的护照就被收走了，我也被带到一间小小的办公室里。三位又高又壮的男士——两名海关工作人员和一名警察，他们显然也意识到了我属于"罕有物种"，对我格外感兴趣。他们给了我一张椅子，我乖巧地坐了下来。警察先生坐在我对面，两位海关人员站在我身后。警察先生首先发话，对我说了句法语。我歪着脑袋、眨巴眨巴眼睛。他们仨交换了一下眼神，立时会意我听不懂。

"You，he，阿米？"警察先生指指我，又指指门。门是关着的，我猜伊萨姆应该就站在门外。

我困惑地重复了一遍他说的最后一个词："阿米？"

警察先生挠了挠头，向另两位说了句法语，我猜是在问他们"阿米"的英文怎么说。两位都摇了摇头。

我大胆猜想他们是想问我们是朋友吗，于是试探着说了一个幼儿园英语词汇："Friend？"

三个大男人突然像被同时按下了什么开关，一个拍脑门，一个拍手，一个恍然大悟般张开双手，然后一起冲我猛点头，反复说着"friend"这个词，手舞足蹈，就差抱在一起欢呼了。

我"噗"地笑出了声，本来是警察在问我问题，我应该是点头或者摇头的人，现在角色完全颠倒了。本以为严肃的质询演变成了现在的样子，倒是让我更加喜欢这个国家的人们骨子里刻满的热情和欢乐。

由于语言障碍，他们放弃了向我提问，在欢乐的气氛中将护照还给了我。他们叮嘱伊萨姆，这位女士应该有一个保安，每天24小时跟着她，并向我说"阿尔及利亚欢迎你"。我问伊萨姆为什么我需要保安，瓦尔格拉很危险吗。他说没有他们说的那么夸张，他的国家的警察总是特别在意"老外"。

伊萨姆有三个行李箱——天知道他带了多少礼物回家，其中一个行李箱消失了，它挂在我的机票下。工作人员说可能落在阿尔及尔了，让我们明天再来一趟。

我坐在机场大厅的凳子上迷茫地环顾四周，眼前过往的不是蓝色制服的机场工作人员，便是着长袍、缠头巾的黑人或白人。虽然吹着空调，每一寸肌肤却仍沉浸在刚下飞机时被热到的震惊中。

我对伊萨姆说："怎么突然就到了这里呢？我直到现在还不太确定这是不是在做梦。"

"我也不确定，见到我的家人后我才能告诉你，我们真的来到了我的国家、我的家乡。"

话音刚落，他的三哥便出现在了我们面前。一同前来的还有两个瘦瘦高高的黑人。伊萨姆和两个"高人"开心地抱在一起，阿拉伯语噼里啪啦满天飞。那位三哥倒是很冷静，只是站在原地微笑着看看他们，再看看我。沉湎于老友欢聚许久不能自拔的伊萨姆终于想起了我，他介绍我叫"笑嘉"。三哥的名字对我来说太长了，不要说记住，就连念都念不连贯。高的那位叫迪多，更高的那位叫阿米涅，伊萨姆特地强调了一句："我们两岁就认识了。"一周后我才知道，阿米涅不仅是他的发小，还是他的表兄。

他们都将左手放在胸口，微微含胸，伸出右手与我相握。三哥只比伊萨姆大了两三岁，明明是个"九零后"，但他的面相和他沉稳、寡言的气质却像个中年人。身高足有一米九的阿米涅最腼腆，但凡与我对视，下一个动作都会是低头抿嘴。迪多身姿挺拔，双目炯炯有神，浑身散发着活力与自信，他是三人中英语最好的一个。

"你的中文全名是什么？"第一个开口的果然是最活跃的迪多。

"刘笑嘉。"

"啊哈，你的名字很像我们国家女孩的名字呀，阿尔及利亚女孩的名字几乎都是'啊'结尾。"

"男孩名字都以什么结尾呢？"

"什么都有，不过很快你就会认识很多个迪多、很多个阿米涅，我们的名字都是最常见的。"

迪多顺手拉过我的行李箱，大家边聊边往停车场走。瓦尔格拉的飞机场比首都阿尔及尔的小了不止两三倍，只有一个大厅和一个候机室，从大厅门口走到车跟前3分钟都用不了。只是这3分钟是没有空调防御的3分钟，热度令时间显得如此漫长。

我们5个人、3个行李箱分别上了两辆车。

车子驶离机场后，路上一盏路灯也没有，月亮像一只眯成缝的眼睛，没精打采地挂在空中，星光反倒是无遮无拦地肆意洒在路面上。我试图睁开困倦的双眼，依然未能避免与这座城市美好的初次见面断送在睡梦之中。被伊萨姆叫醒时，车已停在了他家大门口。我迷迷糊糊地下了车，脑子里努力回忆着路上经过的景物是否有丝毫存入自己的印象——什么也没有。有机会在白天再次经过这条从机场到城市的路后，我才知道，确实什么也没有，除了撒哈拉的黄沙。

路灯将迪多和阿米涅瘦长的影子投射在车的一侧，还将他俩的身形勾了一道橘黄色的亮边。他俩向我们挥手道晚安，然后钻进车子，消失在街道尽头。路灯昏暗，我看不清他们脸上的表情。路灯太少，我也看不清这座城市的样子。其实我根本没来得及好好看上一眼撒哈拉和撒哈拉中的这座热城，便迷迷糊糊地跟着伊萨姆钻进了一栋高大的建筑里。

但是，当我踏入伊萨姆家的那一刻，我竟突然"醒了"，不知道哪里来的灵感，它只在我的天灵盖上轻描淡写地扫了一下，我便立刻会意，这场旅行将与我以往的任何一场旅行都不相同。

北非大宅门

我就这样住进了伊萨姆的家。

昨夜只有伊萨姆的妈妈一直没睡,等着我们归来。她和一年没见的儿子站在院子里拥抱了好久。三哥帮我和伊萨姆把所有行李箱搬到二楼一间铺满地毯,足有50平方米的房间中。地毯上放了三张软床垫,我和女主人分别睡在了靠墙的两张垫子上,伊萨姆睡在中间那张。伊萨姆和他妈妈的床垫距离很近,甚至伸手就能够到。伊萨姆和我的床垫之间的"过道"上还有张矮脚桌,不知是随意放置的,还是有意为之。

我刚一躺下就睡着了,丝毫没有意识到,这个房间即将成为我在瓦尔格拉的"行动基地"。

在瓦尔格拉住的这段日子,我将这座大宅里里外外都转遍了,还去了伊萨姆无数个叔叔的家中参观。我发现这里的建筑普遍高大,挑高至少在三米二以上，窗子却都很小，这是为了尽量塑造凉快的空间，减少酷热空气与风沙的侵袭。

作为独门独户的宅子，客人和主人有两条不同的进屋路线，客人的楼梯可以不经过主人家的一层房间，直接进入二层。这是由于阿尔及利亚是个非常保守的伊斯兰国家，当有男性客人到访时，需要走客梯到达二楼的中央房间，而女性客人或一整个家庭到访，则在一楼的中央房间见面聊天。这条专属于客人的楼梯通常暴露于建筑的外部，地上积满了来自撒哈拉的黄沙。昨晚我和我的行李箱就是踏着这条楼梯的黄沙来到二层的，而我住的这个大房间就是二楼的中央房间。我称它们为"中央房间"而非会客厅，是因为它们的功能并不局限于会客，我和伊萨姆也在这里工作、和朋友们玩游戏。真正的会客厅紧挨着厨房，使用频率远没有两个中央房间高。

像伊萨姆家这样宽裕的家庭里，每个人都有属于自己的房间，冬天会分房睡。夏天的时候，已经结婚的夫妻依旧在自己的房间睡觉，当然，他们的房间都是有空调和床的，而所有未婚者则分男女在两间有空调的大房间里睡床垫。由于我是伊萨姆邀请的客人，所以他陪着我睡在二楼这个超大且有空调的中央房间里，不用和其他人挤。但男女有别，我又不能单独和他在一个房间，于是，他的妈妈便也和我们睡在同一个房间。对，我知道这样安排多少有点奇怪，但他们认为让客人单独睡一个房间是不礼貌的。

起初，我在伊萨姆家总是迷路，经常从二楼中央房间的一扇门出去，找到阳台晒了几件衣服后，再回到同一个房间时，莫名其妙是从另一扇门进来的。我有个优点，虽然总迷路，却又能莫名其妙地找回来，这是我这样一个超级路痴旅行者至今没有把自己弄丢的原因。这栋楼一共有14个房间（当然这个数字不可能是一个路痴数出来的，而是请教了伊萨姆后得出的答案）、4个厕所、4个浴室、2个厨房、1个地窖、1个车库和前后各1个院子。这些数字只反映了这栋半成品宅子的一层和二层而已，三层还没建完，楼顶也没有粉刷。透过裸露着钢筋水泥的楼顶，可以望到左邻右舍的房子几乎也都是半成品。

宅子的一层布置得相当用心，会客厅的墙壁贴了两种不同花纹的瓷砖，

★ 伊萨姆家的走廊

所有的沙发、靠垫都是成套的,且与瓷砖同一色系。墙上挂着版画和弯刀作装饰。每一盏吊灯的底座和每一对廊柱都带有繁复的花纹浮雕。二层则明显有些马虎敷衍,什么装饰都没有,普通且朴素。大概是因为关系一般的客人只待在一楼,鲜有机会上二楼。

阿尔及利亚的家庭通常都是大家庭,一对夫妻如果只生了一两个孩子,会被人怀疑感情出了问题。一般家庭的孩子数量都是5个保底，上不封顶。伊萨姆恰好在家中排行老五，上有4个哥哥，下有1个弟弟，还有一个别人家的女孩，算是他们的小妹老七。他的大哥和二哥均已成家，目前分别只生了1个女孩和3个男孩，再加上伊萨姆的一个姑姑，这些人全部住在这栋大宅里。哦，差点忘了，在这栋宅子里神出鬼没的，还有10只猫和1只乌龟。在这样不断壮大的家庭，宅子究竟需要有多大，谁也不好估计。总之，孩子要一个一个地生，儿子们也会一个接一个地娶老婆，先把一层和二层住满，再修三层也不晚嘛。

生活在这样的大家庭里，人们并没有执着于私人空间的必要，他们对房间分功能的概念也不是那么强，大家会聚在一楼的中央房间里吃饭、睡觉、玩游戏、喝下午茶，反正房间铺满了地毯，床垫也很好挪，不论做什么，都是在地上活动。比较明显能看出来的是伊萨姆的房间，它在一层拐角处，房间不大，没有窗户，也没有铺地毯，家具只有一张床、一个衣柜、一张书桌和一把椅子。椅子在阿尔及利亚的家庭中绝对属于稀有物品。墙上贴着花花绿绿的各种贴纸，每张纸上都写了一些激励自己的英文句子。他到中国留学后，他唯一的弟弟扎基搬到了这个房间。因为伊萨姆是这个家庭里学历最高的一位，扎基希望住在五哥的房间里，也能像他一样聪明。

沙漠中没有太多户外娱乐活动，家家户户的房子都很大，经常有亲戚朋友来家里做客。我记得有一天晚上9点多，我们的房间里突然来了伊萨姆的四个朋友，还有他的两个淘气侄子和一只躲在桌子底下的猫。有人在玩Xbox里的足球游戏，有人在玩UNO纸牌，我还在倒时差，顾不得一屋子大人小孩，竟然睡着了。醒来时，屋子里只剩了我和伊萨姆，其他大人、小孩和猫都不见了，好像刚才只是做了一个热闹的梦。

我问伊萨姆："你家亲戚这么多，大家庭又吵，你什么时候学习呢？"

"10点就睡觉，3点起床开始学习，那时候最安静。"在这样乱哄哄的环境下，伊萨姆能有今天的成绩，需要付出的努力一定远超同龄人。

其实我的这个担心有点多余，在这所宅子里，除了刚刚成年的扎基才上大一，家里的每一位成年人，至少都是大学毕业。

在北京的时候，我不太爱吃冰激凌，也不怎么开空调。而在这里，每天动不动就五六十摄氏度高温，穆斯林家庭里又不能穿太少。因此，空调和冰激凌就成了我的亲爹妈。停电就像是突然被亲爹遗弃了，可那时的我，真的没有到大街上冒着毒太阳找亲妈的勇气。

我记得最热那一天，实在是热得太没有人性了，当地天气预报称50摄氏度，但是地表温度达到了76.9摄氏度。我反复确认过，是摄氏度，不是华氏度。大家将家里所有门窗都关起来，以阻挡来自撒哈拉的热气。我本来想做个实验，看看把鸡蛋放在门前马路上会不会熟，但是考虑到先熟的可能是自己，就作罢了。

我住进伊萨姆家的第二天下午，突然流鼻血了。当我捂着鼻子从房间走向厕所的时候，伊萨姆的大哥刚好经过。两分钟后，全家人都知道我流鼻血了。伊萨姆最先跑上楼问我怎么了，紧接着，他的大嫂和五岁的小侄子分别拿来了手纸和棉花。我说不用紧张，估计是太热了。伊萨姆的妈妈也来看我，叮嘱我不要出门，外面太热了。我说您放心，除非你们用扫帚把我扫出去，否则我死也不出这个家门，除了上厕所，我连这个带空调的房间都不出。在瓦尔格拉，我不知道什么叫空调病，这么热的地方不吹空调，才有病！

干，鼻子干、口干、浑身上下的皮肤都发干，不论是在空调房里还是在阳光下，我只恨自己补水面膜带少了。在这里根本不需要毛巾，因为还没走到毛巾那里，手和脸就已经全干了。这里的热不象北京的夏天，一场大雨前像蒸笼般闷热，人是被慢慢焖熟的。在这里，我感觉自己是被爆炒熟的。

洗过的衣服晾在外面，不论是阳光下还是阴凉处，20分钟就干了，干得透透的。而且所有晾过的衣服，不论什么颜色都是烫的，如果不把衣服拿进带空调的房间降温一会儿，直接穿上身会特别特别刺激。晾衣服和收衣服的时候，如果手不小心碰到挂衣服的铁丝，会被狠狠烫一下。

这么燥热的地方，我却没有见到人们对水有丝毫的恐慌感，因为有地下河经过这座"热城"。其实，整座城市就是一个沙漠绿洲。人们对毫无征兆的停水早习以为常，丝毫不惊慌，家家都有应急储备的水缸，里面装满了水。通常两三个小时后，水就毫无征兆地来了。一周停两次电、一次水是稀松平常的事。穆斯林一年中最隆重盛大的节日——古尔邦节（也叫宰牲节），其重要地位相当于我们的春节，即便是这么重要的节日竟然也停了大概半个小时的水。

这里的太阳能基本上是万能的，提供真正的24小时热水，不用等，水龙头拧开即是热水。这里的问题是没有凉水，不光是水，连洗发水、沐浴露、牙膏都是热的。每天清晨，水的温度最低，是温的；傍晚时水温最高，只有刚出来的那几秒，水是凉的（这个凉只是相对于烫手而言），后面的甚至有点烫手。伊萨姆家里有台24小时制冷的饮水机，我视其为生命之源。

有一次，我在跟伊萨姆的嫂子们学做烙饼的时候，不幸被饼烫了一下，习惯性地用水龙头里的水冲手指，想用水降降温。水淋到手指那一刻，我才想起来，水龙头里只有热水，结果又被烫了一次。我赶紧跑到饮水机那里，才得到了冰爽沁凉的水。

作为一个"老外"，伊萨姆的家人给了我很大的宽容，我可以不用像他的妈妈和嫂子们那样系头巾、穿长袖衣服，但裙子还是不能短过膝盖。我庆幸三浦真是带对了，把它在我的任何一条连衣裙外一围，立刻就符合要求了。

起初，从一个房间到另一个房间时，我都坚持穿着自己带的一双人字拖，但每次从一个有地毯的房间出来后，拖鞋就会不翼而飞。不是被猫当滑板滑走了，就是被熊孩子当玩具拿走了，要么就是被端着大托盘看不到地面的女人踢走了。我索性不穿拖鞋了。后来，我发现入乡随俗是有道理的。这里的热令我明白，不仅睡在地上，光着脚到处跑也有助于散热。

伊萨姆家的女人们都太会做饭了，昨晚的夜宵，今天的早饭、午饭和晚饭，没有一道菜重样，甚至早餐吃的每个小点心的样子都不同。每一餐都是伊萨姆端着一个大盘子到二楼和我一起吃，其他人在一楼，有时候他的妈妈也和我们一起吃。这里吃饭与中国相似的地方是大家都用一个大盘子吃东西，不同的是每个人没有属于自己的碗。餐具是右手和叉子，而作为一个从小使用"两件工具"（筷子是两根）吃饭的中国吃货，总是搞不懂怎么同时用手和叉子，用叉子时没有刀，就像用一根筷子似的。总之必须给我两样工具，否则我就不知道怎么用，索性全部用手，而且一旦开始用手就不得不左右开弓，每顿饭吃到最后双手和脸都是脏兮兮的，吃饭技能全面退化到三岁时的水平。

厕所没有垃圾桶，也没有冲水系统，因为洗屁股的时候水流下去自然就把便池也冲干净了，既省水又凉快。

于是，一天还不到，我就已经习惯了用手吃饭，用水洗屁屁，睡在地上，以及光着脚到处跑，忘了筷子、刀叉、厕纸、床和拖鞋为何物，与撒哈拉人民的生活习惯毫无二致。有时候，连我自己都惊讶于自己的适应能力，真的是去哪儿都毫无违和感。

我在伊萨姆的家里没有发现过一只蚊子、苍蝇、蟑螂，甚至腻虫。我想大概它们也怕撒哈拉的热吧。

午饭后，伊萨姆带我来到楼梯下的小角落，兴奋地说："我现在不止10只猫啦，而是12只！"

他打开地上的一个纸箱，两只还没睁开眼的小猫趴在箱子底乱爬，奶声奶气地叫个不停，猫妈不知所终。就在我到达地中海边的这个国家的同时，它们降生在了沙漠中的这个大家庭里。

"伊萨姆，为什么你家养了12只猫？"

"有猫就不会有蝎子啦！"

"猫还吃蝎子？……等一下，你是说外面有很多蝎子吗？"

"是呀，有沙子的地方就有蝎子。"

"被蝎子蜇了会死吗？"

"当然了。不过没关系，我们都被蜇过。被蜇后不要动，立刻送去医院就没事。"

"立刻是多久？"

"嗯……10个小时以内都死不了吧。"

沙漠下午茶

每个阿尔及利亚人都热衷的下午茶，我却着实无福消受。

第一次参与一个普通阿尔及利亚家庭的下午茶，是在到达这里的第二天下午5点。伊萨姆突然对我说："放下你的电脑和手机，到楼下来，看看我们的温……嗯……花。""文化"这个词他还说不太流利。

当我到达楼下时，家庭成员不论男女老幼几乎已全部集中到一楼那间中央房间里。不过我还不是最后一个到场的，有只比孩子们岁数都要大的老猫姗姗来迟，当所有人都已落座，它才悄悄走进这个房间。据我的观察与推理，它绝不是来讨茶喝的，纯粹是为了嘚瑟自己在家中的地位。很明显，它是地位最高的那只，其他的猫都在房间门口露出小脑袋张望，不敢进屋。这只几乎快要成精的老猫早已熟悉了主人们的作息时间，每天下午都会来占个既可以看电视又能吹空调，且让主人们伸手就能爱抚到它的绝佳位置。

家里的女人们都坐在靠近门口的地方，我老实地按照伊萨姆的指示，一屁股扎进了女人堆。男人们分布在房间的其他角落，互相之间保持着能够再塞进一个人的距离。孩子们则以快速移动的方式出现在任何可能的地方。

伊萨姆说："所有人都在等茶呀。"这时我才发现，伊萨姆的妈妈一直没有出现。正当我口干舌燥之际，于孩子们的聒噪之间，突然嗅到一阵浓郁的薄荷香。伊萨姆的妈妈伴着这股香气出现了，她手中提着的茶壶正是这股香气的来源。

作为家中的女主人，伊萨姆的妈妈全权负责下午茶活动的核心工作——煮茶。她就坐在茶炉旁边，茶炉中的小火苗与屋外接近70摄氏度的气温比起来，一点也不热。不锈钢茶壶被绿茶和薄荷叶塞得满满当当，水几乎只能算是点缀。这一壶茶已经在天然气炉上煮了超过一个小时，当茶水在炉火上被煮得翻滚不止时，伊萨姆的妈妈才把它从厨房提到了这个房间的小茶炉上，茶炉的作用是为了稍稍加热就能饮用第二泡茶。女主人把茶倒入另一个常温的茶壶，并加入了分量吓人的糖，然后把茶在茶壶与大茶杯（类似于中国的公道杯）间来回倒，以图让茶快些凉下来。女主人的小臂优雅而富有韵律地上下摆动，金色的茶柱被女主人举高的手拉得长长的。终于凉下来的茶被倒入一个个细长的小杯子里，每杯茶都带着厚厚的白色茶沫。

得到第一杯茶的人永远是家中最年长的那位，第二杯则给客人。伊萨姆的爸爸出外工作未归，姑姑在突尼斯旅行，妈妈没有道理先给自己倒一杯茶放在旁边。于是，第一杯茶便落在了我这位"游手好闲"的客人手里。

当女主人递来一杯温热的薄荷绿茶时，我发现杯中茶的颜色与她手上有些褪色的海娜手绘[4]很接近。当茶靠近鼻子时，只能闻到薄荷味；当茶刚入口

4　海娜手绘（henna）：一种绘在身体上的暂时性文身。手绘的材料被称为海娜，是一种植物的叶子磨成的糊状物，呈深棕色。穆斯林是不被允许做任何伤害身体的行为的，例如饮酒、抽烟、文身等，但是海娜手绘对人体无害，是被允许的。

时，只觉得苦涩；当茶已下肚时，嘴里便生出了薄荷的清凉与糖的甘甜。清凉与甘甜就像是在口腔与喉咙中交战，清凉只虚晃一枪便迅速败下阵来。我像是被人用糖打了一闷棍，甜得有些头晕。好险，如果我是一个贪杯之人，一口气喝下一整杯的话，一定会被甜得立刻晕倒在地。

尽职尽责的女主人挨个点名，以确保每个人都喝了不止一杯茶。而我，一杯下肚就几乎用光了一整天的甜蜜额度，于是婉言谢绝了第二杯。阿尔及利亚人对于糖都是十分有肚量的，以我这个典型中国北方人的味蕾，完全有理由认为他们这是在酗糖。

酗糖成性的人们对我只喝一杯茶的举动非常不理解，他们说："我们这里所有的绿茶都来自中国呀。"言下之意是：难道这个世界上还存在着一个不爱喝茶的中国人？

我有解释的义务："不不不，我们在中国喝的绿茶味道完全不同！"

配着薄荷甜茶（自此以后，我不再称呼他们喝的是"薄荷绿茶"，一字之差足显此茶最突出的特点）的是伊萨姆的大嫂烤的小蛋糕——朴实无华，微甜，底儿被烤得黑黑的，咬起来有焦糖的口感。当伊萨姆的妈妈把蛋糕端进屋时，位于盘子边缘的一块滑落在了地毯上，我惊呼一声以此来表示惋惜之情。伊萨姆的妈妈则面不改色地把它捡起来按回了盘子里。我只得颇有心机地记下了它所在的位置，以确保自己不是那个吃到它的倒霉鬼。直至下午茶结束，这间屋子里也没有人笨到去吃那块亲吻过地毯的蛋糕。

在我又周游了一些沿海城市后，方知喝下午茶时吃蛋糕，是撒哈拉中的原住民向北方沿海地带的人们学来的，更加原生态的一顿撒哈拉下午茶应该配炒熟的花生。而在古尔邦节期间，每天的下午茶则搭配诱人的羊肉。在我的记忆中，只有我喝的第一顿下午茶是完完整整且甜蜜动人的，其他下午茶都被我强制划分为两种——有羊肉吃的下午茶和没有羊肉吃的下午茶。前者我从不缺席，后者则只闷头吃蛋糕或花生。

除了我和女主人，这个房间里的女人们都在忙着照看孩子，孩子们忙着玩伊萨姆刚从中国带回来的玩具，同时不忘了捣蛋和哭，而男人们则忙着玩各自的手机，我忙着观察并记录一切，除我以外的每个人都不会忘了抽空喝几杯茶。电视里放着叙利亚、埃及、土耳其、印度或阿尔及利亚自制的电视剧，都以热闹为最大特点，偶尔也会有人认真地看电视，但大部分时间里，它就是个背景音乐般的存在。电视会毫无征兆地突然没有信号，但每个人都把这当作很正常的一件事。

人们手上的交流是互相传递着茶杯，时不时有人起个话头，然后大家加入讨论，每个人说话都不疾不徐，沉默的时间总不会太长。伊萨姆告诉我，大家的话题都是有关生活的，比如各自最近遇到的新鲜事，发现了周围有什么改变。而这一切对于我来说，也只能是听而不闻——阿拉伯语可是世界上最难的语言啊。

纯用阿拉伯语聊天是在他们已经熟悉我之后的下午茶时间。当我第一天出现在下午茶时段时，也是我第一次见到家里大部分人的时候，大家的态度令我很舒服，既没有过分的好奇与热情，也没有害羞与冷漠。家中的每个女人都跟我的左右脸颊贴过一两次，男人们则只是跟我打了招呼。我不希望我的到来打乱了他们原本的生活，这样刚好，有我或者没我，他们都自然地喝着下午茶，聊着天。他们并没有问我太多问题，大概他们知道我会在这里住上一段时间，并不急着把天聊尽，而且这不是伊萨姆第一次从中国回来，他们大概已经问过他很多关于这个遥远国度的问题了吧。

和伊萨姆的侄子侄女们相处是最容易的了，只需要和他们一起玩、一起笑。我逗孩子相当有一套，被我逗过的孩子没有吓哭过的，他们要么特别喜欢我、缠着我一起玩，要么无动于衷。我坚信后一类孩子只是有些早熟的内敛而已，而伊萨姆家的孩子们都属于前一类。

和女人们相处基本上不需要太多语言，因为她们只会说一些简单的英文单词，说不出太多完整的句子，伊萨姆的妈妈算是她们中英语最好的了。伊萨姆的兄弟们都受到父亲的影响，会讲流利的英文，只不过口音比伊萨姆略重一些，伊萨姆几乎没有阿拉伯口音。所以，跟我聊天的主要是伊萨姆家的男人们。

伊萨姆可爱的三哥问过我一个问题，令我印象深刻："中国有黑人吗？"

我指指伊萨姆，回答："当然啦。而且不止伊萨姆一个。"

三哥摇了摇头："我说的是'中国黑人'。"

我反应了一下，才明白他的意思："你是说土生土长的中国黑人吗？那没有，主要是黄种人，还有一些民族是白种人。"伊萨姆补充说："中国有56个民族，人数最多的是汉族，其他55个民族都是少数民族。"

"原来如此。因为你是少数民族，所以你长得不像我们一直认为的中国人的样子。"三哥用阿拉伯语把我们的对话翻译给女人们。她们先是惊讶，而后纷纷点头表示同意他的猜测。

"不，我是汉族。"我很奇怪自己经常被人误会是少数民族，甚至在云南、西藏旅行的时候多次被游客抓着问路。我问过自己那不靠谱的老爸老妈祖上是否有少数民族，他们说自己的爷爷奶奶姥姥姥爷都是汉族，不过在医院抱错孩子也不是没可能。

"可是你很高、壮，眼睛大。"三个词就把我的特点高度概括了出来。在阿尔及利亚的时候，我被无数人问过为什么我长得不像中国人，我只得一遍遍介绍中国是个多民族国家，并且一遍遍介绍自己是汉族，越说反而越没有底气。回国后我干脆去做了一个基因检测，发现自己居然有2%的拉祜族血统。

"中国有穆斯林吗？"

"当然，1000多年前就有啦。56个民族里大概10个民族的多数人口是穆斯林。"他们更加惊讶。

伊萨姆的妈妈把自己的头巾解下来给我戴上，女人们想看看我这样的"黄脸"戴上头巾是什么样子。不知出自真心还是礼貌，伊萨姆的妈妈对着我这张大脸说："真漂亮"。我狡黠而又诚实地说："你们脸小，我脸大，戴上头巾脸更大。"狡黠是因为我怕她们以漂亮为由骗我以后都戴头巾，脸大是个不错的借口；诚实是因为我确实脸大，这是个悲惨的事实。有人说证件照是检验美女的标准，我觉得戴头巾才是。戴上头巾，没有了头发、耳环修饰脸形，整张脸赤裸裸地暴露在别人的视线中。如果戴上头巾后依然是美女一枚，那就真是美女无疑了。

　　电视里播放的八点新闻是阿尔及利亚最重要的新闻，相当于咱们的新闻联播，主持人是伊萨姆数十位表兄中的一个。我算过一笔账，伊萨姆有5个兄弟姐妹，如果他的父母也都各有5个兄弟姐妹，他们都结了婚且每个家庭至少有5个孩子，那么伊萨姆就有姑姨叔伯近20人，表兄弟姐妹上百位。如果他们又都各自结婚且各生5个孩子，那么伊萨姆将拥有……呃……侄子侄女外甥外甥女上千名！这还没有算他父母的表兄弟姐妹。况且，这个数字也只是保守估计，因为有些男士娶了不止一位老婆。难怪他大哥和二哥结婚时，除去同事和朋友，光亲戚就来了将近两千人，婚礼需要连续举行7天！

　　一顿下午茶可以从5点一直喝到晚上8点，瓦尔格拉的下午绝对比世界上其他地方的都要长。

　　我发现每天的下午茶时间是全家人最齐的时候，而其他时间，在这座迷宫般的大宅子里，找人跟找猫的困难程度是一样的。

　　然而，即使是人最齐的时候，也有人缺席，比如这个大家庭的男主人和他的二儿子，他们都出外工作了。他俩与老大的工作都是在外工作一个月，回家休息一个月，这个月刚好是老大在家休息，他俩外出工作。我问伊萨姆什么工作的制度这么奇怪。伊萨姆说："我们国家最重要的经济来源——石油呀。"他们都是工程师，工作地点在沙漠深处，交通很不方便，所以上班制度都是上一月，休一月。

　　伊萨姆家的女人们对于家里男人这样的上班节奏早已习惯。伊萨姆的妈妈有憨厚的性格打底，自然是不当一回事。老二的老婆有时候既要做饭，又要应付3个难缠的捣蛋鬼儿子，着实吃力，但她从不抱怨，总是笑呵呵的。

　　老大虽然在家，但是除了吃饭和喝下午茶，几乎不露面。他身材魁梧，比伊萨姆高出半个头。他的老婆比他外向很多，很喜欢跟人聊天。可以看出，她每天都从头到脚精心打扮过，甚至有时候一天换两三次衣服。

　　老四是个比老三还闷的闷葫芦，在家里最没有存在感，经常出没于厨房，当然不是去做饭，每次从厨房出来他的嘴里和手上都会多一块面包或者点心。

　　老五就是伊萨姆，他不仅是家里脂肪最多的人，也是话最多的人，不论谁来家里串门，他都是主聊那位，而且不管别人聊什么，都能接上话。此外，据我观察，伊萨姆是整个家庭里肤色最黑的一位，其他兄弟包括他的母亲肤色都接近于棕色。伊萨姆说他也问过父母为什么自己比其他兄弟黑很多，他们也开玩笑说是在医院抱错了孩子吧。

　　老六扎基的身形跟竹竿似的，因为太瘦，所以视觉上给人感觉是家里最高的人。每当撒哈拉刮起沙尘暴，我都会叮嘱他抱住伊萨姆，这样就不必担心被吹上天了。扎基听到我跟他开玩笑，总是腼腆地笑笑。他和其他20岁出头的大学生一样，放暑假时每天睡懒觉睡到中午，醒着的时候一般都抱着电脑，不是看视频就是玩游戏。

　　老七萨莎12岁了，刚上中学。一双眼睛又大又亮，很爱笑，手里永远有吃不完的零食，以至于嘴永远在动，但从来没空说话。

　　这7个兄弟姐妹性格、相貌、身材完全不同，我仔细打量，试图从他们的身上获得一些有关男主人特点的情报，却始终得不到要领。据伊萨姆说他老爹是美国某名校毕业，而且跟他一样拿的是阿尔及利亚的国家奖学金。

　　对了，这个家里有3个永远比电视还吵的小家伙。最大的那个叫萨罕，今年5岁。最爱哭的是苏卜希，比哥哥小一岁，他俩都是老二的儿子。最小的玛迦只有3岁，还说不出一句完整的话，她是老大唯一的女儿。哦，差点忘了，还有一个连爬都没学会的小沙恩，他是萨罕和苏卜希的三弟。

　　伊萨姆和侄子们在一起玩耍的时候很疯，玩累了会很有爱地亲亲他们的小脸蛋，我甚至都怀疑那几个淘气包是他的孩子，羡慕坏我了。我是多么希望能生活在这样热闹的大家庭里！

　　伊萨姆说："我知道你是独生女呀，所以你永远无法想象我的家庭究竟有多大！"

　　下午茶快结束时，客厅里突然进来一个戴着头巾的女孩，十五六岁的样子,她十分害羞,自始至终没说过一句话。她对我很好奇,不论何时望向她,我都能够发现,她正在用她那双黝黑有神的眼睛盯着我。伊萨姆说:"她是萨莎的姐姐,但不是我的妹妹。"我本就甜晕的脑袋被伊萨姆说得更晕了。

  在阿尔及利亚,关系好的家庭会互相抚养子女,伊萨姆的5个兄弟分别在5个家庭中长大,只有他是在自己家里长大的,而他的父母还抚养了一个别人家的女孩。有的家庭无力抚养过多子女,就会请朋友帮忙。伊萨姆的妈妈生了6个男孩,一直想要一个女孩,所以要了一个别人家的女儿来抚养。不过,这只是很小一部分原因,即使没有钱和性别偏好的问题,他们也会互相抚养孩子。自己的亲生父母才是最重要的,这一点他们很明确,孩子长大后,会给父母钱,给养父母礼物。父母对待被寄养的子女与亲生子女一视同仁,被寄养的子女与寄养家庭的孩子也是兄弟姐妹,不可以结婚,虽然他们之间并没有血缘关系。这也就造成了每个人不只有成百上千个有血缘关系的亲戚,还会有相当数量的没有血缘关系的"亲戚"。每个人一出家门左拐就能碰到一个亲戚,还没走到下一个路口又碰到一个亲戚,买个菜也能碰到亲戚,去另一个城市旅行也能碰到亲戚。我甚至怀疑那个六度分离理论已经被他们改为:通过五个亲戚,他们能认识世界上任何一个人。

午夜足球

第二天的夜里,伊萨姆突然摇醒还在倒时差的我,两眼放光地说:"笑嘉,我的朋友们在踢足球,咱们也去吧!"

我揉了揉惺忪的睡眼,按亮了手机屏幕:"现在?踢球?夜里11点啊!"

伊萨姆耸耸肩:"白天太热了,只能晚上活动。"

我去行李箱里找出蓝白条纹衬衫和白色亚麻阔腿裤换上,这是为了配合北非风情特地带的。

走出伊萨姆家的大铁门时,他的两个朋友开了一辆小车正等在门口,目测这两位的身高都超过了一米八五。我们四个高的高、壮的壮,挤在同一辆小车里,着实有点憋屈,他的两位朋友都不得不把座位往前调些,我和伊萨姆才能勉强钻进车的后排。

当小车晃晃悠悠地开在瓦尔格拉满是黄沙的小街巷中时,路边不时出现坐着聊天的人们，大概都是白天躲在家里，终于等到酷热的太阳下山后，出来"放风"的。

在去足球场的路上，我说想给手机卡充些流量，伊萨姆家的Wi-Fi太让人着急了，我连一篇文章都发不出去。他说那先把你的欧元换成阿尔及利亚第纳尔吧。一个在阿尔及尔工作过几年的朋友告诉我，银行汇率是1：110，黑市汇率是银行汇率的两倍——1：220，他说你的朋友给你1：180都算厚道。伊萨姆把黑市汇率实话告诉我，说他给我1：200，我说好，我要换500欧元。伊萨姆用中文告诉我，500欧元是开车那个朋友大概两个月的工资，他有保险专业的研究生学历，现在在一家保险公司工作；而坐在副驾的那位在海关工作，大概三个月才能赚这么多。

当第二天伊萨姆的妈妈帮我把欧元换成阿尔及利亚第纳尔后，我瞬间变成了腰缠10万第纳尔的小富婆，立刻就自我膨胀了，虽然跟原本的500欧元实质上并没有什么不同，但厚厚一叠钞票，每张面值都有三个零，感官上着实土豪了不少。

我们到达球场时，比赛已经开始。世界杯刚刚在上周结束，于是我给这个室内的六对六足球比赛命名为"瓦尔格拉杯"。据说，"瓦尔格拉杯"每周六的夜里都会如约而至。这里的人们每周日到周四工作，周五、周六休息。伊萨姆解释说："因为每周五所有的男人都要去清真寺礼拜。"

足球健将们身材都很修长，有两三个身高超过一米九的，伊萨姆那两位"高人"朋友在这里不过是平均身高而已，只有一米八的伊萨姆在他们中间几乎可以被叫作"矮胖子"。他们有些穿着篮球服，而这个场馆也确实可以打篮球，场上的人数只比一场正规的篮球比赛多了两名球员和两名守门员而已。这一切都让我有些错觉，怀疑"瓦尔格拉杯"其实是篮球比赛，尤其是当足球被踢得飞起来，高过所有人的头顶时。

我抱着从冰箱冷冻室拿出来的一大瓶冰砣子问伊萨姆："篮球队员……啊不，足球队员们都不热不渴吗？"

伊萨姆说："我们这样玩三个小时才会渴呢，我们都习惯了热。"

虽然场馆里没有空调,但与白天一出空调房就迎面袭来的滚滚热浪相比,已经算是"凉快"了。可我依然渴得无可救药,每当瓶中的冰化出一点水,就会立刻被我喝掉。

场上所有队员都拼尽全力,似乎"瓦尔格拉杯"就是他们的世界杯。伊萨姆的膝盖半年前在北京的一场足球比赛中受伤了,还做了个手术,术后他在床上躺了一个多月没法走动。现在的伊萨姆虽然又活蹦乱跳了,但膝盖还是有些发紧,因此他并没有立刻上场。我很怕被球误伤,就躲在伊萨姆庞大的身躯后偷偷观察场上的战况。

偶尔有人累了,退下场来,都会走向伊萨姆。伊萨姆会和他们拥抱,似乎这些人能从"伊萨姆牌充电宝"的拥抱中补充能量,当他们转身返回场上时,战斗力都有所增强。

不知何时,伊萨姆的三哥也出现在门口,手里还攥着萨罕的小手。很快,萨罕的小手就被塞到了伊萨姆手里,老三迫不及待地冲入场内替换掉一个呼哧带喘的小伙伴。

当再次有人体力不支退下场来时,伊萨姆终于按捺不住对足球的渴望,也投入到这场激烈的比赛中。为了鼓励"身残志坚"的他,我向场上大喊了一句:"伊萨姆,你是最胖的!"这个场子里除了我和他没人能听得懂中文,而伊萨姆报以灿烂的笑容,也说明了他根本分不清"胖"和"棒"。伊萨姆确实是目前为止我见到的阿尔及利亚人中最胖的一个,体重将近200斤,身前挂着一个与他那张小脸完全不相称的大肚子,让我总想提醒他去买个验孕棒。可他一再强调自己的胸肌也是所有人中最大的,而且狡辩说他的"体重主要来自于肌肉"。

回到家时,已经将近深夜1点了,大伙儿刚吃完晚饭,给我和伊萨姆留好了饭菜。吃饱饭的伊萨姆倒头就睡,似乎一点没有时差烦恼,可是我还在倒那该死的7个小时时差,睡意全无。失眠给了我这天之中最安静的一段时间,伴着伊萨姆和他妈妈熟睡的鼻息声,敲下了上面这些文字,记录了有关我刚到这座撒哈拉中的城市第一个48小时里发生的一切。

占领地球

来阿尔及利亚之前，我曾问过伊萨姆一个傻问题："我可以去沙漠徒步吗？"

他说："当然，我们要去的城市就建在撒哈拉沙漠之中，你想怎么徒步都可以，但是白天就算了，你会被晒成葡萄干的！"

伊萨姆一家的作息时间，基本可以代表瓦尔格拉人民的生活规律。很显然，这里的人绝对不可能日出而作，日落而息，跟太阳躲猫猫还来不及，当然不可能追着太阳活动。

09:00—10:00　起床、早饭

14:00—15:00　午饭

15:00—17:00　午睡

17:00—20:00　下午茶

20:00—23:00　　串门儿

23:00—24:00　　晚饭

01:00—02:00　　陆续进入睡眠

午后是一天之中最热的时候，上午和太阳落山后是人们活动的主要时段。活动也仅限于出家门去街对面买几个冰激凌，或是开车到有空调的亲戚家串串门。至于工作嘛，办公室里有空调的工作绝对是撒哈拉最幸福的工作。

用一句话总结，昼伏夜出、晚睡晚起是撒哈拉生活最正确的方式。

早上9点多，伊萨姆的妈妈早已下楼加入到两个儿媳准备饭菜的工作中。我刚梳洗完毕，回到房间，就听到有人在敲通向外部楼梯的另一扇门。伊萨姆被敲门声吵得只是翻了个身。

我光着脚，跑过整个房间去开门。门刚开启一条缝，一句欢快的阿拉伯语就蹿了进来。当我把门完全打开时，这句话的主人才进入我的视线，来人是位身材中等（如果和昨天晚上的那些足球爱好者相比，他简直太矮了）的帅哥，瞪着大大的眼睛，神情和模样很像哈利·波特的那只猫头鹰。我猜他刚才说的那句阿拉伯语应该是"惊不惊喜、意不意外"之类的话，他本想让伊萨姆吃惊，没想到吃惊的反而是自己，他呆呆地立在原地，完全没有想到开门的不是伊萨姆，而是一个"女老外"。我冲他说了一句"萨朗姆"，便转身跑回屋内试图叫醒伊萨姆。伊萨姆睡得死死的，对我的呼叫毫无反应。

"猫头鹰先生"把鞋子脱在门口，走到伊萨姆身边，用脚尖蹬了两下伊萨姆的后背，同时用阿拉伯语说了几句话。伊萨姆突然睁开眼睛，诈尸般从床垫上弹了起来，抱着他又叫又跳。"猫头鹰先生"等伊萨姆冷静下来，把他推到一边，才腾出手来卸下身后背着的50升登山包。

我们三个都在地毯上坐下来。伊萨姆用英语说："他叫厄里斯，是我很好很好的朋友，他住在撒哈拉中的另一座城市，我们已经一年多没见了。你可以和他聊天，他英语很好的。"

话音刚落，厄里斯突然用特别快速流利且字正腔圆的汉语跟我说："我不会说普通话，你会说英语吗？"

我一愣，跟伊萨姆说："原来你不是这里唯一一个会说中文的人啊。"

伊萨姆一阵狂笑之后告诉了我真相："他只会说这一句中文。"

厄里斯又快速地说出一长串日语，然后用英语告诉我，这句日语的意思是："我不会说日语，你会说英语吗？"

我一只手撑住地毯，一只手捂住肚子哈哈大笑。我遇到第一次认识的广东人和香港人会问他们："鹅广东袜点嘛（我的广东话怎么样）？"当对方认真且客套地回答我"还不错"之后，我才会说出真相：我只会这一句粤语。显然，这位"猫头鹰先生"比我更具幽默感。

厄里斯不仅幽默，一身行头也很混搭，他身着白色的穆斯林传统长袍，头上却反戴着一顶酒红色棒球帽。我问："能给你拍张照吗？你的长袍加棒球帽给我的感觉，就像一个和尚戴着墨镜，很有意思。"他立刻像猴子一样跳起来说自己有一副和尚戴的墨镜。他跳到自己的背包那里，背对着我鼓捣了半天，然后突然转过身，同时嘴里发出一些奇怪的声音，那是在给自己的转身配音。他脸上的那副墨镜镜片是小小的、圆溜溜的、墨黑色的，分明是拉二胡的盲人那种。他的种种表现，都暴露出他是一个标准的戏精。

他俩怕我无聊，没有说阿拉伯语或法语，而是说英语，厄里斯的英语很溜，和伊萨姆一样几乎没有阿拉伯口音。厄里斯问伊萨姆在中国开心吗，伊萨姆说自己不只在中国读书读得很开心，还同时有几份工作，而且都是他喜欢做的："我最喜欢中国的是，只要你努力，就能过上好生活。"厄里斯突然正经起来，拍拍伊萨姆的肩膀，一脸严肃地说："兄弟，我很高兴你在中国找到了自己喜欢做的事。"今年是厄里斯当法语老师的第三年，他问我去北京可以找到工作吗。我说教英语和法语应该可以，阿拉伯语可能没太多人学。

我突然想到一个很无聊的问题："你们互相之间没有外号吗？"

伊萨姆摇摇头，说"厄里斯"已经是简化的昵称了，他写在证件上正式的阿拉伯名字中国人听了一定会觉得特别奇怪，然后给我念了一遍。我又差点笑岔了气，反复念了好几遍他的名字——"油喝了它"。

我用手机搜了一张猫头鹰的照片，然后把手机举到厄里斯的脸旁边，厄里斯特别配合地睁大双眼。我问伊萨姆：像吗？伊萨姆一边咧着嘴傻乐，一边鼓掌。从此，我开始管厄里斯叫"猫头鹰先生"或者"油喝了它"，伊萨姆也经常被我带坏。

"你俩怎么认识的？"

"油喝了它"抢答道："三年前在清真寺礼拜的时候，他和我挨着，我俩一见钟情。"

伊萨姆立刻熊抱住他："我爱你，兄弟！"厄里斯比伊萨姆矮了多半头，被伊萨姆用力抱住的时候，只能仰着头一脸欣慰，并且费力地从伊萨姆的腋下伸出双手拍了拍他的后背。

我说："恭喜你们找到了'真爱'。"

伊萨姆立刻撒开了他，酸溜溜地说："不，他的妻子才是他的真爱，我永远排第二。"

"知足吧，兄弟，你不能嫉妒一个女人。"厄里斯转过头对我说，"你会看到黑人和白人在阿尔及利亚相处愉快，像亲兄弟。"

"所以你们不把人按皮肤颜色分，只按穆斯林和非穆斯林分咯？"

他和伊萨姆都一愣，似乎从来没想过这个问题。

片刻的沉默之后，厄里斯突然问我："北京有多少人？"

"两千多万吧。"

"天啊，这相当于阿尔及利亚人口的一半啦！那中国有多少人？"

"不到14亿吧。"

然后他特别严肃地问了我一个问题："为什么中国人不占领地球？"

我一愣，似乎从来没想过这个问题，只好故作轻松地耸耸肩："中国人觉得全世界都一样，没必要占领别人的土地。"

厄里斯头摇得跟拨浪鼓似的："不不不，我说的占领地球不是靠武力打仗，中国人只需要站成一排手牵着手一起走，从北极走到南极，全世界就都是你们的了。"他一边说一边往前走，同时伸着双手好像左右两边都拉着人。

我被他的异想天开逗笑了："全世界有多少穆斯林？"

"大概17亿吧。"

"那占领地球这个事还得你们来。"

厄里斯也对我的身份产生了疑惑："你真的是中国人吗？"

他那严肃认真的态度令我都有点心虚了："是啊，怎么了？"

"可是你长得一点不像中国人啊。"

我反问："那我应该长成什么样才像中国人呢？"

"你长得太高了，居然比我都高，你应该长矮点、瘦点。而且你眼睛太大了，应该长成这样……"他把双手手掌放在太阳穴的部位用力往上一搓，两只眼睛就变成了两条斜向上挑的长缝儿，"这才是中国人的样子。"

他的样子很滑稽，我觉得好玩，也学着他的样子，问他为什么要做这个动作，他说："中国人不都是眼尾向上挑、眼睛细长的吗？"

我哭笑不得："你是不是看迪士尼动画《花木兰》看坏了脑子？中国人不全长那样好不好。"

"猫头鹰先生"又瞪着他那双无辜的大眼睛："可是我们这里的人普遍认为中国人都是那个样子，所以别人不信你是中国人很正常。就像我跟别人说我是非洲人，他们也都觉得我肯定是在开玩笑。"

我不得不叹了口气，确实，直到现在，依然有不少人认为非洲人都是黑人，而眼前的厄里斯很明显是个白人。

热城之昼

来到瓦尔格拉的第三天上午，伊萨姆说："今天比前两天凉快多了，咱们出去玩吧。"

出门前，我给自己露在外面的皮肤都喷了防晒喷雾，伊萨姆的妈妈和嫂子们对此十分好奇，问我到底在干吗，她们用不着那玩意儿。在撒哈拉生活了一段时间后，我发现她们那种长袍加面纱的穿法是最防晒的。而我也摸索出一套自己的沙漠穿搭法则，裙子比裤子更加透气凉快，大多数时间需要坐在地上，当然过膝的长度更加稳妥。

伊萨姆把他老爹停在院子里的一辆很旧的小白车开了出来。如果车不是停在车库里的话，每次坐进车里的动作都会演变成一连串酷刑：拉开车门把手，手被烫一下；坐进车里，屁股被烫一下；靠上靠背，后背被烫一下。

厄里斯坐在副驾，我独享后排。我被烫得几乎失去理智，直到车开出了院门，才想起来问伊萨姆目的地是哪儿。伊萨姆回答："先去找我弟弟扎基，他昨天住在他的另一个'家'。"因为伊萨姆车技不佳，不敢一直开。

瓦尔格拉的大街上没有交通灯，大家都开得很慢。外面那么热，车里又塞满了人，开着空调根本跑不快。

这是我第一次在阳光下仔细打量这座撒哈拉中的热城。

我们经过的每一条路，不论是坑坑洼洼的旧道，还是平整崭新的柏油马路，全部被撒哈拉的黄沙覆盖着，区别只在于薄厚。

各处交通秩序井然，街上几乎听不到鸣笛声。除了私家车，市中心还有安静而快速的有轨电车，从外部可以看出设施很新。自行车和摩托车很少，行人的脚步不疾不徐。

街上的建筑五颜六色，嫩粉、亮黄、浅紫、淡蓝、薄荷绿……各种马卡龙色交替出现在我们的视野中，就连消防局、军队、政府机关、警察局的外墙颜色也都是可爱的橘红、嫩绿、鹅黄、湖蓝，可爱到你绝对想不到它们都是严肃的有国家职能的建筑。当然，在这里你绝对找不到黑色的建筑。大概他们是想用清新的马卡龙色中和白袍、骆驼、弯刀、黄沙的粗犷吧。

人们的衣着也普遍艳丽，让人看着就高兴。男人们的长袍以白色、蓝色、枣红色为主，当然，男人们的穿着不仅限于长袍，各色T恤、衬衫搭配着牛仔裤满街走。女人们的服装款式略为单一，都是头巾加从头套到脚的长袍，年轻姑娘的长袍大都有掐腰，一停一动间无不显示着曼妙的身姿；年长女性的长袍更加宽松，掩盖了生过多个孩子后逐渐发福的身材。在所有服饰中，花样最多的是女人们的头巾，纯色的、碎花的、波点的、条纹的都有；头巾上的设计也藏着很多女人爱美的小心思，有带流苏的，有带花边的；头巾与长袍的搭配可以看出女人们出门前一定花了相当长的时间站在镜子前，有些头巾与长袍是同色系，有些则是补色或撞色，玫红、桃粉、海蓝、柠檬黄、苹果绿、亮橘……没有她们不敢用的颜色。

经过一栋建筑时，伊萨姆特意指给我看："这是我们的清真寺。"这里的清真寺没有我印象中标志性的"洋葱头",也不是很大,"有一座高高的塔一样的建筑,四个方向都有大喇叭的就是了"。几乎每隔五六条街就有一座清真寺。

也许是为了抵挡酷热的空气,前排的两位开始随着厄里斯手机里的歌曲大声唱起来。厄里斯问我上一个旅行地是哪里,我说马来西亚,他说去年和妻子度蜜月就是去的那里,然后他居然在满眼黄沙的北非播起了马来西亚歌曲。我们完全听不懂,但是依旧跟着瞎扭、瞎哼哼。如果我们仨是一个组合,名字可以叫"彩虹",因为我们正好是一个黑人、一个白人和一个黄种人。

我们在一条小巷子里七拐八拐,终于停在一扇薄荷绿色的铁门前。伊萨姆下车按响了门铃,立刻有个瘦高的男孩出来开门,看年纪和伊萨姆差不多,我猜他应该是扎基在这个家里的"哥哥"。他俩一通握手、拥抱、问候,"哥哥"回身进屋。不一会儿,扎基就跳上了驾驶位。伊萨姆"退位",和我一起坐到了后排。

伊萨姆向扎基做了下一个目的地的指示:"去警察局。"

阿尔及利亚政府对"老外"格外关注,凡有"老外"住在居民家中,必须要由这个家的男人领着到当地警局报到。

扎基将车停在一个湖蓝色的可爱建筑门口。这个警局很小,只有一层平房,三四个房间,在里面办公的警察大多没穿制服。警察先生们也都很可爱,他们几乎全体放下了手里的工作,围过来跟我打招呼。伊萨姆和其中一位交谈了几句后,告诉我这间警局太小了,没有管理"老外"的权限,我们需要去另一家大一些的警局报到。

当我和伊萨姆走出警局的大门,那辆小白车连同厄里斯和扎基都消失不见了。

伊萨姆很无奈:"我说过了让他们原地等我们啊!"

我说我很理解一个18岁的男孩,好不容易开车出来兜风,当然不会浪费时间在原地等人了。只是街上的热浪让人着实受不了,这是我生平第一次站在53摄氏度的大街上。每当风吹来,我都想骂街,因为风除了带来更热的空气外，毫无一丝凉意。我深刻地感受到自己就是烤箱里的一块肉。突然明白过来，怪不得这里的人都这么酷爱打招呼——因为太热了，很容易熟嘛。

这里风沙大，伞很容易飞上天，打伞遮阳绝对不可取。虽然我有防晒喷雾护体，但那火辣辣的阳光直接打在皮肤上，依然让我真切感受到了疼痛。周围的每一件东西都散发着一种叫作"热死你"的力量，即使站在大街上有阴凉的地方，我也能分明感到来自金属耳环、墨镜框和墨镜腿，甚至背包上的金属扣的热度。手机、相机都是烫的，以至我一点都不想拿着它们。

路边商店里几乎见不到600毫升的小瓶瓶装水，全部是1.5升的大家伙，而且只分两种，一种是冰镇的，一种是冻成大冰坨的。你说你想要常温的水，那意味着你想要热水。我已经不知道什么叫沉，只知道渴，抱着一大瓶冰镇水，暗暗下着决心，谁管我要都绝不撒手。马路上有免费的饮水机，不过只有一个公用的水杯。

在我和伊萨姆被撒哈拉的太阳烤熟之前，扎基开着车带着厄里斯回来了。市中心的大警局离得并不远，大概开了20分钟就到了。下车前，伊萨姆第二次叮嘱扎基和厄里斯在原地等我们，不要开车瞎转。

这座大警局有三层楼高，所有警察都穿着蓝色的制服，式样同上个世纪法国老电影里警察的制服大抵相同——高高的帽冠、小小的帽檐，宽大的肩部线条，上衣的长度过臀。

我四处张望，一个女警的影子也没发现。大一些警局里的警察先生们，明显更有"见识"，对一个"老外"的到来不那么关心，每个人都闷头做着自己的事情。我和伊萨姆被一位高大的警察先生带到二楼的一个房间，伊萨姆出示了我的护照以及办签证时他妈妈为我写的担保函。我被问及自己父母的名字，这让我想起了在一家尼泊尔的小商店里买手机卡的时候，需要填一张长长的表格，上面包括了自己爸爸和爷爷的全名。

整个办手续的过程很快，大概15分钟，我们就走出了这栋蓝色的建筑。门口空空荡荡，车子、扎基、厄里斯又杳无踪迹了。伊萨姆站在街头，竟然爆出一句中文粗口。

我安慰伊萨姆："小男孩们喜欢玩,这很正常,不用生气。"

"可是厄里斯不该跟扎基一样啊,他不是孩子了!"

我果断地嘲笑了伊萨姆的想法："如果扎基说是厄里斯胁迫他把车开走的,我一点也不惊讶。谁让你们国家的汽油价格那么便宜。"

伊萨姆又一次给扎基打了催促电话,噼里啪啦说了他一通。我说："伊萨姆,你对滴滴司机的态度太差了。"伊萨姆笑了,不再生气。

扎基很内向,话不多,也从不和我们一起唱歌,当车上三个比他大的人都疯了一样一边瞎扭一边扯着嗓子唱歌时,他依然十分淡定,连头都没有晃过。我知道为什么伊萨姆要让他开车了,一个训练有素的老司机即使车里坐着三个神经病,也要从容不迫,谁也不能阻挡他开向目的地。扎基留在我脑海里的印象就是"淡定的后脑勺"。厄里斯疯疯癫癫,最喜欢捣乱和开玩笑。我认为把这样的两个人留在车里,很明显是厄里斯把扎基拐走了。但是我错了。

厄里斯很快出现在我们的视线里,手里攥着一罐冰镇可乐,他也一脸困惑,不知道扎基去哪儿了。我们仨一起返回有空调的警局大厅躲避酷热。厄里斯的可乐喝完后,扎基才姗姗而来。伊萨姆用阿拉伯语又数落了弟弟一通,扎基没有吭声,但是我通过他的后脑勺想象了一番他那不动声色却满不在乎的小表情。

下一个目的地是机场,去取伊萨姆丢的那个行李箱。这一次伊萨姆变聪明了,下车时把车钥匙拔走了。我说他俩留在没有空调的车里会热死的,伊萨姆头也不回地说:"他们可以跟我们来。"

他的行李还没有找回来,机场的工作人员让他过几天再来。

回城的路上,伊萨姆带我去杂货店给手机充流量,他仍旧不放心地把车钥匙攥在手里才下车。

充流量的方法是把钞票交给店主,店主从抽屉里掏出一个宛若古董的黄屏按键手机一通按。半分钟后,我的手机收到一条法语短信,这便是搞定了。

我们赶在正午时分回到家。每周五下午1点是全城男人去清真寺礼拜的时间。12点45分，家里的男人们都已换上了传统的白色长袍，不时听到街外面有响亮的哨声。当男人们打开院门鱼贯而出之际，我看到满大街穿着白袍的男人们朝着同一个方向匆匆走着。伊萨姆家的男人们和厄里斯也都汇入这股白色的人潮，很快消失在街角。

　　一个小时后，男人们礼拜归来，女人们也已备好了饭菜。

　　午饭后，厄里斯从大背包里掏出一个Xbox游戏机和两个游戏手柄，然后管伊萨姆借电视。伊萨姆立刻下楼。不一会儿，扎基搬着一台电视出现了。从此，扎基就常常出现在这个房间，他和厄里斯一个侧卧、一个趴着，开始了漫长的游戏征战。

　　我和伊萨姆对那个充满诱惑的战场充耳不闻，像两个好学生那样，在小桌子上用各自的笔记本电脑意志坚定地工作。

　　一小时后，伊萨姆首先意志薄弱了。他屁股略微一挪，顺势躺倒在床垫上，合眼前告诉我半小时后叫醒他。他的鼾声极具煽动性，没过一会儿，我也睡着了。不知过了多久，醒来时，厄里斯和扎基依旧保持着跟之前一模一样的姿势在玩游戏。我叫了几声伊萨姆，他翻了个身以表示自己对睡觉比对工作更为意志坚定。

　　我打算换一个安静些的工作场所，于是搬着电脑来到一层的中央房间。

　　屋里只有小沙恩和伊萨姆的妈妈在睡觉，中途妈妈醒来过一次，眯着眼睛跟我挥了挥手，换了个姿势后又睡着了。不多会儿，四哥进来跟我打了个招呼，然后斜躺在小不点的身边，一半身体在床垫上，一半身体在地毯上，进入睡眠状态用了不到一秒钟。

　　我已经懒得用"伊萨姆的妈妈""伊萨姆的四哥"这样的称呼，直接写成"妈妈""四哥"，我想即使写成这样，也不会有歧义。不知道为什么，我感觉自己也是这个家的一员，他们对我出现在家里的任何地方都毫不惊讶，他们对我没有任何令人消受不了的过分热情，我也丝毫没有觉得在他家白吃白喝有任何不好意思。总之一起相处特别舒服，做什么都自然而然。这真是太奇怪了，好像我从出生起就住在撒哈拉的这座城市中一样。

一个小时后，妈妈醒了，问我伊萨姆在哪儿，我说他在楼上睡觉，顺便举报了厄里斯和扎基一直在玩游戏。妈妈将一块有漂亮图案的毯子放在我的椅子旁边，找好了麦加的方向，开始进行一天中的第三次礼拜。礼拜结束后，她坐在我椅子的扶手上跟我聊了几句，问我有没有宗教信仰，我说没有，她说真可惜。

我一直在寻找自己的信仰，可惜还没有找到一个笃信的。出生时就有宗教信仰的人，虽然少了选择信仰的自由，但是宗教给予他们的是笃定的力量，他们构建的世界观便来自于宗教。像我这样四处漂泊寻找宗教信仰的"孤魂野鬼"，只不过是在寻找一种符合自己既定价值观的宗教哲学而已。

当我回到二楼时，一切就像我下楼之前一样，伊萨姆依旧在睡觉，厄里斯和扎基依旧在玩游戏，区别只是从足球赛改成了打怪兽，俩人甚至连姿势都没有丝毫改变。

从一层的空调房走到二楼的空调房，只需要穿过一条并不长的楼梯。但这短短的一段路程，却足以把一个原本凉爽的人由外而内地热透。那些被挡在空调房外的热气似乎更加凶猛，它在向撒哈拉中的每个人示威——虽然日已偏西，威力依旧不容小觑。

起初，热的只是我的这副皮囊。当我在这座热城住得久了，撒哈拉的热从毛孔渗入了血液，又从血液渗进了骨髓。即使当我离开这片沙漠，只要再次想起撒哈拉，想起在这里度过的滚烫的日子，想起这里遇到的滚烫的人，我的记忆连同自己的心便会立刻滚烫起来。

我突然想到，如果想让伊萨姆起床其实很简单，只要把空调关掉，再拿走遥控器，用不了几分钟，他就会热得跳起来。

厄里斯给我讲过一个撒哈拉人的笑话：老板质问自己的员工为什么昨天没来上班，员工说因为天气太热，门把手烫得没法碰，连自己家的大门都打不开，只好在家度过了无奈的一天。

阿尔及利亚的学校寒暑假时间与中国完全一致，源于热和冷的时间也差不多。其实，这里永远不会冷。当然，撒哈拉的人们并不这么认为，他们告诉我，这里冬天很冷的。我问平均温度多少？他们撇着嘴，似乎在努力回忆那种刻骨铭心的寒冷——10摄氏度！我的乖乖，幸好你们是在跟一个北京人对话，这要是换作了东北人，不得把牙笑掉吗？不过，超过40摄氏度的温差，他们也的确有资格说，10摄氏度也叫一种"冷"，毕竟冷热是对比出来的嘛。

每当住在撒哈拉的人谈起"冷"，我都觉得很有意思。在一个月后另一个热得要命的午后，伊萨姆的二哥从沙漠中的石油公司回到家，他问我："你去过印度吗？"

"还没有，但去过尼泊尔。它俩是邻居，温度差不多。"

"冷吗？"

"当然不冷，也很热的！"我略一沉吟，想到我们对冷的标准似乎相去甚远，"但你是住在撒哈拉的人，你有资格说任何地方冷。"

人人都精通数门外语

这一天中午，伊萨姆和妈妈在前院叫我，我飞奔下楼，看到两位包着黑色头巾的阿姨站在院中，她们是妈妈的朋友。我和她们握手的同时用自己的脸颊和她们的脸颊左右各贴了两次。伊萨姆告诉我还可以再亲她们的额头，她们会很高兴。果然，当我亲吻她们额头的时候，她们都笑得特别可爱。

阿尔及利亚的官方语言是柏柏尔语、阿拉伯语和法语，他们的问候语和礼仪也是三种混合在一起的。见面问候头一句"萨朗姆"或者"萨朗玛里空"，是阿拉伯语；第二句"萨瓦"，法语；第三句、第四句"乃巴斯"和"罕杜拉"又是阿拉伯语，这四句除了问好，还有宗教意义上的祝福。动作是右手握手，左手放在自己胸口，接着拥抱，再加上法式吻面礼。南部保守地带是男的跟男的，女的跟女的，南方人更喜欢拥抱，大多数左右各贴一次面就够了；北部沿海城市的吻面礼则不论男女，而且更加热情，左右各两次。有些姑娘热情得吓人。有一次，跟一个热情的姑娘亲完，我的耳环挂在了她的头巾上。对于年长者，最尊敬的礼仪是亲吻额头。我在阿尔及利亚的这一个半月中，亲过的人恐怕比我从小到大亲过的都要多。

两位可爱的阿姨冲我说了一连串阿拉伯语，伊萨姆帮我翻译。她们说30年前，伊萨姆的爸爸在美国留学，曾经带回一个美国姑娘到家里做客，现在伊萨姆在中国留学，带回来一个中国姑娘到家里做客，她们觉得很有趣，像是故事又重演了。她们只是路过，进来打个招呼，并没有进屋就走了。

所有的阿尔及利亚学校都会教授阿拉伯语和法语，大部分老人在家里说柏柏尔语，也就是说有些孩子从小就在三种语言环境下成长。由于伊萨姆的爸爸曾经在美国留学，所以他要儿子们从小说英语，而伊萨姆的妈妈又是个法语老师。伊萨姆家的小伙子们从小就是四种语言同时学，他们跟爸爸说英语，跟妈妈说法语，跟祖父母说柏柏尔语，跟同学、老师说阿拉伯语。

在嫉妒过伊萨姆家的四语环境后，我经过反思得出一个结论，之所以自己的英语差，完全是因为只学了一门外语，如果同时学几门，肯定早都学会了。

柏柏尔（Beraber）是非洲十分古老的民族，公元7世纪，阿拉伯人进入北非，经过十几个世纪的融合，大部分柏柏尔人都接受了伊斯兰教和阿拉伯文化，从而成为穆斯林民族之一。古埃及、古希腊和古罗马的历史记录中经常提到柏柏尔人，他们曾经建立过强大的政权，影响范围甚至抵达地中海对岸的西班牙。

柏柏尔人本身并不是一个单一的民族，它是十多个部落族人的统称。居住在瓦尔格拉的柏柏尔人主要是尕尔根（Gargren）族，伊萨姆一家便都是尕尔根族人。

吃完午饭，我去一层中央房间聊天，顺便从妈妈和嫂子们那里学了几句简单的阿拉伯语。我还教会了她们用中文说"你好""谢谢""不客气""再见"。有些"学生"格外好学，问我"下雨""下雪"这种在撒哈拉纯属低频的词汇用中文怎么说，我都毫不吝惜地倾囊相授。

据说阿拉伯语是世界上最难学的语言。以我有限的阿拉伯语词汇量，唯一能跟我进行对话练习的是家里的两个小不点——5岁的萨罕和4岁的苏卜希。我最熟的一个阿拉伯词语是"呆意"（意为"我的"），这个词在和孩子们抢吃的或玩具时非常有用。其实大多数时间，如果不讨论哲学问题，不做科学研究，我们之间的交流是不太用得着语言的，而且当我手上没有玩具或者好吃的时，他们也不怎么爱理我。毕竟对于我这个刚听了几天阿拉伯语的人来说，他们是已有三四年资深语境的"老前辈"。

下午茶过后，伊萨姆对我说："穿衣服，我们出去玩吧！"我跟孩子们玩得正高兴，对他的提议充耳不闻。他连说了三遍"穿衣服"，妈妈觉得很有趣，就学他的样子也开始说"穿衣服"，接着全家老小都觉得好玩，一起学说"穿衣服"。我长这么大从没遇到过这种情形，十几个人一起冲我喊"穿衣服"。搞得我不得不纠正伊萨姆："我又不是什么都没穿，应该说'换衣服'！"

扎基载着我们去了市中心，瓦尔格拉最繁华的街道也覆盖着一层薄薄的撒哈拉黄沙。我发现有一段路，路边除了一个挨一个的咖啡馆没别的，而且每间都塞满了人。

我问伊萨姆："今天不是法定工作日吗，难道他们都和我一样是自由职业者？"这里的咖啡馆是典型的法式，人们不是对坐，而是全部朝向大街。其实，被法国殖民过的国家基本都有这个特征——咖啡馆遍地、所有人面朝大街而坐。

伊萨姆无奈地摇摇头："咖啡馆是我们国家的一个大问题，人们总是待在里面聊天不工作。"

"不，不要怪咖啡和咖啡馆，只要人们不想工作，即使没有咖啡馆，他们也会找到别的什么馆。"

我很想体验一下就着撒哈拉的黄沙喝咖啡是什么感觉，于是提议明天来咖啡馆工作。伊萨姆说这里的咖啡馆都没有Wi-Fi。我再仔细观察了一番，果然看不到人在用电脑，甚至很少有人单独坐着，都是三三两两在聊天。而且只有男人，一个女人也没有。对此，伊萨姆的解释是沙漠地带比较保守，女性不会经常出现在这种需要长时间停留的公共场所。

不论我们停留在哪里，总会有人突然叫出伊萨姆的名字，这些认出他的人，跟他寒暄后也会跟我打招呼，我通常会抢在他们之前把学到的两三句问好的阿拉伯语一股脑全说出来，因为太过主动，他们会错以为我也说阿拉伯语，于是在问好后会对我说一堆阿拉伯语，然后我就一脸困惑地看着他们，对方立刻会意，试图用法语跟我交流。有些人会说一句中文"你好"，但是后面仍旧是阿拉伯语加法语。我除了蒙以外没有别的事情可做，久而久之让我感觉很不好，这就像初次见面，便被对方打了一拳，毫无还手之力。于是他们再跟我说法语，我就会蹦出一句日语。一开始，这招很管用，我也可以看到他们困惑的样子。但是有一次，伊萨姆的一个朋友竟然会说日语，叽里呱啦说了一通日语，我立刻露馅了，我竟天真地以为在阿尔及利亚不可能有人会日语。于是我只好使出撒手锏——把我在世界各地旅行时学会的问好串在一起。即使一个阿尔及利亚语言天才会说意大利语、西班牙语、韩语，我也不信他会夏威夷语和印尼语。这招果然通杀，一使就灵，但是容易让人觉得我不太正常。

有时候，厄里斯当着我的面说我坏话，就会故意和伊萨姆说阿拉伯语或者法语，我让他说英语，他就会摆出一脸贱相说："Lost in translation."意思是说他的语言太美好，以至于一翻译就会失去原有韵味。最气人的是，有一次他说他放屁都要用阿拉伯语，就为了不让我听懂。我的报复就是和伊萨姆用中文说他坏话，最常用到的是"你有病"这句。厄里斯问伊萨姆什么意思，伊萨姆很仗义，始终没有告诉他。每次我说英语说不过他的时候，我都以"你有病"来结束对话，伊萨姆就会在旁边嘿嘿坏乐，并且再补一句："是的，他有病。"厄里斯回击我的话匪夷所思："你是比我老婆还坏的坏女人。"伊萨姆说这句是厄里斯能想到的最恶毒的话了。

厄里斯为了报复伊萨姆没有与自己站在同一战线，终于决定给他的好兄弟起个外号，他问我"black fat man"用中文怎么说。我差点把刚喝到嘴里的牛奶喷到地毯上，因为我给伊萨姆起的外号也是"黑胖子"。除了"黑胖子"，我还教会了厄里斯用中文说"白瘦子"。

他拍了拍自己的小肚子，说："可我一点也不瘦啊。"

我说："跟伊萨姆在一起，你就显得瘦啦。"

"任何人跟伊萨姆在一起都会显得瘦。"我俩笑成一团。

伊萨姆不气不恼，指指厄里斯，又指指我："白傻子、黄疯子。"

没想到伊萨姆的中文已到达登峰造极的水平，起的外号相当能凸显人物特质。

语言不通也可以给生活带来便利，比如伊萨姆和妈妈当着我的面可以随意聊家里的事情，反正我一句也听不懂。而我也会当着妈妈的面叫伊萨姆"黑胖子"，反正妈妈也听不懂。

"伊萨姆，你说得最好的语言是哪种？柏柏尔语吗？"

"不，阿拉伯语。其实越来越多的年轻人不再说柏柏尔语了，除了和自己的祖父母交流，几乎没有什么地方需要它了。"柏柏尔语不仅有语言，也有文字，但是文字就更没有多少人使用了，连伊萨姆也只是会说而已。在阿尔及利亚期间，我也只在伊萨姆的奶奶家里听到过两次柏柏尔语谈话，这仅有的两次，如果不是在伊萨姆的提醒下，我甚至没发现他们不是在说阿拉伯语。

伊萨姆家里的称呼也是英语、法语、柏柏尔语混着来的。伊萨姆叫他的姑姑用英语"aunty"，孩子们叫我"阿姨"则用法语"tata"（音"哒哒"），伊萨姆让我管他妈叫"muma"（发音类似"姆妈"），是柏柏尔称呼。

后来，我发现萨罕和苏卜希也叫她"姆妈"，莫不是伊萨姆在坑我，害我比他小了一辈？再后来发现家里所有人都叫她"姆妈"，我猜想"姆妈"大概是对女主人的称呼吧。但是当我第一次开口叫"姆妈"的时候，全家都笑了半天，又是为什么呢？伊萨姆说一般属于这个家庭的、有血缘关系的人才会这样叫。关系比较好的朋友这样叫，大家会觉得很亲近，比如经常来家里做客的迪多也叫她姆妈。但是大家第一次听到一个黄皮肤的"老外"叫她"姆妈"，觉得很有趣。想起第一次有"老外"朋友到我家里做客，他们用生硬的中文叫我爸妈"苏苏"（叔叔）和"阿一"（阿姨）的时候，也把我爸妈逗笑了。

"哒哒笑嘉，舒非！（笑嘉阿姨，你看！）"这是孩子们每天都会跟我说上无数遍的话。顺着他们小手指的方向通常可以看到几只跳上墙头的猫，或者一只可爱的小虫子。

自打我从孩子们那里学会了这个新的阿拉伯语单词，便喜欢到处用，对谁展示东西都是先来一句"舒非"。直到我对伊萨姆说"舒非"，他纠正我："只有对女的才说'舒非'，对男的要说'舒弗'。"

当我对伊萨姆和厄里斯说"舒弗"后，伊萨姆又纠正我："对两个男的不能用'舒弗'……"

"等一下，两个男的？那我猜还有两个女的，两个以上男的和两个以上女的……那不是代表每学一个动词，就要记6个不一样的词？"

伊萨姆摇摇头："不是6个，是14个：我'看'、我们'看'、男的你'看'、女的你'看'、男的你俩'看'、女的你俩'看'、男的你们'看'、女的你们'看'、他'看'、她'看'、他俩'看'、她俩'看'、他们'看'、她们'看'……不对，不止14个，我还没算上时态的变化呢。"

"我的天啊，那么复杂呀！"

"中文的成语也很复杂呀。"

可是即使不会成语，你也可以用中文沟通，成语的使用频率怎么能跟名词、动词相提并论呢？

在中文里，动词是固定不用变的，过去看、现在看、未来看都是"看"，你看、我看、他看、她们看也都是"看"。在英语里，根据时态和人称的不同，每个英语动词有4种变化，这就足让英语试卷一百年不重样且令广大中小学生怨声载道了。然而，在可怕的阿拉伯语里，每个动词有6种时态变位，每种时态又有14种人称变位，也就是说每个阿拉伯语动词有6乘以14，即

84种变化！已经头疼了？这还只是动词而已，我们再来说说名词。

在阿拉伯语里，名词不仅有单数和复数之分，还多了一种双数，同时也要分阴阳性，此外还要分主格、宾格和属格，再加上泛指和确指之分，也就是说每个阿拉伯语名词有3乘3乘以2，即18种变化！

可以说，阿拉伯语最大的特点就是语法复杂和句子冗长晦涩。怪不得在学习小语种的大学生中流传着这样一句话："三分钟的韩语，三小时的英语，三天的法语，三个月的日语，三年的德语，三百年的阿拉伯语。"但复杂的语法同时也提升了每句话传达的信息密度，提高了人们交流的效率。

伊萨姆说："古代阿拉伯语更丰富，现代阿拉伯语已经变得简单了。"

阿拉伯语的书写是从右至左的，因此阿拉伯书籍和中国古籍一样，开口在左，需要从左向右翻阅。伊萨姆的一位叔叔是阿拉伯文书法家，他来家里做客的时候，曾经向我展示过他手机里自己的书法作品照片。虽然文字我一个都不认识，但是依然赞叹于它的精美绝伦。

阿拉伯字母是除拉丁字母外应用最广泛的一套字母，一共有28个，每个字母根据不同的发音符号可以发出12个不同的音，也就是说，整套字母的全部发音有336个之多！

在我听来，人们说阿拉伯语时更像是在唱歌。阿拉伯语的声调极富变化，经常出现类似于吹哨和"嘶嘶"的声音，还有许多类似于小孩子恶作剧时才会用到的怪声。怪不得伊萨姆说中文时，特别喜欢在句子的结尾加各种"呀""啊""哇""啦"。但那些奇怪的发音在阿拉伯语里都是有实际意义的，有时候是表示同意，有时候是表示震惊。我怀疑阿拉伯语使用者动用了说其他语言的人一辈子都用不到的发声部位。死活不会发大舌音的我，大概就是阿拉伯语世界中的大舌头。

对我来说，阿拉伯语里有些词语的用途匪夷所思，比如有个词念起来像"克嘶"。最初，我听到姆妈对企图吃盘子里肉的猫喊"克嘶"，以为这个词是"走开"的意思，后来才知道这个词不仅不可以对人用，甚至不能对其他动物用，它被创造出来是专门用来驱赶猫的。

希望上面几段话没有令你立下此生不碰阿拉伯语的誓言。

在我看来，阿拉伯语不仅是一种动用各个发声部位的复杂语言，更有一整套配套的身体语言，这令他们在一起说话的时候非常热闹，不仅表情丰富，双手还不时挥舞、拍击，每个人都动用了他们的整个身体在说话。我绝对相信，这一套肢体语言甚至可以独立出来，光用脸和手就能让你明白所有想表达的意思。

据我观察，伊萨姆和他比较要好的朋友们之间说的是更为特殊的一种语言，我叫它"英法阿拉伯语"，三种语言在他们口中已融合成一种语言。听他们对话会很好玩，一个人说了一句英语，下一个人也许会用法语回答，另一个人又用阿拉伯语加入了讨论，或者自始至终一个人发言，说着说着阿拉伯语，突然就夹杂进来几句法语，过一会儿又变成了英语。整个过程浑然天成，无缝衔接，毫无违和感。因此，他们的对话我永远只能听懂一小部分，剩下的时间就是等待英语重新出现，但是这没有任何征兆和规律可循，非常任性。

光是阿拉伯语已经这么复杂了，还要加上其他语言，再配上一套肢体语言。看他们聊天，从来不会觉得无聊。

有一次，姆妈从正在用电脑写文章的我身边经过，只是瞟了一眼，便被吸引住了，她觉得我屏幕上的一个个汉字长得很有趣。

这令爱凑热闹的厄里斯也蹦过来，他看了我打字后，瞪着他那双猫头鹰大眼，用手指着屏幕，几乎是在我耳边喊："你居然用拉丁字母打出了中文？"

用拼音打中文早已被中国人当作家常便饭，而在一个阿拉伯语、英语或法语使用者眼中，这是一件很神奇的事情：屏幕上先是闪现出一串拉丁字母，然后蹦出很多看起来差不多的汉字，按一下空格或者数字后，拉丁字母消失，有趣的汉字便定格了。那些汉字看起来与他们熟悉的拉丁字母如此不同。

他们认为中文是一种很有趣的文字，是因为他们学的语言全部是"表音文字"，打字的时候几乎是"所见即所得"，而中文则完全不同，它是目前世界上唯一被广泛使用的语素文字（通常称之为表意文字）。虽然汉字可以由拉丁字母（拼音）拼写出来，但笔画并非由拉丁字母组成。

伊萨姆家的小伙子们和伊萨姆的好朋友们人人都是语言天才，但无论他们学了多少门语言，也都只是书写字母组成的表音文字，如果没有学过汉语，终究难以想象汉字到底是如何被写出来的。伊萨姆也只是可以听说汉语，读写汉语对他来说始终是个大难题。

厄里斯问我："你认识多少个汉字？"

"这个问题我没法回答，就像如果我问你到底认识多少个英语单词或者多少个阿拉伯语单词一样，你也无法回答。"

厄里斯对中文产生了浓厚的兴趣，伊萨姆便跟他分享了一个刚开始学中文时，发生在自己身上的笑话。他向自己的中文老师提问，本来想说"老师，我问你"，结果说成了"老师，我吻你"。这个笑话只有我一人听懂了，我哈哈大笑过后，试图帮助伊萨姆向厄里斯解释，音节相同的两个字声调不同，意思会完全不同。但厄里斯十分困惑："问？吻？我听起来都一样啊。"

我相信，有一天中文可以把厄里斯逼疯，就像阿拉伯语能把我逼疯一样。

全世界语法和发音最复杂的语言是阿拉伯语，它难在入门。而汉语的语法非常简单，很容易入门。但是，汉语的文字和发音分离，难在书写和声调，还有极具深意的成语是最令"老外"头疼的问题，这也是大部分"老外"可以很快学会听说汉语，却很难学会读写汉语的主要原因。

我很骄傲我是一个中文写作者。

最重要的一项活动

上午,伊萨姆拍醒了睡懒觉的扎基,让他当司机带着我和厄里斯去市区兜风。

刚走出宅子,我就感叹道:"好热呀!"

伊萨姆说昨天比今天热,可是对于我来说,每天都是热,已经分不出哪一天更热了。

伊萨姆上车后,顺手把一直在院中探头探脑的萨罕也拽进了车里。

车里比外面更热,座位被烈日晒得滚烫,我大声嚷嚷着"烫屁股、烫屁股"。大概萨罕觉得好玩,也跟着嚷"烫屁股、烫屁股"。我有些抱歉地对伊萨姆说:"哎,没想到你侄子学会的第一句中文竟然是'烫屁股'。"跟我相遇的阿尔及利亚人,祝你们好运,你们学会的第一句中文也许并不太美好。

小家伙站在伊萨姆和我之间,一直耷拉着脑袋,偶尔抬头望向窗外。他还是有些认生，而且对于他来说，厄里斯也算陌生人。我特别喜欢逗他玩，一会儿搔他的痒，一会儿把自己的草帽戴在他头上。他乱动乱扭，一次也未转头望向我，但从他的侧脸可以看出，他一直在憋着笑。

那辆老旧的小白车载着我们五个人在瓦尔格拉的街头缓慢爬行。我发现再小的孩子也不会在公共场所随意大小便，女人们也不会在公共场所化妆。可是街头却罕有公共厕所。伊萨姆说："我们都去清真寺里的厕所呀。"

这个城市比我想象中大得多，我时不时举起相机拍一拍外面的街景和行人。扎基突然一个急刹车，把车上每个人都吓了一跳。一辆黑色的轿车突然把我们的车逼停，司机下车后气势汹汹地质问扎基是不是我用相机拍了他，我一脸茫然。伊萨姆立刻下车跟他交涉，说我只是在拍建筑。我以为给伊萨姆惹了麻烦，赶紧翻看自己的相机，发现确实有一张照片里出现了那辆黑车，还有司机与他的妻子上车离去前模糊的身影，他的妻子身着最保守的黑色长袍，头上戴着黑色面纱，但那是拍街景时无意中拍到的，我赶紧把它删掉。不过这位先生并没有要求检查我的相机。伊萨姆回到车上后，用英文告诉我，以后只拍他们的背影吧，而且别让他们发现你。我问为什么他们那么在意。

伊萨姆改用中文说："他们的脑袋坏掉了，觉得你会把照片用在不好的地方，但是我想不出来什么是不好的地方。"

"我也想不出来。"

当车子开过市中心最繁华的地段后，我看到远处的路口有一群男人闲坐在路边，遇到有汽车慢速开过，就立刻去扒车窗。他们的身材略微矮小，肤色也明显异于瓦尔格拉本地人，比车上最黑的伊萨姆还要再黑上好几倍。阳光下，他们的皮肤甚至泛着紫色的光。伊萨姆说他们是马里来的难民，希望别人能给他们工作。有多少？大概有几千人吧。阿尔及利亚政府没有把他们遣返回去吗？没有。为什么？伊萨姆的脸上现出了很惊讶的表情，似乎我这个问题是世界上最奇怪、最多余的问题，他没有说话，只是用双手于胸前交叉抱住了自己的双肩，头歪向一边，好像在拥抱别人。他说，阿尔及利亚还有许多来自巴勒斯坦和叙利亚的难民，他们都是一群没有身份、没有护照、没有家的人。伊萨姆指指不远处的一片黄色的房子，说这是阿尔及利亚人给他们建的，里面还提供免费的食物和水。

后来，在长途汽车站和邮局里，我们都遇见过不少马里人。他们大都穿着崭新的干净衣服，男人们在找工作，女人和小孩则在乞讨。不过他们的乞讨更像是在打发时间，只是坐在不碍事的角落里，在面前随便放上一个碗，也不和往来的人讨要，似乎不太在意是否能要到钱。

快到家时，我们又一次路过街边一家小裁缝铺，我早已经盯上了这里。据我观察，这附近一共有三家裁缝铺，这一家门口放的照片最吸引人，每一件服装的颜色都分外艳丽，花色都是我未曾见过的。

我和伊萨姆钻进这家铺子，扎基和厄里斯带着萨罕先回家，反正铺子距离家只有大概500米。

不到40平方米的狭长小铺子里靠墙摆了三个电动缝纫机，每台缝纫机后都坐着一个肤色黝黑发亮、正在埋头干活的年轻小伙子，店铺最尽头的地方横着的第四台缝纫机，上面干干净净连块布头都没有，一看便知是老板的工作台。老板是个中年尼日尔人，率领着他的三个科特迪瓦员工落户瓦尔格拉已有数年。

店铺的墙上挂满了面料，足有七八十种之多，眼花缭乱令人难以抉择。老板头顶上方的墙上挂着一块15寸的屏幕，滚动展示着用充满非洲风情的面料制作的服装。老板看我对着屏幕站立许久，以为是款式不够多，于是递过了自己的手机，向我展示里面更多的款式。

虽然这家店的老板是位头戴小圆帽、身着白色长袍的传统穆斯林，但是他们的服装款式却一点不保守，无论常服，还是晚礼服，走的都是性感奔放路线，就连专门为穆斯林女性提供的长裙和头巾，也格外有设计感。最令我高兴的是，大多数照片中的模特居然比我还壮实，这大概是一家所有买家秀都将超越卖家秀的店铺。

他们都只说阿拉伯语和法语,就连最简单的"how much(多少钱)"都听不懂。我让伊萨姆向老板询问哪些面料是中国制造,他指给我看了几种比较传统的花色,而且向我保证店里大部分是非洲制造。我相信他的人品,同时也相信自己的眼力。不过环游世界,一个不小心,带回家的东西全部都是中国制造也不是什么稀奇事。毕竟,世界上最有名的三个英文单词不是I love you(我爱你),而是Made in China(中国制造)。

最终,我选中了一条A字大摆长裙和一件露肩连衣裙,颜色和图案分别是非常夸张的明黄色和十种颜色搭配在一起的条纹。我知道自己肯定买得起,所以在选好了款式后才问的价格。不过当老板伸出三个手指,说一件衣服只要3000第纳尔时,我还是被这个价格吓了一跳,折合人民币才100块出头,这个价格在北京连件好点的吊带都买不来啊!但是这里为你提供一对一服务,量身定制,上百种款式随你挑,想改哪里改哪里,出货还超快,是第二天就能拿到手的"高级定制"。我立刻对老板表示,如果这两件衣服令我满意,我会定做更多。

伊萨姆受我撺掇,决定定做一件款式稍正式,但图案是非洲特色的宝蓝色花纹上装,在节日庆典和毕业典礼时穿。

大概土豪的我们已被小店列为VIP客户,老板亲自给我量尺寸。他的胳膊伸得老直,歪着脑袋,尽着将自己的身体和脑袋与我的距离保持在最远,不论是胸围、腰围还是臀围留的余地都大得出奇。他比较保守,生怕碰到我,但是这样做出来的衣服真的合体吗?难以想象最终成品什么样子。由于伊萨姆选中的面料要多等一天才能到,于是我们决定后天再过来一起取走。

午饭前,伊萨姆说今天带你去尝尝别人家做的饭菜吧。于是,在姆妈的率领下,伊萨姆、扎基和我一起去亲戚家做客。扎基开着车在城中七拐八拐,不出半个小时便到了一栋蓝色的房子前。伊萨姆家的主色调是淡黄色,这家则偏爱蓝色,不仅是院墙,就连室内也都被刷成了海蓝色,令人一进来便感到比外面凉快了许多。

这家的最年长者是位年过七旬的老妇人，我按照最高礼节亲吻了她的额头，她一直笑得合不拢嘴。伊萨姆说她是姆妈的"二妈"。姆妈的父亲娶了两个老婆，他和姆妈的亲生母亲都已过世，家里长辈只剩下了眼前这位"二妈"。

这家人都不会英语，我们的交流需要通过伊萨姆翻译。家里还有两个20岁出头的小伙，以及两位同样年纪的小姐姐，他们都是伊萨姆的表弟、表妹。伊萨姆的这四位表亲都有做模特的潜质，女的都一米七以上，男的都接近一米九，他们身材苗条，五官清秀，且都是巴掌脸。我由衷地说："你们的脸都好小哦。"他们仔细端详了我一会儿，下了一个忠实的结论："你的脸跟我们的比起来，确实大了一些。"我对伊萨姆说："以后这种话就不用翻译给我听了好吗？"

这一家人真是太可爱了，当他们得知我是中国人后，怕我不爱喝凉水，特地给我倒了一杯热水。我望了望窗外热辣的撒哈拉阳光，再看看面前这杯冒着热气的水，用快冒烟的嗓子眼儿咽了口唾沫，差点就躺地上打滚，哭着喊着要凉水喝了。看来全世界人民都知道中国人认为热水有益健康，但是这个法则一点都不适用于撒哈拉。

午饭是我最喜欢的库斯库斯（cous-cous），混入了土豆和菠菜，每个人还有一块手掌大的骆驼肉。女主人用勺子将自己那块骆驼肉分成四块，分别给了姆妈、扎基、伊萨姆和我。这里的食物，一两句说不完，作为一个吃货，我必须要用单独的一章写下我在这里吃到过的食物。只是当时，我还不知道女主人的这一举动意味着她有多么热情好客。

两位小姐姐里有一位格外活泼，她可爱的发型与她的个头儿完全不是一个风格。她没有戴头巾，脑后梳着两个小辫儿，小辫儿用布条绑着，像两只小羊犄角，只不过人家是"小羊羔"，她是"小高羊"。我指着她的"犄角"冲她叫了声"咩"，她立刻大笑起来，其他人也都会意，一个个笑得前仰后合。她笑着笑着突然跳起来，拉着我的手把我拽到后院，院子里有个小圈，里面真的有只正在咩咩叫的小黑羊。

通过跟他们聊天，我发觉他们对中国的"了解"几乎可以忽略不计，他们竟然认为中日韩三国语言一样，文字也一样，互相之间能无障碍沟通，就像他们可以和其他阿拉伯国家交流，只是口音或者习惯用语有些区别而已。他们跟我玩自拍，"小高羊"甚至开启了视频通话模式，她对着屏幕那边的闺蜜在说什么我当然一句都听不懂，但是透过她的神情，我猜测她极有可能是在说："你看你看，我这里有个活的中国人！"

到了下午茶的时候，我突然困得直磕头。"小高羊"把沙发的一个靠垫放倒，让我躺在沙发上睡觉。我居然真的躺倒就睡着了。

这家人太热情好客了，临走前，女主人送给我四个她编的手镯，"小高羊"的姐妹送给我一个钱包，"小高羊"送我一块沙漠里特有的石头——沙漠玫瑰。瓦尔格拉的市中心有个地标雕塑，就是用上百颗沙漠玫瑰堆叠在一起建成的。我有点发窘，因为自己没有带任何礼物，翻遍全身上下，只在钱包里找到一条黄色手绳，是一位有过一面之缘的缅甸僧人送给我的，我把它转送给了女主人。

当我走出这座蓝色的院子，走到车门口的时候，突然听到"小高羊"叫我。我回过头来，发现她正笑眯眯地站在院门口，手上做着双手合十的动作，然后定在那里不动。我一时之间没有明白她在干吗，用疑惑的眼神转头看向身边的伊萨姆。伊萨姆说："她以为中国人都用这个动作说再见呀。"我恍然大悟，赶紧也冲她做了个双手合十的动作，嘴上喊了句："玛萨拉玛（阿拉伯语'再见'）。""小高羊"开心地蹦回了院里。我和伊萨姆都被这种"中阿合并"的告别礼仪逗笑了。

回家的路上，姆妈突然想到一个地方，她说笑嘉一定会喜欢那里。于是扎基一转方向盘，开到撒哈拉中的一个小湖。

此时的阳光收起了烫人的狠意，光线也已转为柔和。下车时，我本打算将鞋子留在车上，光脚踩在沙子上。只试了一下，便知道自己还是小看了撒哈拉储存热量的能力，赶紧老老实实穿回鞋子。

行走在瓦尔格拉的街头，地上随便一粒沙都是撒哈拉的一部分。人们将城市建在广袤的沙漠之上，可沙子无时无刻不蹦起来，蹦到街道上、车子上、屋顶上、楼梯上，人们的头上、脸上、身上。撒哈拉不是为了显示它的存在，而是千百年来沙子一直就在天地间肆意播撒、翻飞、迁徙，人们没办法给每一粒沙子一个名字，只好把它们聚集面积最大的一片地带叫作"撒哈拉"。

"伊萨姆，'撒哈拉'是什么意思？"

"就是'沙漠'的意思。"

"那我每次说'撒哈拉沙漠'的时候，在你听来就像说'沙漠沙漠'。"

"对啊。"

环视四周，已有家庭先于我们到达湖边，小孩子们在湖里互相撩着水，偶尔也向岸边的大人恶作剧。

当太阳闪过它最后一丝光芒后，接近沙漠边缘的天空变成了红色。这时再坐到沙子上，沙子的余温仍有些烫屁股。我们就坐在湖边，静静等待日落。

不一会儿，"小高羊"一家也开车到了。

"小高羊"对这么快便不期而遇显得相当兴奋，几乎是冲到我面前来捏我的脸，紧接着转身一屁股坐到伊萨姆身上。我俩都被她的恶作剧闹了个措手不及，她得意得笑弯了腰，突然又收住笑声，跳起来把手机和耳机塞到我手上，向右跨出一步，朝着背向夕阳的方向，开始在黄沙之上礼拜。

天空一点点由红转为紫，再变为蓝。沙子的颜色也从橘黄慢慢转成了黑色。月亮早就悄悄升起，更悄悄发生了月食。

"伊萨姆呀，请不要在晚上穿黑色衣服。如果我在沙漠的夜里突然找不到你了，你知道该怎么办吗？"

伊萨姆立刻咧开嘴，露出两排整齐的白牙。

我俩笑得前仰后合，其他人都不明就里。

第二天晚上9点，门铃声突然响起，1个男人和4个女人带着1个男孩、1个女孩驾到。男人们全都不知所踪，姆妈、大嫂和所有的孩子也都出门了，出门前姆妈问我要不要一起去，但是没有男人在家，她们根本说不明白要去哪儿。我说我还是留在家里工作吧，他们无非是去哪个亲戚家串门，而且缺了伊萨姆我也不知道他们串门的时候聊天在聊什么。谁知道没出去串门,也有串门的人找上门来。二嫂正在准备全家的晚饭,神出鬼没的四哥突然出现跟每个人打了个招呼后就不知所踪了。我坐在人堆儿里一脸尴尬的时间还没有超过五分钟,伊萨姆便很及时地回来了。这个家伙男女老少通吃,所有人都跟他噼里啪啦一通聊。不多会儿,串门的女人和孩子们都回来了,房间里一下子变成了伊萨姆和7个女人、5个孩子。

他们将小孩子也当作成人一样对待,不论是孩子之间,还是成人与小孩,从握手、手放在胸口,到拥抱、吻面,一整套见面礼节一个都不少。两个孩子看起来只有七八岁,对见面礼的复杂流程已经非常熟练,萨罕作为伊萨姆家年青一代的老大,显然还没有学会,自己的表哥(我也不知道那个男孩是不是他表哥,亲戚太多,根本弄不明白谁是谁)对自己行礼,他只是懵懵懂懂地接受,不知道回礼。不过孩子始终是孩子,刚刚还彬彬有礼像个小大人一样,转脸便闹成一团。

我就在所有打闹声和阿拉伯语声中敲我的电脑。大人们自是聊他们的天,孩子们对我更加好奇,偶尔放下玩具,偷偷躲在旁边看我的电脑屏幕。姆妈抽空用她那有限的英语给我下了一个极高的评语:"You are a hard-working woman(你是个勤奋的姑娘)。"

客人们都离开后,苏卜希不知道从哪儿找来一个玩具"小电脑",端着它一本正经坐到我身边,学着我的样子用手在"电脑"上一通乱敲,把大家都逗乐了。我跟伊萨姆说,你看,在我每天辛勤工作的感召下,终于有人愿意加入我这个团队啦!没想到我的团队居然还这么国际化,这位年轻的"一零后"新同事,第一天上班就主动要求加班,难得难得。只可惜我没钱给他开工资,也怕被控雇用童工。

这里的人们似乎对串门乐此不疲,不仅喜欢到亲戚家串门,还热情邀请陌生人。

上午跟姆妈去一家小商店买扣子的时候,遇到一个姑娘,只跟我说了三句话：你好、你是哪国人，第三句就是邀请我到她家做客。热情好客的程度已经超出了我的想象力！

我问伊萨姆："在你们国家，陌生人邀请我去家里做客，这正常吗？"

他说："挺正常啊，你是他们遇到的唯一一个跟他们近距离交流的中国人呀。其实在北部沿海城市，比如奥兰和首都阿尔及尔，中国人不少，但是他们除了从住的地方到工作的地方，偶尔去超市、商场、餐馆，顶多跟一起工作的当地同事聊聊天，除此之外，几乎不跟当地人交流。阿尔及利亚人对中国人的了解，就像中国人对阿尔及利亚人的了解一样，都特别少。所以他们对你特别好奇呀！"

"原来如此。"我又问伊萨姆，"那几乎每天不是你家的人去别人家，就是有人来你家，这正常吗？"

"挺正常啊，串门和聊天是我们最主要的活动呀。"

吃不胖

似乎谁都认识伊萨姆,无论我们去机场、邮局,还是餐馆,总会突然有人叫他的名字。

我对扎基说:"我怀疑整个瓦尔格拉的人都认识你哥。"

他点点头说:"嗯,我也这么认为。"

伊萨姆一脸得意:"我在我的城市很有名的。"

第一次和伊萨姆走路出门而不是坐车,是因为家里那辆小白车坏了。临出门时,伊萨姆说自己讨厌走路。我说你这么胖还不多走走减肥。伊萨姆说他不喜欢走路不是因为懒。

街上几乎所有人都认识他,不论男女老幼,我们每走几步就不得不停下来和别人打招呼,人们似乎特别喜欢跟他聊天,再加上他的身旁还有个奇怪的"老外"姑娘,他们便更加乐意多聊上几句了。还有人开着车在狭窄的小巷子里行驶，从我们身边经过时突然踩下刹车，从降下的车窗里探出半个身子喊伊萨姆的名字，差点造成交通堵塞。

"伊萨姆，怎么谁都认识你？因为你长得帅还是聪明？"

这次他似乎说出了实情："因为以前太胖了。"

确实，街上的男男女女都是又高又瘦，我在看了他几年前的照片后，发现现在的他至少已经瘦了50斤，但依然是整座城市里最胖的一个。

回北京后，伊萨姆的一个瑞典同学跟我聊天，说他的同学里不止一个阿尔及利亚人，伊萨姆长得跟他们都不一样，问我阿尔及利亚有没有伊萨姆这种体型的人。我只得承认，伊萨姆确实很独特，他们国家的人都是白白瘦瘦或者黑黑瘦瘦的，人们肌肉结实，胳膊、腿和手指都很修长。有些已婚妇女会略微发福，但营养过剩的男人凤毛麟角。

小白车修好后，我们又一起坐在扎基开的车里到处兜风。有一次，我突然指着车窗外的一个男人，激动地向车上的厄里斯和扎基说："快看快看，瓦尔格拉居然有一个比伊萨姆还胖的人！"

厄里斯连连点头称奇："太不容易了。"

伊萨姆有点生气："为什么你们总对朋友说不好的词？"

"因为你聪明、勤奋、善良，又帅。我们都太普通了，特别嫉妒你，我们唯一能找出来的你的缺点就是胖。"

厄里斯居然为我鼓起掌来。每当说伊萨姆坏话的时候，他都会和我站在统一战线。

"你们……"伊萨姆面对眨着无辜的大眼睛的我和厄里斯无可奈何，"你们知道我是怎么减肥的吗？我每天早上都对着镜子里的自己说'我身材很好'，这真的很管用！你和厄里斯别总叫我'黑胖子'。"

"但是即使我们每天都夸你白胖子，你也白不了啊。"

伊萨姆不生气了，笑着说："你太坏了，我不跟你聊天了！"

这里的人虽然瘦，但都很贪甜。我在客厅发现一个大桶，里面全是椰枣，其实每一户人家都有这么一个装满了椰枣的桶。椰枣大概是这个国家里唯一一样不放糖也不放蜂蜜的食物，因为它本身就很甜，我吃一个就能甜半天。

午饭和晚饭的顺序都是先吃椰枣、喝牛奶，然后是熟沙拉（通常是由先烤再冰镇的辣椒、茄子和西红柿做成），接着是汤、主食和肉，再然后是生菜沙拉，最后是水果。

人们超爱喝果汁，几乎餐餐都有，伊萨姆的解释是因为水果太贵了，但其实每顿正餐后都有水果。我认为其实是他们实在太爱喝甜的东西了，才给自己找了个借口。

当地人最常吃的主食是法棍和库斯库斯，它们都是由杜兰小麦制成。杜兰小麦是世界上最硬的小麦，想把它做熟，着实需要费一番工夫，做一锅香喷喷的库斯库斯至少需要3个小时。经过反复筛蒸的杜兰小麦看起来很像小米，所以也有人管它叫"阿拉伯小米"或者"北非小米"。

两个中央房间都有一个矮桌子，我感觉用或不用没什么太大区别，因为桌子只有小腿一半么高。人们吃饭的习惯和中餐类似，都是从几个公共的碟子里取菜，只不过每个人没有单独的盘子或碗。家中有三个超级大的金属餐盘，直径大概有70厘米，足以放下四五个碟子。初到伊萨姆家时，每顿饭都是由伊萨姆用大餐盘端到二楼，餐盘里的饭菜远远大于两个人的分量，但哪里有伊萨姆，哪里就不用担心有剩菜剩饭。厄里斯来到以后，取代了姆妈的位置，和我、伊萨姆一起住在二楼的中央房间，把这里变成了一个榻榻米式的青年旅舍男女混住多人间。于是，每次伊萨姆端到二楼的餐盘里便有了三个人的分量。后来我跟大家熟了，也到一楼的中央房间吃饭，家里的男人们围在一个大餐盘周围，女人们围在另一个大餐盘周围吃饭，孩子们围着一个小餐盘，而我则拥有了一个单独的餐盘。伊萨姆的爸爸回来后，我发现我这个客人的待遇跟男主人是一个级别的，家里只有我俩拥有单独吃饭的餐盘。再后来更熟了，我便混入了女人堆里吃饭。

起初，没有自己的碗这点颇为困扰我，姆妈每餐都会给我一块餐布，我便把它放在盘着的腿上，一顿饭结束，别人只需观察这块餐布便可以知晓这顿饭我都吃了什么。到后来，我终于练就了与他们一样的"神功"：盘腿坐在地毯上吃饭，不用碗也不用餐布，身上和地毯上也可以干干净净，只是双手和脸上依然满是油腻，毫无优雅可言。

直到我参与洗碗这项"饭后家庭娱乐活动"后，才领悟到一家子十几个人吃一顿饭竟然需要那么多杯碗盘碟，幸好每个人没有单独的碗，不然的话，恐怕下顿饭开饭前，上顿饭的碗还没洗好呢。

用公共碟子吃饭（尤其是主食），有一个很重要的餐桌礼仪，便是先吃自己面前的部分，再吃碟子中央的部分。未经他人允许吃别人面前的部分是非常不礼貌的行为。

我是一个不折不扣的肉食动物，来到这里的第一顿饭便把本来属于伊萨姆的肉也吃掉了，当时我还不知道每人只有一块肉，伊萨姆说原因是肉比较贵。好在伊萨姆家的女人们个个都是做饭的天才，初到这里的一周时间里，竟然顿顿饭的主菜都不一样，足以弥补肉不多的缺憾。热衷于大口吃肉的我每次吃饭第一口都是吃肉，把肉吃完才开始吃饭和菜。伊萨姆发现我的这个"陋习"后，每次和我一起吃饭的时候都会趁我不注意把我的肉拿走，故意说着"不够吃啦"，然后把肉扣在属于他地盘的那片区域里。看我把饭菜吃得差不多了，他才把我的肉还给我，再把自己的肉也分给我一半。有时候每个人吃了一块肉之后，还有富余的肉，他会毫不犹豫地将之推到姆妈面前。

这里的口味普遍是淡淡的咸、淡淡的辣和狠狠的甜，以至于我总有一种他们每天做饭都将糖当盐放的错觉。一天午饭时，伊萨姆的某一位叔叔对我说："我们知道中国人爱吃辣，来尝尝我们的辣椒。"那是被烤熟的、绿色的长辣椒，单独放在库斯库斯旁边，专门给重口味的阿尔及利亚人准备的。我大胆地咬了一口，一小口而已，一分钟后，他们就看到了一个泪流满面的我。这位格外体贴的叔叔立即从冰箱里取出一个冰激凌，笑着递给了我。真希望那个时候有人能帮我跟他们解释一下：中国人不全是四川人。

伊萨姆家的女人们不仅会做很多菜式，也会烘焙各种小点心。我多次严重怀疑那些精美的小点心是不是她们从外面买来的，直到有一天亲眼见到她们制作点心的全过程。对于这些小点心，我仅限于欣赏，那个甜度是我无福消受的。对于我来说，所有的点心中，最特别的是用杜兰小麦和椰枣做的那一款，两样东西都是平时不常吃的，组合在一起近乎完美——除了太甜外没其他缺点了。

在阿尔及利亚，咖啡和牛奶的价格不相上下，便宜到即使是"酗咖啡"，也不会觉得贵。然而伊萨姆家的小伙子们是怎么喝咖啡的呢？他们会先往自己的杯子里倒上多半杯牛奶，然后滴上五六滴咖啡。他们非说阿尔及利亚人这种奶多咖啡少的喝法是跟法国人学的，只承认放糖的方式做了本土化改良——在本就不大的咖啡杯中，剩下的少半杯空间是留给糖的。咖啡与奶和糖的比例达到了让人匪夷所思的地步。

我曾经观察过家里最瘦的扎基，他每天早上对着自己那杯"咖啡"都是连放 4 勺糖。我跟他说，照这么放下去，有一天你会成为第二个伊萨姆的。他说不会的，你看我的其他哥哥，都是 4 勺起，也没有胖成他那样。我竟无言以对。

阿尔及利亚的咖啡馆里没有美式、意式、卡布奇诺、玛奇朵、拿铁，只有一种咖啡，就是小小杯子里注入了半杯牛奶和半杯糖的那种"咖啡"。而咖啡馆中的咖啡杯都比伊萨姆家的还要小——将你除去拇指外的四指并拢，这就是杯子的高度了，用四指与拇指围成一个圈，咖啡杯的容积你就大概能够一眼看穿，一口就干了——对，比中国人喝白酒的口杯大不了多少。

这里的人们不知道何为星巴克，当我向他们比画一杯星巴克中杯咖啡有多大的时候，他们那个嘴张得啊，就好像我谈论的是接触外星人的经历。当我找了个正常大小的水杯倒了满满一杯咖啡，只加了一点点奶，没有加一粒糖，喝得兴高采烈时，他们看我的那个表情啊，分明是在看外星人。

有一次，我在早餐时间结束后才起床，伊萨姆的姑姑见我来到厨房，立刻从冰箱里取出煮好的咖啡，要帮我热一热。我连忙阻止她，还将几个冰块丢进了咖啡，呷了一口后，故意眯着眼睛吧唧了几下嘴，然后把杯子递给她，示意她也尝尝，她一脸惊恐地摇了摇头。

我问伊萨姆："你姑姑是不是觉得我疯了？"

"对呀，我们从不喝凉的咖啡，奶也是。"

厄里斯每天都会去买零食吃。有次他去商店前问我："你要不要吃零食？我帮你买回来。"

我说："不管什么，只要是阿尔及利亚独有的，我都想尝尝。"

15分钟后，他带着4包烤肉口味的薯片和4盒不知道是什么的东西回来。他解释道："我实在没发现商店里有什么是中国人没吃过的。"

我打开其中一盒，问他："这是酸奶吗？"盒子里的东西呈半凝固状，左边一半是黑色，右边一半是黄色，"我从没见过这样的酸奶。"

"太好了，看来我买对了。"

我喝了一口就知道这绝对是阿尔及利亚制造——巨甜无比！

我最大的疑惑是：这里的人那么能吃甜食，怎么不胖呢？

我怀疑是撒哈拉的太阳将他们身上的糖分和脂肪都烤干了。

这里没人谈恋爱吗？

上午，一位十分漂亮的姑娘来家里做客，她看起来最多二十四五岁，身旁还坐着一个十一二岁的小女孩。这位姑娘穿着一条天蓝色连衣裙，系了一条带花纹的杏色腰带，头戴杏色头巾，镶着天蓝色的边儿，脚下穿着一双杏色的细带凉鞋。从头到脚都精心打扮过一番，像是一阵凉爽的风刮进了酷热的撒哈拉。

姆妈挨着她坐，几乎很少出现在中央房间的三哥坐在离她最远的地方，我和伊萨姆坐在她的对面。喝了一会儿冰镇饮料后，伊萨姆才告诉我这是他三哥的未婚妻，五个月后将举办一场盛大的婚礼。

我忍不住看看漂亮姑娘，再看看房间另一端的三哥，两人都是圆圆的眼睛，确实很有夫妻相。

"伊萨姆，那个小女孩是谁？"

"她的妹妹。"

"带着妹妹来未来婆婆家做客,是不是因为这里的男女朋友不能单独见面?"

"是啊。其实我们没有男女朋友的概念。两个人互相喜欢,决定在一起,也不会对别人说'他是我男朋友''她是我女朋友',我们只有'未婚妻'和'未婚夫'。"

我惊恐地看向伊萨姆:"年轻人都不约会的吗?"

伊萨姆淡定地摇摇头。

在这个一半人口是25岁以下年轻人的国度里,在大街上,尤其是南部城市,你绝对看不到一男一女手拉着手,更不用说勾肩搭背、搂搂抱抱,即使是夫妻。在这个国家,我甚至很少看到一男一女走在一起,一般都是几个女的或者几个男的,或者是一大家子人走在一起。去阿尔及利亚之前,伊萨姆就提醒过我,在他们国家的时候千万不要碰他。因为我大大咧咧惯了,经常拍他肩膀或者用胳膊肘拱他之类的。

"那你们怎么认识自己的未婚妻、未婚夫呢?"

"父母介绍呀。孩子长到二十五六岁,觉得自己工作稳定了,想结婚了,就跟父母说,父母就给他们介绍。"

这跟三四十年前的中国差不多啊。

"认识以后多久订婚呢?"

"如果见了面,喜欢对方,可能见第一次面就订婚啦。"

我下巴差点没掉地上。

"要是不喜欢呢?"

"那就跟父母说不喜欢,让父母再给介绍呗。"

"那什么时候谈恋爱呢?"

"结婚以后有的是时间呀。我们认为住在一起久了自然就有感情了。"

嗯,这个理论在中国也曾流行过好几个世纪吧。

对了,说到结婚,我对一件事特别感兴趣,就是有些国家的穆斯林可以娶四个老婆。伊萨姆的爷爷、外公和一个叔叔都娶了两个老婆。

虽然可以娶四个老婆，但是娶两个的都很少，因为男人必须要保证能平等对待每个妻子，比如你给大老婆买了一个包包，就必须给二老婆买一个一模一样的。如果大老婆有一个独立的房间，二老婆也要有一间一样大小的独立房间。到最后，你会发现大多数国家只能娶一个老婆这条法律，保护的其实是男人——老婆越少，越健康长寿。

"你们也是必须按长幼顺序结婚吗？"

"嗯，以前如果哥哥姐姐没结婚，弟弟妹妹就不能结，但是现在也没那么严格了。"

怪不得，我们到的第二天伊萨姆的姆妈就曾迫不及待地给伊萨姆介绍女孩，原来是老三的婚姻大事已经有谱了，就开始操心其他儿子了。

那天，姆妈在房间里只有我和伊萨姆的时候，突然掏出一张照片，那是一张别人的全家福，姆妈指着坐在中间的一个女孩对伊萨姆说了几句，伊萨姆突然尴尬地看了看我。

我立刻明白了姆妈在干什么。我特别兴奋，好像姆妈是在给我介绍对象似的。等姆妈走后，我八卦地问伊萨姆他跟姆妈都说了些什么。

伊萨姆转述姆妈的话，照片中的女孩刚毕业当了老师，是伊萨姆庞大的叔叔团中一位叔叔的朋友的女儿，问伊萨姆觉得她怎么样。

我拍着伊萨姆的肩膀，以一种过来人的口吻说："小伙子，不用害羞，这种事姐也经历过，我妈也给我看过一些男孩子的照片。教你一个新的中文词汇，来，跟我一起念：x-i-āng-xiāng、q-īn-qīn，相亲！很简单，都是一声，你学会了吗？"

伊萨姆不仅学得很快，而且立刻用它造了个句："相亲个屁！"

我问伊萨姆用什么理由糊弄他老妈，他说自己还要在中国学习两年，怎么娶这里的姑娘呢。

"嗯，你的想法已经和她们有很大不同了吧。"

"对呀，我跟你的想法相同吧。"

"当然，不然我们为什么会是朋友呢。"

只是当时的我只顾着嘲笑伊萨姆，压根没有想到伊萨姆的尴尬还有别的原因。甚至，过了很久，我才明白为什么姆妈会当着我的面给伊萨姆看女孩的照片。

现在，在这个中央房间里，姆妈和伊萨姆的未来三嫂愉快地聊着天。三哥则一言不发，埋首于手机。

伊萨姆突然说："我也很想结婚，这样可以有一个人陪着我，会比一个人的时候好过。生活不容易呀！"

我翻了个白眼嘲笑他的幼稚："你以为两个人一起就一定比一个人好吗？有可能更糟糕！你一个人的时候起码没有人跟你吵架呀。"我突然联想到一个问题，"这里有没有人离婚？"

"有啊，每个人有三次机会结婚。"

"哦，那就是最多可以离两次婚咯。有人打老婆吗？"

"不应该这样做呀，如果有男人真的那样不对，那会有三种结果：一、他的老婆决定原谅他；二、让他赔钱；三、赔钱并离婚。"

坐在对面的蓝衣漂亮姑娘突然对我说了一句："安提折米拉。"伊萨姆告诉我："她说你漂亮呀。"我立刻用新学会的这个阿拉伯词汇，也回夸她漂亮。我不是出自礼貌，而是真心的。这位姑娘有那种即使头巾将头发、耳朵、脖子都包裹住，也难以掩饰的漂亮。她并没有化妆，五官本身就长得很标致，符合传统的东方审美，又大又圆的眼睛，小小的鼻子，小小的嘴巴，薄厚适中的嘴唇（这里人的嘴唇普遍都很厚）。我着实好奇在阿尔及利亚人眼中，长成什么样才叫漂亮呢。

伊萨姆的回答是："就是你这样啊。"

"请认真回答。"

"我是认真的呀。我们特别喜欢你这样的眼睛，大眼睛，眼尾向上挑，这里特别长。"他指着我的眼睑，"你的身材也是我们喜欢的呀，我们不喜欢太瘦的。"

"我的两只眼睛不一样哦，一只单眼皮，一只双眼皮。"

他们跟发现外星人一样挨个过来参观我，觉得很有趣，他们是没有单双眼皮的概念的。据我这些天的观察，他们都是大眼睛双眼皮。经伊萨姆提醒，我才发现他们的下眼睑几乎看不出来。

"你们认为什么样的男人才叫帅呢？"

伊萨姆恬不知耻，条件反射般回答："我呀。"

"我没跟你开玩笑。"

"我真的认为我很帅啊。"说着还特意用手撩了一下头发做自恋状，"我们的偶像是乔治·克鲁尼。我们认为西班牙人、意大利人和塞浦路斯人里有很多帅哥。而且有胡子的男人很帅。"说着又昂起头用手来回摸着自己的胡子。

"我认为厄里斯和迪多都很帅。"

伊萨姆点头同意："因为他们都出过国呀。"

"这跟出国有什么关系？"

"当然了，如果他们见过外面，会更有自信，也注意打扮自己，自然就变帅了。"

我点了点头，他说得似乎有那么一点道理。

一直到漂亮姑娘离开，三哥几乎一句话没说过，我甚至怀疑他都未曾与自己的未婚妻对视过一眼。姆妈一直在和姑娘聊天，我和伊萨姆偶尔插上一两句话。

和伊萨姆回到二楼的中央房间后，我突然反应过来一直没有女孩子来家里玩的原因，我问伊萨姆："是不是女孩开始戴头巾后就不能跟男孩一起玩了？"

"是的。"

"如果我是阿尔及利亚女孩，不可能跟你们在同一个房间玩游戏？"

"是的。"

"是不是只有男孩才邀请男孩来家里住？"

"是的。"

"女孩不在别人家里住？"

"是的。"

"妈呀，我在你们心目中一定是个来自中国的女怪物吧。"

"是的。哈哈哈……"这次的回答厄里斯也加入了进来，他不会错过任何一个怼我的机会。

伊萨姆笑够后解释道："我和厄里斯都去过外国，不会那样想的。我爸爸去过美国，妈妈去过法国，大哥去过英国，其他人至少去过突尼斯，我们都不会那样想的。"突尼斯虽然也是伊斯兰国家，但相对于阿尔及利亚更加开放一些。伊萨姆的家庭确实不是一个古板的家庭，我想，整个家庭的氛围一定与还未曾露面的男主人密不可分，毕竟我不是第一个来家里做客的异国姑娘。

伊萨姆早上一起床就宣布过今天太阳下山前不吃饭，因为昨天没有好好控制自己，一点都没有工作。其实昨天白天他也没吃饭，因为昨天是周一，每周一和周四他都斋戒。我和厄里斯吃午饭时，伊萨姆一直在工作。

我突然发现厄里斯吃饭时在用左手，就问伊萨姆："为什么他用左手吃饭？"

厄里斯辩解道："因为我的右手正在忙啊。"他的右手正攥着Xbox的手柄，生怕伊萨姆的侄子们把它抢走了，"而且我是个左撇子，弹吉他都用左手。"

伊萨姆停下了手里的工作，一脸严肃地纠正他："即使你是个左撇子，也应该用右手吃饭。"

厄里斯转头用他的"扑克脸"看我，以此表示不满。

我耸了耸肩："昨晚吃饭的时候我忘记了，用了左手，伊萨姆就说我。我没法报复他，只好报复你咯。"昨晚我在楼下和大家一起吃的饭。

我一边继续吃饭，一边八卦地问厄里斯："你有几个老婆？"

"一个。"

"不是可以娶四个吗？"

厄里斯坚定地摇着头："一个已经太多了。"

"你帮你老婆做家务吗？"

"她是加拿大人，不爱刷盘子，家里的盘子都是我刷的。"

"如果她是阿尔及利亚人，你就不帮了吗？"

厄里斯迟疑了一下，似乎从来没有想过这个问题，然后底气略显不足地说："帮，因为我是好男人。"

我被他的厚脸皮逗笑了。

"我发现伊萨姆家的男人都不做家务。"虽然伊萨姆多次声称自己做饭很好吃。

厄里斯坦言："大多数阿尔及利亚男人都不做家务。"伊萨姆插嘴补充："但是建房子、做家具这些都是我们做呀，做这些很累很累的。"

"为什么？"

伊萨姆理直气壮："因为男人在赚钱呀。"

"只有男人工作，女人都不工作吗？"

"差不多吧。"

"可是姆妈不是一个法语老师吗？"

"嗯。男人赚的钱要给整个家庭用，但女人赚的钱都是她自己的，可以不给男人。"

午睡后，伊萨姆去叔叔家串门，他说每次回家都要看很多亲戚，烦死了，跟你们中国人过年一样呀。我说你知足吧，至少你们的亲戚不会追着问你有没有女朋友，什么时候结婚，这倒是你们没有男女朋友的一大好处呢。

我和厄里斯留在房间，他打游戏，我写文章。厄里斯静音打游戏的同时跟老婆吉娜通视频电话，还让我和吉娜互相问了个好，我对吉娜说欢迎来北京玩。

他拿回电话后开始唱歌给老婆听。我说你真可爱,他一脸震惊,因为电话那头吉娜同时也在夸他可爱。这大概是有史以来我俩最友好的时刻了。

挂掉电话的厄里斯趁我不注意的时候,从一个很刁钻的角度拍了一张我很丑的照片,之后不论我说他什么,他都用一句"我有一张你的照片"来威胁我。我忍无可忍,开玩笑地说了一句狠话:"总有一天我会杀了你。"

他毫无惧色:"我老婆肯定会先你一步的。"

他时刻不忘给自己塑造一个怕老婆的可怜人设。

伊萨姆回来的时候,厄里斯在跟吉娜打第二通视频电话,天知道他每天要向老婆汇报几次。伊萨姆说:"吉娜的声音跟她的人一样可爱。"

厄里斯把一个靠垫扔过来砸他。

伊萨姆向我解释:"我们穆斯林夸别人的妻子,如果不是朋友,那不太好;如果是朋友,对方会做一些愚蠢的举动,像厄里斯刚才那样,我们觉得这样很浪漫。"最后还提醒我不要随便夸别人的丈夫。

我指了指厄里斯:"你说晚了,我已经夸过了。"

伊萨姆假装认真地想了想,然后说:"他确实比我帅,但是我更可爱吧。"伊萨姆突然举起双手托在自己的下巴上,用手掌把自己装成一朵花,这突如其来的卖萌让人猝不及防。他认为我肯定是夸厄里斯帅,殊不知我夸的正是可爱。

伊萨姆每天都给迪多打电话,他们总有聊不完的话。

我跟厄里斯说:"伊萨姆移情别恋了,他现在爱迪多超过了你。"

厄里斯说:"我不在乎,我有老婆!"厄里斯很喜欢和人聊天,每次聊不出五句,准保能把话题聊到他老婆身上。

不知道何时起,厄里斯的戒指戴在了伊萨姆手上,而伊萨姆的运动手环也消失了。对此,我早已见怪不怪,他们身上戴的什么饰品不见了,一般都是送给了朋友,他们很喜欢这样随时凭心情交换礼物。只是伊萨姆手指头太粗了,厄里斯戴在大拇指上的戒指,他只能戴在小指上。我开玩笑说戒指戴在小指上是立志不结婚的意思，没想到他居然当真了，立刻把戒指拔下来，勉强套在了无名指上。

我们决定在太阳下山后去外面玩，于是我去卫生间化妆、换衣服。等我回到中央房间，伊萨姆立刻夸我漂亮，厄里斯点了点头，但是说："我还是更喜欢我老婆。"

伊萨姆对厄里斯说："我更喜欢你。"

我对厄里斯说："别相信伊萨姆，他肯定也是这么对迪多说的。"

当我们与伊萨姆的几个朋友会合后，我发现他们看到我从车上下来时都明显愣了一下，我问伊萨姆怎么今天他们看我都有点怪怪的。伊萨姆小声用中文跟我说，因为你今天穿得特别性感。我赶紧低头看了看自己的衣服，一件长T恤和一条紧身裤袜，再普通不过了啊。前几天我精心打扮，穿的不是连衣裙就是高腰阔腿裤，没有人夸，今天是最偷懒也是最慵懒的打扮了，居然为我赢回一个性感的评语。

我们的审美观真的很不一样。

真人动物园

这一天的上午和傍晚,伊萨姆去了两次机场,都没有找回行李。想起前一晚他得到的行李消失的理由——忘了搬上飞机,我就觉得找回来的希望不大。在这里,做每件事都需要付出更大的耐心和更多的时间。

晚上9点,一家老小加上厄里斯和迪多全部出动,9个成人和4个孩子被塞进了两辆轿车中,扎基和大哥当司机,男人一辆车,女人孩子一辆车。除了司机,每个大人身上都有一个孩子,以至于大家都以非常扭曲而妖娆的姿势坐着。

半个小时后,当我们到达公园门口的停车场时,那里已经停满了车。这个公园位于城市的郊区,如果没有车,几乎不太可能来这里玩耍。

停车免费,门票每人50第纳尔(差不多2块人民币)。公园不大,其实只是把一片有草坪和树的地方圈了起来而已,分三个区域,最大的区域有桌椅,可以野餐;第二个区域有旋转木马、碰碰车、小火车、小飞机之类的游艺项目；还有一个区域有儿童泳池，单独加收门票。

这个公园本来只是个简单的游乐园，但当我一进入这里，立刻把它变成了"动物园"。园中所有人都对我这个"老外"好奇至极，每个人——不论大人还是小孩都盯着我看，而且是目不转睛、脑袋跟着我的移动而移动的那种盯。毕竟来这里旅行的黄种人实在是凤毛麟角，出现在游乐场更是罕见至极。况且整个公园里，我是唯一一个没戴头巾、没穿长袍，还涂着口红的女人。出门前，我特地挑了一条长过膝盖的白色连衣裙，上面有淡淡的黑色条纹，实在是太热了，长袖被我挽到手肘部位。

被这么多人盯着看，我倒是一点没有觉得不自在，只觉得很有意思，他们在观察我的时候，我也在观察他们每个人脸上的表情。他们的反应基本分为三种：第一种是全程呆滞状态，有些甚至张大了嘴巴；第二种跟第一种差不多，只不过当我冲他们笑的时候，他们也冲我笑；第三种是比较大胆的，通常是年龄在15岁左右的孩子，他们会主动问我是哪里人、多大了，夸我漂亮，要求跟我自拍或者合影。

从园区门口走到野餐的位置，我就已经跟三四拨人合影交流过了。厄里斯向伊萨姆建议："如果再有人想跟笑嘉合影、聊天，我们应该收门票。"

伊萨姆问："也收50第纳尔吗？"

我白了他一眼："我长这么漂亮，怎么也得翻倍啊！"

伊萨姆点点头："嗯，4块人民币，不贵。"

突然，我像发现了恐龙一样，指着远处两个人对伊萨姆说："你看你看，这里有妻子挽着丈夫的手臂呀！"

伊萨姆说："因为园区只有家庭才能进入，所以这里比较放松啦。"

这时我才知道这个公园的入园规矩：如果是单独一个男人或者几个男人不许进，只有在女人或小孩的陪同下男人才可以进入。

把野餐的东西安顿好后，大哥、大嫂、二嫂和我带着3个孩子去玩游艺项目。刚刚进入游艺区，恰好一个小伙子开着沙地摩托经过我身边时，他的手机从裤兜里掉了出来，我捡起来还给了他。小伙子是园区里沙地摩托的工作人员，正在把3辆摩托从一棵树下一辆一辆地开到园区门口，以吸引更多的孩子来玩，掉手机的这一趟是他在移动第二辆摩托。为了表示感谢，他二话不说把双眼放光盯着摩托车的萨罕抱到自己身前，把第三辆车运到门口的同时，带萨罕玩了一次免费的沙地摩托，小家伙开心极了。

　　下了沙地摩托的萨罕立刻迷上了驾驶，拉着我跑向碰碰车，当我们到达碰碰车场地入口的时候，恰好大哥已买好了3张票。萨罕带着玛迦爬进一辆车，苏卜希被大哥抱进一辆车后，便拉着大哥的衣角，不让他离开自己，大哥只好留下来充当苏卜希的司机。他那庞大的身躯根本挤不进小小的碰碰车里，只好屁股坐在椅背上，双腿缩在车里，向前俯下身，伸直双臂去够方向盘，样子滑稽至极。但是大哥开车的神情十分投入且严肃认真，巨大的反差增加了滑稽感，把我和两个嫂子逗得前仰后合。回家时坐他开的车，我才明白，为什么他开碰碰车也如此认真，因为他开什么车都跟开碰碰车一样，让人头晕。

　　真是没想到，害羞且慢热的萨罕竟然最喜欢玩，而且没有他不敢的。玛迦也是个勇敢的姑娘，对于每一种项目都想尝试。不论萨罕骑马，还是开火车、飞机，玛迦都是他的副驾驶。苏卜希胆子最小，任何游戏都不敢独自玩，事实上，他只在大哥的带领下玩了一次碰碰车，其他的游戏都没完成，一旦把他抱上小火车或者木马，他就会开始咧嘴哭。最后萨罕几乎把所有项目都玩了两遍，因为票已售出，概不退换。

　　姆妈率领伊萨姆、扎基、厄里斯和迪多过来接替大哥和两位嫂子。姆妈只问了我一句好玩吗，便把3个孩子放心地交给了我们5个跟孩子一样的大人，又率领着大哥和嫂子们回到了野餐区。

　　孩子们坐的第二个项目是有点冷清的小火车，他们打的算盘大概是把每一种都玩一遍。他们坐火车的时候，这辆拥有5节车厢的小火车，碰巧只有萨罕和玛迦两个人，他们坐在最后一节车厢里，一起转了六七圈。萨罕笔直地坐在座位上，双手扶在车窗左右两边，头略微左右转动，扫视四周，颇为淡定而得意；玛迦东张西望，全身乱扭，一副没见过世面的样子。

　　我对伊萨姆说："萨罕的样子像是带着漂亮女孩出来兜风。"

伊萨姆说:"这是只属于他俩的浪漫时刻呀。"

希望他们长大后依然记得今天的所有快乐,也顺便记得他们的哒哒笑嘉。

第二次坐火车的时候,萨罕已经觉得这个不够刺激,跑到其他地方寻找更好玩的游戏去了,扎基一直在屁股后面跟着他。玛迦非常喜欢小火车,她用的是苏卜希那张票。可是她太小了,工作人员不放心让她一个人坐在车厢里。所谓的工作人员,不过是个看起来只有十六七岁的男孩,他和伊萨姆、厄里斯、迪多一齐看向我,我说:"你们不会以为我这么大的个子能塞进那么小的车厢里吧?"

4个人竟然同时微笑着点了点头。

我看了看车厢,再看看玛迦的小眼神儿,终于费了九牛二虎之力把自己庞大的身躯塞进了3岁孩子坐的车厢里,伊萨姆再把玛迦抱进车厢。我在车厢里的姿势比起大哥在碰碰车里的还要尴尬。车厢太矮了,我无法坐直自己的身体,只能把腿伸到对面玛迦的座位下,然后把上半身趴在自己的腿上,脑袋刚好可以露在窗口的位置,整个身体呈现"<"的形状。这画面太美,我都不敢想象,刚才真不该嘲笑大哥,"现世报"来得比想象中还快。

当火车转到第二圈的时候,我发现不是我在玩火车,而是火车在玩我。几个熊孩子发现了一个奇怪的"大孩子"在玩小火车,朝四面八方嚷嚷着,虽然我听不懂他们口中的阿拉伯语,但是我敢肯定他们说的一定是:"快来看呀,这里有只奇怪的动物!"

火车转到第四圈的时候,我怀疑整个"动物园"的人都跑来参观我了,伊萨姆、厄里斯、迪多笑得几乎趴在了地上。

由于我的展示作用,小火车迅速从游乐园里最冷清的项目一跃成为最具人气的项目,售票窗口前排起了长长的队伍。

我费了吃奶的力气才把自己从火车中拔了出来,这下围观我的人更多了,我感觉自己的眼睛和脑袋明显不够用了,况且还要分神在人群里寻找蹿得贼快的三个熊孩子。另外四个都是大男人,哪里懂得照顾小孩,伊萨姆家的女人们心也忒大了，怎么那么放心把自己孩子交到一群大男人和一个刚认识了几天的对照顾孩子完全没有概念的女人手里。

事实证明我的担心完全是多余的。虽然我比这几个小伙子都要大几岁，而且是唯一的女性，但我甚至不知道怎么抱一个3岁孩子。伊萨姆、扎基、厄里斯和迪多虽然都没有孩子，但是他们与兄弟姐妹、侄子侄女一起长大，对于照顾孩子非常在行。

我发现这里的人们对待孩子非常亲热的同时一点都不娇惯，比如小火车的工作人员——那个十六七岁的男孩把玛迦弄出车厢用的动作就是"拎"，像拎小猫一样，提着她的两个胳膊就拎出来了，然后抱着吻了一下她那胖乎乎的小脸蛋，转身把她交到我怀里。

在萨罕带领玛迦把所有项目都玩了两遍之后，我们带着三个孩子回到了野餐的地方。孩子们各找各妈，而我们五个围坐在一起，一边吃比萨，一边玩UNO纸牌，伊萨姆还用手机放起了音乐。

玩牌的时候我不断走神儿，脑子里想着这个晚上三个孩子的各种可爱表情，想象着他们长大时到底会是什么模样、过着什么生活、做着什么工作。我甚至想到当他们都20多岁，长到跟今天的伊萨姆、厄里斯和迪多一样大的时候，带着自己的孩子也来这个公园玩，会不会想起今天。忽然，伊萨姆的手机里传出了《当你老了》这首歌（他很喜欢听中文歌，手机里的中文歌比阿拉伯语歌和英语歌还多），他刚好赢了这一局，立刻摇头晃脑、志得意满地跟着唱"当你老了，头发白了……"表情和歌词意境完全不搭，而整张桌子（其实是整个公园）只有我一人听得懂他在唱什么。巧的是，我恰好正在想当这些孩子都长大的时候，我已经50多岁了。某一天，也许是在北京的某一个咖啡馆里，突然一个长得高高瘦瘦的棕色皮肤姑娘走过来用还不太熟练的中文说："哒哒笑嘉，我是玛迦，你还记得我吗？"我大概需要回忆个三五分钟，再冷静个三五分钟，才能张口对她说："当然，你居然长这么大了！上次见你时你才有我膝盖那么高。"她的旁边应该站着两个同样高瘦的小伙子，我会对他们说："别自我介绍，让我猜猜你们谁是萨罕、谁是苏卜希。"他们都笑了。看了他们的笑容后，我立刻分辨出来，灿烂那个是萨罕，腼腆那个是苏卜希。

在家时，姆妈有时在头发上象征性地包条头巾，有时干脆不戴，只有礼拜和出门时，她才会把脖子和头整个包起来。而两个嫂子在家的时候就把自己包得严严实实，出门还要加上一条面纱，只露出两只眼睛。野餐的时候我特地观察她们怎么吃饭，大嫂每次吃饭都要用左手略微掀起面纱，才能将食物递入嘴中。而二嫂的面纱比较短，有点像鸭子嘴，可以把食物从"鸭嘴"下直接递进去，省略了那个掀面纱的动作。

"伊萨姆，为什么大街上有些女人戴面纱，有些不戴？"

"那是她们的选择，她们会和丈夫商量到底戴不戴面纱，如果她们并不觉得麻烦，就可以戴。"

吃饱了的玛迦来找我，非要坐在我旁边，看我们玩牌。她真是我的小幸运星，一直在输的我立刻赢了这一局，我转头顺势在她的额头上亲了一下。我忘记自己涂了口红，一个鲜红的唇印赫然出现在玛迦小小的棕色额头上，所有人哈哈大笑起来，只有玛迦一脸茫然。

0点过后，公园渐渐安静，人走得差不多了，我也困得快睁不开眼睛了。大家才又钻回两辆车里，浩浩荡荡地回了家。

去游乐园真是个很好的倒时差的方法，我终于一觉睡到了7点，而没有在5点醒来，伴着伊萨姆和厄里斯的呼噜声失眠。

沙漠月圆夜

天才又勤奋的伊萨姆,在假期时居然是个睡神,从吃过午饭一直睡到下午茶时间,喝完下午茶还可以继续睡到晚上。我看着熟睡的伊萨姆自言自语:"为什么我睡不了那么长时间?"

忙于打游戏的厄里斯接口道:"因为你是中国人啊。我们有一个关于中国人的笑话:如果你住在中国人开的旅店里,晚上11点就上床睡觉了,中国老板会把你丢到大街上。"

我没听懂笑点在哪里:"为什么?"

"因为中国人太勤奋了,他们认为不可能有人这么早休息,你躺在床上一定是已经死了。"

伊萨姆突然毫无征兆地醒来为自己辩解:"我在中国时每天只睡四五个小时,现在当然要补回来。"

晚上11点后，终于睡够的伊萨姆突然说："我们去撒哈拉，yallah！"

"yallah"的发音像是"耶啦"，意思相当于英语里的let's go（让我们走吧）。这个词像是有一种魔力，每当我听到它，全身细胞都会立刻兴奋起来，有时甚至兴奋过了头，连要去哪儿都没听清。总之，一个多动症久病患者，只要能出发，根本不在意目的地。

我们还是保持着一贯的"队形"，最年轻的"老司机"——扎基开车，厄里斯坐副驾驶，伊萨姆陪我坐在后排。

开出城市一段后，公路边开始有零零散散停着的私家车，他们都是夜晚来撒哈拉沙漠里玩的当地人。感觉他们晚上来撒哈拉，就跟住在海边的人傍晚去海滩上放松一样。

9点日落，11点的时候沙子已经不烫了。偶尔吹过的风，竟也有了一丝善解人意的微凉。

我们攀上一个无人的沙丘望向城市，点点灯火趴在地平线上眨着眼睛；转头望向撒哈拉深处，则是黑茫茫一片。

扎基开始做俯卧撑，厄里斯在玩手机游戏。我对瘦小的厄里斯说："你需要去健身房了。"

他说："为什么？我已经有老婆了！"

真是不得不佩服，不论说什么，他都能落到自己有老婆这件事上。

伊萨姆对两只大猴子（我总是喜欢把这群精力旺盛的家伙称作"猴子"）说："关掉手机，你们都忘了撒哈拉的正确用法。"然后他把自己摆成一个"大"字躺在沙子上，仰望月亮。

我也在他旁边不远处躺了下来，全身心感受撒哈拉。

指尖的触感向我传达了沙子的柔软，而紧握的手掌告诉我沙子究竟有多细。如果耳边响起海浪声，再伴着咸腥味，几乎就能错以为自己是在海滩上了。

我想，如果沙子知道有"水滴石穿"这个成语的话，恐怕要笑掉大牙。沙子的力量远远大过水，大部分精密仪器可以做到防水，却做不到防沙。沙子唯独输在了覆盖面积远不如水这点上，而阿拉伯人又没能为沙子发明成语这种东西。依照"一沙一世界"的说法，那撒哈拉岂不就是汇聚了万千世界的大宇宙？

在这广袤无边的撒哈拉之上，除了月亮、星星，再无其他发光体。月光亮得晃眼。

伊萨姆扮演起了DJ，用手机放了一首莫文蔚的《如果没有你》，他还跟着唱了起来，当唱到"现在窗外面又开始下着雨"时，我问伊萨姆："撒哈拉下雨吗？"

"下，一年最多两次吧。"

我和厄里斯也加入到DJ的队伍中，开始轮流用手机放歌。扎基则完全沉浸在自己的健身世界里，没有参与我们的这项集体活动。既然一年下两次，那我就来放第二首下雨的歌吧——陶喆的《找自己》，而且唱的正是梦中的撒哈拉在下雨。简直不能再应景了。

一首完毕，厄里斯又放了一首Remember Me，我问他和伊萨姆看过《寻梦环游记》这部电影吗。

伊萨姆说："当然看过，'看哭了吗？'会是个更好的问题。"

"你们是男的，不一定哭吧。"

"我哭啦，但是厄里斯肯定没有。因为他没有心，只有他老婆吉娜。吉娜就是他的心。"

"我想找到我的'吉娜'。"

"我们都想找到属于自己的那个'吉娜'。"

伊萨姆又放了一首邓丽君的《月亮代表我的心》，每一句都会跟唱。当他唱到那句最重要的"月亮代表我的心"时，他先是用手指向了天空，然后才转过头望向月亮。这本来是个很好的耍帅的动作，但是突然伊萨姆的手停在半空，用中文大叫道："啊，怎么没有啦！"原来月亮刚好都被云挡住了，连个边儿都没露。

伊萨姆突然说："我们一起写一本书吧。你用中文，我用英文，写几个有关撒哈拉的很浪漫的故事。"

我告诉他中国有位女作家,已经写过许多有关撒哈拉的浪漫故事。她嫁给了一个西班牙人,一起在西撒哈拉生活。但是有一天,她的丈夫意外去世了,她很伤心,48岁就死了,人们怀疑她是自杀。

伊萨姆用中文说:"她也不容易啊。"这个"也"字用的,好像天才的他生活也有多大困难似的,然后他突然转向我说,"我知道有一些女人,她们很聪明、很浪漫,但是如果她们觉得生活没有意思了,就会自杀。我希望你不要到她们那边去。我关心你呀,我爱你有几分呀!"

我嗤之以鼻:"像我这么大大咧咧的人,哪里像会自杀的?"

他没有回答我的问题:"我爱撒哈拉,你可以永远待在这里。"

伊萨姆建议:"我们一起在这里等撒哈拉日出吧!"

我们都睡意全无,无比赞同这个提议。

就在夜里3点,距离日出只有两个小时的时候,我们功败垂成。三哥打电话给伊萨姆,叫他把车送回来,5点的时候他要去另一个城市。伊萨姆说正好他可以把我们都带去那座城市玩一天,于是我们欢天喜地地回去还车,新的旅行计划马上消解了无法看撒哈拉日出的遗憾。

回家后,两个懒鬼直接就卧倒了。我问他俩去完沙漠怎么不洗澡,一点都不讲卫生,他俩理直气壮地说:"风每天都吹在撒哈拉的沙子上,我们接触到的沙子都很干净。"

我竟无法辩驳。

可是,5点的时候,只有我一个人听到闹铃并且真的起床了。伊萨姆和厄里斯都睡得死沉死沉,我好不容易把伊萨姆踹起来,他下楼转了一圈,竟没找到三哥,给三哥打电话他也不接。我们只好又回去重新睡觉。

11点的时候,我和厄里斯醒了。伊萨姆说三哥5点也没起来,10点的时候过来问咱们还去吗,他看我俩全睡死了,于是三哥就一个人去了另一座城市。

真是可爱任性又不靠谱的一家人。可是所谓的"靠谱"不是农耕文明的产物吗?在沙漠中生存了千年的尕尔根人,本就是凭着对任性而善变的大自然随机应变，才得以生存下来的吧。

第二天晚上9点多，迪多和阿米涅来找我们玩。伊萨姆说："大家一起开车去巴扎[5]吧，yallah！"

路上，迪多用谷歌翻译了一句话，播放给我听："你很漂亮。"

我用中国口音的阿拉伯语回复他："舒克浪（谢谢）。"

路上，他们用阿拉伯语聊着天。坐在我身边的厄里斯突然说："笑嘉，有人想娶你！"

"谁？"

"伊萨姆！"

"为什么？"

"你不应该问'在哪儿'和'什么时候'吗？"

不论厄里斯说什么，我都觉得他在跟我开玩笑，使得这个天儿有点聊不下去了。

迪多突然想到另一个地方，于是大家都特别不靠谱地改变了主意。

从山脚下看，这是一片被遗弃的房子，孤零零地建在一个孤零零的山顶上。我问了他们一个傻乎乎的问题："这是真的房子吗？"

厄里斯说："难道还有假的房子？"

我告诉他中国新疆有座魔鬼城，看起来也像是被遗弃的房子，但其实是沙漠上的风侵蚀而成的雅丹地貌。

迪多很肯定地说："这里是被遗弃了超过一百年的房子。"迪多虽然是位留英归来的航空工程专业研究生，现在在一家航空公司工作，但平时酷爱搜集老照片，最大的爱好就是研究有关瓦尔格拉这座城市和尕尔根族人的历史。只可惜这座遗迹究竟有何跌宕的历史故事，迪多还未能参透。

5　巴扎：bazaar，"集市"的意思，源于波斯语。

一起爬山时，我抱怨他们没有按照计划去巴扎，害得我穿着拖鞋爬沙山。伊萨姆在我背后用一根手指推我，算是在帮助我爬山。我反手抓住了他的手，刚想让他把我拉到山顶，走在前面的迪多正好回了一下头，他立刻缩回手，快步走到我前面。我摇摇头，真是个保守得要命的家伙。

到达山顶后，我也确信了这些是人类曾经居住过的房子，窗户的形状还很完整，类似房梁的部件还清晰可见。但是，似乎除了沙子，别的材质早已消失不见。此时的我脑袋里幻想的全是骆驼、弯刀和宝藏，只可惜身边这几个深受阿拉伯文化影响的柏柏尔年轻人都没有穿白袍、裹头巾。

下山后，除了我回伊萨姆家二层，其他人都留在一层祈祷。

最先回到二层的是厄里斯，我问他在车上为什么突然说伊萨姆想娶我。

"我们聊天聊到你呀。我说曾有中国女孩来这个城市工作，但是都不漂亮。你是我们见过的最漂亮的，而且性格也好，为什么不娶回家呢？伊萨姆同意我的话。"

我想他们见的中国姑娘太少了："我比你们都大，我大伊萨姆6岁呢。"

"中国女孩儿不嫁给比自己小的男人吗？"

"一般不这样。因为父母觉得年轻男孩没有责任心，岁数大的女人不容易生孩子。不过我根本不在意这些。"

"其实阿尔及利亚人也有差不多的想法……"

这时正好伊萨姆推门走进来，厄里斯立刻问："你会介意娶一个比自己岁数大的女孩吗？"

伊萨姆突然挺了挺胸："当然不介意。"

厄里斯立刻冲我眉飞色舞，指指自己的结婚戒指，还夸张地眨了一下左眼，一副"我看成"的表情。

我一笑而过。

之后大家一起开车出去买吃的，我和扎基、厄里斯一辆车，迪多和伊萨姆一辆。突然一阵困意袭来，我孤零零地坐在后座上睡着了。蒙眬中，感觉中途至少停过两次车买吃的。伊萨姆下车对着我的窗户用中文大喊过一次"我爱你",一次"我喜欢你呀"。

他仗着周围除了我,没人听得懂中文。我仗着自己困,假装没听见。

夜里11点,我们终于带着丰盛的食物到了一片安静的沙漠。经过这些天时时刻刻的接触,撒哈拉在我眼中,已如出生便熟悉的阳光、空气、水一样。

对于生活在这座城市中的人,撒哈拉不是一片神秘的沙漠,它就是如同阳光、空气、水一样存在于身边的很普通的东西。在大街上,脚下随时都走在撒哈拉的沙子上。每次带回家里,你还要嫌弃它,你会把沾满了沙子的鞋留在门外。随便一阵风吹过,留在头发里和一不小心眯了眼的,也都是撒哈拉的沙子。

我问过伊萨姆:撒哈拉的沙子可以做什么?他说什么也做不了,连盖房都不能用,太细了。

你向往的那些总是因为它们离你遥远,那些浪漫只存在于你的脑海。而那些触手可及的,便没有了浪漫。生活确实是可以毁掉一切你对浪漫的幻想,于是你想尽一切办法要摆脱它,你跑得远远的,跑到与你的生活完全不同的地方,跑到撒哈拉。可你发现,正是这"无用的生活"构建了你的世界,它无处不在,就像撒哈拉的沙子。

我们在沙漠上野餐,没有野餐垫。

今晚的月亮很圆,月光照在撒哈拉。

女人的时间

在厄里斯入住中央房间后的第五天上午,他突然收拾好背包,说要回家。伊萨姆、扎基和我送他去飞机场,今天的机票没有了。我们又开去长途汽车站,车票也卖完了。我问他们既然今天的没有了,为什么不买明天的。他们给我的回答竟然是只能买当天的。厄里斯要坐的航班不是每天都有,而明天有没有车,明天才知道。

厄里斯说要汇款给别人,于是我们又开去了邮局。这个国家的人都习惯去邮局存钱取钱汇款,而不是去银行。

我们走进一家市中心的邮局。这家邮局相当大,一共有十五六个窗口,大厅中坐了三四十人,还显得有些空。我站在大厅中环顾四周,发现自己竟然是大厅中唯一一个女人。

大厅中十分安静,伊萨姆小声对我说:"赶紧坐下来啊,不然所有人都盯着你看。"

"为什么全是男人？只有男人才来取钱吗？"

厄里斯抢着回答："因为这个时间女人们都在家做饭。"

"这里有抢银行的吗？"

"没有。"

"为什么？"

"有容易的办法得到钱，为什么要用难的？"

等了半个小时，下一个就是厄里斯了，正中的窗口突然贴出一张纸，通知大家网断了，至于何时恢复，无人知晓。

我们把厄里斯一个人留在邮局等。扎基开车带我们离开，伊萨姆需要买一张新的手机卡。路上，我说想去厕所，清真寺的厕所没法给我用，于是我就被他们"遣送"回了家。我天真地以为扎基会停着车在院中等我，然而从厕所出来，我看到的只有烈日下空空如也的院子。

这段日子总是和小伙子们在一起玩，这回他们把我独自留在家，我正好可以多和伊萨姆家的女人们在一起待待。

下午，姆妈领着一位身材瘦削矮小的阿姨出现在二楼的中央房间，她看起来年龄比姆妈稍长。她送给了我一个花纹很别致的皮质零钱包当见面礼。从此，她便成了我的"哒哒米娅"（米娅阿姨）。哒哒米娅刚从突尼斯旅行回来，她是伊萨姆的姑姑，结婚很晚，三年前丈夫过世，便搬到这个家里和哥哥的一家人一起住。伊萨姆曾经告诉过我，哒哒米娅没有生过孩子，但是伊萨姆和他的兄们都是她的儿子。这个国度似乎没有独居之人。

每当我走出我的"据点"——二楼的中央房间，那些散乱在走廊里的玩具种类和位置都会有所变化，也许这才是家里有三个三至五岁孩子的正常样子吧。打开二楼的冰箱，可以在里面找到任何不该出现在冰箱里的东西，比如一辆占据了整整一层的大玩具车。在离中央房间最近的二楼洗手间里，也时常会有一些奇怪的景象，比如厕所的地上全是水，舀水的瓢不知去向，湿的衣服泡在洗手池里。今天是一大盆不知道是脏是净的衣服放在走廊正中间一个房间的门口。

我想洗衣服，于是抱着几件脏衣服来到洗手间。洗衣机里装满了衣服，应该是刚洗好，还未来得及晾晒。我把它们拽出来堆到一个装有很多木夹子的大铝盆里，然后专心致志研究这台全是法文的三星洗衣机该怎么用。二嫂抱着小沙恩突然出现了，身后尾随着萨罕和苏卜希。她帮我设定好了时间和模式。我指指盆里的衣服，把手往上一翻，意思是询问她这些衣服需不需要晾。她点点头，我便端着盆走去阳台，她抱着小沙恩跟我一起到了阳台，两个孩子自然也跟着我们。

我晾衣服时，两个孩子显得格外乖巧，抢着给我递衣服和夹子。每件衣服都是小小的、五颜六色，十分可爱。一直抱着小沙恩的二嫂，只能腾得出来一只手，偶尔帮我整理一下已经搭好的衣服。回到走廊，再次路过那个装满衣服的大盆时，我可以确定，这些也是需要晾的衣服。一个抱着不到1岁孩子的女人，无论如何不可能用一只手晾这么多衣服，于是帮人帮到底，我索性帮她把第二盆衣服也都晾好了。所有的床单和衣服占满了整整4条晾衣服的铁丝，搞不懂为什么3个小男孩会需要那么多衣服和床单。

她邀请我到她的卧室，我才知道刚才我看到的那盆衣服就是放在她的卧室门口的。我猜测应该是她在拿衣服去晾的路上，小沙恩突然醒了，她赶紧去哄，才没有顾得上晾衣服。

电视里正好播放着礼拜的音乐，她问我你礼拜吗。我摇摇头。她说她们会。我点点头。

我环视房间四周，这个房间的大小大约只有中央房间的一半，屋内陈设很简洁，一张双人床、一个梳妆台、占了一整面墙的大衣柜，地上铺着红底蓝色花纹的地毯。那个壮观的衣柜肯定是属于女主人的，梳妆台上摆着瓶瓶罐罐，也显示出女主人相当在意美，只是被3个儿子围着，她恐怕根本没有自己的时间。床上和地上散落着一些玩具。我知道婴儿床和更多的玩具就在隔壁。那是孩子们的房间，总是开着门。

在这个房间里，我突然明白了一件事，每天在房子各处听到的哭喊声并不是3个孩子轮流完成的，而只来自苏卜希。因为我只不过坐了半个小时，他就哭喊了四五六七次。我和他亲娘完全搞不懂他究竟是为了什么而哭闹。每当他一哭，就会跑过来黏着二嫂，手不停地揪着她的衣服或者头巾，无论我向他示好、搔他痒，还是恐吓他，全都不起作用。他必须哭够，否则绝对不会停止，真的是分分钟能把所有人逼疯。

萨罕虽然从不哭闹，但他的本事更大——他可以让任何一个孩子（包括大嫂的女儿玛迦）哭闹。我亲眼看到他毫无征兆地走到小沙恩面前，顺手就打在沙恩的小脑门上。刚刚才被二嫂哄睡着的小沙恩从甜美的梦乡中惊醒，立刻咧开嘴哭喊。那一刻，二嫂的表情要多崩溃有多崩溃。不过这孩子还让人恨不起来，因为他立刻就开始亲小沙恩的手，然后用无辜的眼神望向你，让你抬不起揍他的手。

二嫂问我多大了，我说31岁。她的脸上明显写着震惊，她说你看起来像二十六七。我问你呢，她说30岁。这下我也震惊了，她看起来像三十六七的样子，脸上大面积的黄褐斑跟多次妊娠的关系密不可分。虽然她会的英文单词很有限，但是完整而坚定、吐字清晰地跟我说了一句："I am so tired.（我太累了。）"的确，三个孩子能把任何一个成人搞得精疲力竭。

我在她的房间待了一会儿，便回到了中央房间。

扎基在四点的时候突然回来，将一个超级大的饺子交到我手里，告诉我是伊萨姆特地买给我的，然后又开车离开了。

这只被炸成金黄色的大饺子，肚子鼓鼓囊囊，塞满了馅料，必须用双手将它托起来才不至于歪掉。我被遣送回来的时候，刚过了午饭时间，姆妈以为我们在外面吃过东西了，我正好不饿，也就没有去厨房找吃的。不得不说，伊萨姆是个细心的人，吃到好吃的时能想到我可能一直没吃东西。这时，我坐在自己的床垫上，被这只充满诱惑的饺子勾引得口水连连，正准备好好享用这顿迟到的午餐。

我刚把大饺子撕开，房门便被轻轻推开了一条缝，门缝里露出一只亮晶晶的小眼睛。我知道这一定是萨罕，三个孩子里只有他已经学会了开门。每次都是他来开中央房间的门，苏卜希和玛迦跟在他身后。萨罕颇有经验，每次只将房门推开一个小小的缝儿，露出一只小眼睛窥伺，如果屋里坐满了人，他就迅速关上门逃跑；如果只有我一个，他便大摇大摆走进来，随便拿起什么自顾自地玩起来。

这一次，萨罕照例大摇大摆走进来，样子像只嗅觉灵敏的小猫，径直走到我的饺子跟前，眼睛直勾勾地看着饺子。我将饺子暂时放在膝头，用手拍了拍自己右边的位置，示意他挨着我坐下来。

萨罕的身后跟着苏卜希，看来只有玛迦老老实实去睡午觉了。苏卜希自动坐在了我的左边，我们仨以同样的姿势在我的床垫上坐成一排。每当我从饺子的一端咬下一口后，都会从饺子的另一端撕下两块，分喂给两只小馋猫。饺子里面包着的是香喷喷的鸡肉、土豆和芝士。无论我把饺子的哪一部分分给萨罕，他都高兴地吃下去，而苏卜希则挑剔得只吃皮儿。

幸亏有他俩，不然我一个人恐怕吃不完那么瓷实的一只大饺子。

吃完饭，我开始心无旁骛地工作。一个小时之后，苏卜希已不知去向，萨罕一直陪着我，他不吵不闹，自己玩纸牌。我想起我的衣服应该洗好了，去阳台先把男孩们的衣服摘下来。萨罕很懂事，我把摘下来的衣服都给他抱着，大概抱了十几件后，他拿不了了，我就带着他回到二嫂的那间卧室。疲惫的二嫂和苏卜希、小沙恩都睡着了。我转身冲萨罕做了一个不要出声的手势，他把衣服轻轻放在床边。我带他又取了两次衣服，才算完工。我把自己的衣服从洗衣机中拿出来，萨罕又抓了两把木夹子帮我晾。

之后，我独自回到中央房间继续工作，又过了一个小时，当我去厕所的时候，发现萨罕站在走廊里，尿湿的内裤和短裤被他踩在脚下。这下我终于明白为什么两个孩子需要那么多衣服和床单了。我去二嫂的房间从床上挑了内裤和裤子帮他换上。

半小时后，我发现萨罕站在厕所门口，手里拿着舀水的塑料瓢，厕所和走廊的地上全是水。我把瓢从他手里抢回来，放回桶中，然后把扫水用的扫帚塞在他手里。小家伙假装拿不动，我只好手把手带着他将水全赶进地漏里。总之要让他知道，玩水可以，但必须清理现场。他娘真的太不容易了。

大嫂和女儿玛迦每天都穿着干净又漂亮的衣服，玛迦头上小辫的样式也每天不一样。而二嫂每天蓬头垢面，要照顾三个孩子，她哪里还有时间打扮自己。女人需要有自己的时间，不然真的太可怕了。

三个小伙子再回来是晚上7点多了。一天就这么莫名其妙地过去了。三个人只办成了两件事：汇款和买手机卡。伊萨姆有些生气："效率真低，如果在中国，机票、汇款只需要一分钟，躺在床上用手机就完成了。"

我对他说："不错啦，你起码还有个专职司机呢，无非是多花些时间而已。应该让你当一天女人试试，你就不抱怨了。3个孩子已经快累死你二嫂了。"

"我们都知道呀，我妈更累啊，她有6个儿子，而且她还当老师，我爸还总不在家。"

"嗯，你妈真是个女超人。"不得不佩服，"我要是结婚，最多生俩。"

伊萨姆重重点头："嗯，我也是。"

今天下午茶的时候，姆妈外出串门，是大嫂煮的茶。她穿了一件特别漂亮的蓝色袍子，上面镶满了金色的图案，袍子的下摆和袖口、领口还镶了金边。我问女人们今天是什么节日吗。她们说没有呀。我当时没有多想，只是觉得今天茶里的糖放得比往常还要多。我以为白天与女人们的沟通不是很清楚，又问了一遍伊萨姆今天是什么节日。他也说没有啊。我说可是你大嫂穿了一件很明显只有节日才会穿的，非常隆重漂亮的衣服。这个呆子说她只是喜欢穿吧。

我突然想到自己昨天下午茶的时候拿出来过相机，一下子就明白了。于是跟伊萨姆说："我知道今天为什么你大嫂穿得那么漂亮了。"

伊萨姆一脸蒙："你比我还了解阿尔及利亚人？"

"不，是你太不了解女人了。她是想让我给她拍些照片。昨晚她让扎基把玛迦送到中央房间，你记得玛迦当时穿着一条金色的裙子吗？她显然也是被很精心地打扮过。只是我当时在写文章，没有在意，现在想来应该也是大嫂想让我给玛迦拍照片。"

伊萨姆一边听我说，一边做恍然大悟状。

我跟伊萨姆说："在我离开你家前，我给你的家人拍些照片吧，让她们穿上最漂亮的衣服。"

晚上临睡前，我往自己的下眼皮上贴了一对黑色的眼膜。正巧二嫂从门前经过，她走过去又退回来，瞪大了眼睛问我在干什么。我立刻送了一对眼膜给她，还告诉了她用法。她看我的眼神简直就像是在看哆啦A梦从自己的口袋里掏出任意门。

早上10点醒来，厄里斯已不知去向，伊萨姆还在睡觉。我溜达到厨房去搞点咖啡和点心。惊觉自己已从最初的饭来张口，达到了主动找吃找喝的新境界。

不论何时去一层的厨房，收音机里总是会传出阿拉伯语歌曲。大嫂剥下的紫色洋葱皮，无意间掉落在地上小小一片，立刻成了一只猫的玩具。

姆妈问我伊萨姆是不是还在睡觉，我十分狡猾地说："是的。但是我把牛奶和点心拿上去，他就会醒。"伊萨姆不爱喝咖啡，只爱喝牛奶，因此我故意说要拿些牛奶和点心。

不过姆妈没有忘记我是爱喝咖啡的，她先是从一个木盒中扛了两大勺咖啡粉，放到咖啡壶里煮，再从冰箱里拿出一盒牛奶，将之倒入奶壶，也放在火上加热。

当我举着满满一托盘咖啡、牛奶和点心，一脚踹开二楼中央房间的大门时，伊萨姆依然睡得死死的。我将自己那份咖啡和点心席卷进肚后，便蹦蹦跳跳地下楼，跟随姆妈去巴扎了。

从家走到巴扎，一路上遇到好几拨人跟姆妈打招呼，果真如伊萨姆所说，姆妈认识的人比他多。

不管街上的人认不认识姆妈，他们都会盯着我这只奇异的生物。而面对别人的盯视，我也已经形成了一种条件反射——主动说"萨朗姆"，同时挥挥手。那些盯着我的人听到自一个不戴头巾的黄皮肤姑娘嘴里主动蹦出一句阿拉伯语，表情都会由惊呆转为惊喜，我喜欢看他们每个人笑起来的样子。

姆妈发现我对打招呼的对象毫不挑剔，立刻叮嘱我女人只跟女人主动问好。

去巴扎的路上经过伊萨姆某一位叔叔家，姆妈带我进去打了个招呼。这位叔叔的家不是独门独院那种，而是属于一片淡黄色小楼中的几间。姆妈带我从门口进到楼内，一路左拐右拐，我也分不清我们穿过的到底是其他居民的家，还是所谓的过道走廊，每个空间里都有男人卧在地毯上看电视，或是有女人坐在小凳子上择菜，或是有孩子在地上边爬边玩闹。走着走着突然出现楼梯，拾级而上，才是这位叔叔家女人们待的房间。我没有随着姆妈进入房间，而是跟着几个小孩继续爬楼梯到了三层，原来是个天台，天台上挂满了五颜六色的衣服。

当我走进女人们的房间时，立刻被角落里挂着的一块布吸引。布是斜着挂在屋角的，被当作帘子使用，帘子的一角被翻上去，露出里面半躺着的一个女人，她怀中抱着一个满脸皱巴巴、紧闭着双眼的小宝宝，姆妈说他刚刚出生一周。帘子围起来的地方只有一张床垫大小，其他女人都散坐在地毯上。

我去过的人家多了以后，才发现大多数人家并不会像伊萨姆家那样一天到晚都开着空调，而是只有人多时或晚上睡觉时才开。这家人为了表示好客，专门为我打开了空调。那位新妈妈悄悄把帘子放了下来，大概帘子的作用是防止孕妇吹空调着凉吧。姆妈问我中国也这样做吗。不知道她问的是给产妇拉帘子还是不让产妇吹空调。我摇摇头。

我们只喝了一杯水便离开了，大概是姆妈不想打扰产妇休息吧。

又走了七八分钟，街头逐渐热闹起来，穿过一条满是小店铺的街道，巴扎便出现在眼前。

巴扎规模不小，它是用隔热的罩布和铁架搭起的一大片棚子，中间被分隔成一家家小铺，我在这里找到了首饰、披肩、手帕和各种各样手工制作的装饰品，真恨不得把整座巴扎都搬回家。

巴扎中有一座两层小楼，是个独立的市场，进门就收20第纳尔（不到1元人民币）门票，不管你买不买东西。后来我问过伊萨姆，为什么市场也要收门票，他夸张地说瓦尔格拉像丛林般危险，女人们在收门票的市场里逛街会更安全。

巴扎的外层是一排排房舍店铺，卖化妆品、香水、传统服装、当地人手工打的银饰和从土耳其来的精美餐具。

路边的药店是我发现的新惊喜，里面不少法国牌子的药妆，价格几乎跟在法国买没有太大差距。

当我和姆妈满载而归，厄里斯又出现在了二楼的中央房间，而伊萨姆居然还在睡觉，不过我放在他身旁的牛奶和点心都不见了，看来他是吃完又睡了。我把睡完了上午觉又在睡下午觉的伊萨姆叫醒，一起去喝下午茶。

今天还是大嫂煮茶。我向大家表达希望拍一组他们的照片的意思。我留神观察了大嫂的神情，她全程一句话不说，手里不停地倒着茶。二嫂说不要上传到网上。我说这是送给你们的礼物，不是为我照的，你们可以穿上最漂亮的衣服。最后，姆妈点头发话，做出结论："你可以给我们拍照。"大嫂正好将所有的茶杯倒满，心满意足地放下了手里的茶壶，姆妈再次叮嘱我："但是不要发布在网上。"这里大多数女性与我合影后都会叮嘱我这件事。

下午茶结束后，二嫂抱着小沙恩走进中央房间，身后还跟着萨罕和苏卜希。这是我第一次看到二嫂的完整妆容，眉毛画成了两条弯弯细细的线，眼睛画成眼尾上翘的样子，接近于黑色的口红。她身着白色上衣、黑色长裙，头戴黑色头巾，再配上用海娜染过的深褐色指甲，活脱脱一个朋克辣妈。二嫂是想趁着丈夫不在家，带孩子回娘家住两天，来跟姆妈道别。

伊萨姆为了取回他的行李，第五次去机场。这一次，我和姆妈陪着他一起去，但我俩都没下车。当伊萨姆终于拿回了行李，眉开眼笑地和姆妈用阿拉伯语交谈了一会儿后，我突然说："因为前四次姆妈没跟着来，所以你总拿不到行李。"

他瞪大双眼回过头来说："我妈刚才也是这么说的！"

男主人终于出现

又等了一天,厄里斯才得以回家,奔向他的吉娜。

厄里斯走后,姆妈便每晚回到二楼的中央房间睡觉。

干燥而酷热的撒哈拉居然下雨了。那是一个燥热的午后,一阵狂风裹挟着热浪与黄沙,看起来像是有什么妖怪就要来了。正在二楼关窗户的我,突然感觉脸上被凉凉的东西打了几下,令人难以置信的是竟然是雨点!我认为自己关窗户的动作连5秒都没有,但是我的耳朵里、头发里、嘴唇上全都是沙子,甚至连嘴里都有,我想以后吃饭的时候不需要太用力就能把食物磨烂了。

短短几分钟后,一切归于平静。热依旧是那么热,雨和风都消失得无影无踪。地上连一个水滴痕迹都没有,大概雨滴还没落到地上就已经蒸发了吧。

时光在沙漠中缓慢流淌。

二嫂带着3个孩子从娘家回来了,家里又恢复了往常的热闹。有几天没有听到苏卜希的哭闹声，我居然有些不习惯。

我又在清晨 5 点醒来，接下来便开始写作，毕竟这是一天之中难得的清净时段。而这个时间也是姆妈起来做礼拜的时间。每天，她都像自带闹钟一样，5 点自然醒来礼拜，然后再睡个回笼觉。

9 点，门铃突然响了。我隐约听到楼下有陌生的声音在说话。

伊萨姆突然从电脑后面弹了起来："我爸回来了！"然后一溜烟儿下了楼。

我像往常一样，梳洗打扮一番后下楼。今天，一层的中央房间空空如也，所有人都去了走廊另一边的客厅——那个真正的客厅，那个装饰着蓝色墙砖，摆放着蓝色沙发和靠垫的客厅。

我在走廊中一步步走向客厅，走廊尽头那个沙发上坐着的，就是这个大家庭的男主人。他顶着一头花白的鬈发，有着牛奶咖啡般的肤色。他正在用阿拉伯语跟他的儿子儿媳们聊天，玛迦坐在他膝上自顾自玩着什么。他听到脚步声，转头看向我，给了我一个慈爱的笑容。他在沙发上挪动了一下，然后用手拍了拍身边的位置。

我不客气地在他身边坐下来，才发现其他人都在矮桌的另一边站着或坐在小板凳上。

他看起来比实际年龄要小，说话时脸上总是带着浅浅的笑意。我发现他头顶接近发际正中的地方有一个深褐色的小圆点，伊萨姆说这是常年礼拜的印记。他穿着一件小领子的米白色软衬衫，袖子被卷到肘际，灰色的西裤干净挺括，丝毫没有风尘仆仆之感。

今天的早餐格外丰盛，桌子上不仅摆放着每天都会吃的小点心和法棍，还有奶酪、黄油、果酱和蜂蜜。姆妈从厨房中拿出盘子，把丈夫带回的牛角面包摆在盘中。平日里一直在用的小咖啡壶也被换成了大个儿的，我和伊萨姆的爸爸都倒了满满一大杯咖啡，其他人依旧喝着那种滴了几滴咖啡的牛奶。这下这个家里就有了两个酗咖啡的人啦。

伊萨姆说："baibai（听起来像是中文的"伯伯"），笑嘉也有两个学位，和你一样是工学和经济学。"

伯伯笑着纠正他:"我只拿到了工学的。还差一个月就能拿到经济学的学位了,但国家突然停了奖学金,我只好结束了学业,回国为国家工作。"

我吐了吐舌头:"您的工学学位是硕士,我的两个都是学士学位,差远了。"

伯伯在20世纪70年代末去美国留学,去的是那家坐落在波士顿的常春藤联盟名校——哈佛大学。看来伊萨姆和他的兄弟们无一例外都遗传了伯伯的聪明才智。

早饭后,大家都散去了。女人们去厨房开始准备午饭,伊萨姆回楼上补觉,留下我和伯伯单独聊天。

伯伯的英语阿拉伯口音比几个儿子要重一些,他说自己现在又多了一个毛病,就是会弄混法语和英语单词,毕竟已经将近四十年没有纯英语的语境了,而儿子们的英语都青出于蓝。通过和伯伯聊天,我又对阿尔及利亚多了一些了解。每个阿尔及利亚的男人在18岁至30岁之间都要服兵役一年。为了避免人才流失,享受国家奖学金的海外留学生也必须遵守这项规定,毕业后回国服兵役,但是多了一个备选方案,就是用为政府工作来代替。

令我惊讶的是阿尔及利亚的免费教育竟然包括了大学,而且医疗也是免费的。伯伯却对此颇有微词:"整个瓦尔格拉省几十万人,只有5个儿科医生,他们夏天都离开沙漠去海边度假,那时候就没有医生可以为孩子治病。玛迦哥哥的死就是没有儿科医生造成的。"原来玛迦并不是大哥大嫂的第一个孩子。

我不知道该说些什么来转移这个沉重的话题,伯伯却自己做了这件事,他说:"先知穆罕默德活到了63岁,所以过了这个岁数就算长寿,我今年64岁啦。我还会有更多孙子,应该可以看到每个儿子的孩子出世。"

伯伯还很喜欢谈论中国,他说中国政府的管理方式很成功,可以把一个有那么多人的国家变得如此富裕十分不容易。我说我们的劣势是英语普及率不高。他说阿尔及利亚的英语普及率更低,但是那有什么关系,汉语才是世界上使用者最多的语言呀。阿尔及利亚政府一直鼓励学生去法国和美国留学,但是近年来更鼓励孩子们去中国留学。中国才是未来世界上最有希望的国家。这也是他建议伊萨姆去中国留学的原因。

当伯伯站起身来，我发现他和姆妈差不多高，他的儿子们都比他俩至少高出一头。

虽然伯伯很健谈，但是这个家里貌似只有伊萨姆和姆妈分外活泼，其他人都内向得很。姆妈不仅活泼，还很酷，她在我心中最深的印象是穿着一件艳丽的玫红色长袍，手脚的指甲和皮肤上都涂满了海娜，右手无名指戴着一枚夸张的婚戒，左手戴着两个一指宽的金手镯，两只耳垂上挂着金闪闪的波浪状耳环，再加上紫底儿大花头巾和流行款墨镜，我怀疑她根本不是法语老师，而是一个会美声唱法的说唱歌手。姆妈不论说话还是大笑，都底气浑厚，站在一层的厨房，无论你躲在这所房子的哪里，都能听到她声音洪亮地呼喊伊萨姆。

傍晚，躲在二楼中央房间吹空调的我和伊萨姆就被姆妈一声惊天动地的召唤吓了一跳，迅速滚下楼，坐进扎基驾驶的小白车，跟随姆妈去串门。才回到家的伯伯当晚便加入了浩浩荡荡的串门大军。这次去见的是伯伯的"二妈"。

这次车子驶向了郊区，在一处淡黄色的大宅前停了下来。

一走入院子便看到走廊入口处的地毯上坐着一位满脸皱纹的老妇人，她嘴部周围的皱纹最多，一看就是牙齿掉光的原因。她没有戴头巾，头发是被海娜染过的火红色。她的手里握着一把草编的小扇子，不疾不徐地轻轻摇着。我在她的额头上吻了一下，故意发出很大的亲吻的声音。她被我逗得咧开嘴哈哈大笑，手里的扇子也跟着直颤。

我们在院子中坐下，红发奶奶依旧坐在地毯上稳如泰山地和大家聊天，我方主聊选手是姆妈和伊萨姆，扎基基本不说话，伯伯也变得很安静，似乎早上跟我聊的一番话已经用光了他今天一整天的说话配额。我就更不用说了，除了喝果汁就是傻笑。

招待我们的是伊萨姆的姑姑，她是某所大学的校长助理，暑假时回到家里照顾自己的姆妈，她们每天的生活就是坐在这里，门口有人路过时，和他们聊几句，一天很容易就过去了。

伊萨姆说："真羡慕这样的生活啊！"

我冲他翻了个白眼："口是心非！暑假过完你也别回北京读什么博士了，很容易就能实现梦想。"

伊萨姆嘿嘿傻笑。

回程的路上有一段公路铺设在茫茫沙漠之中，目力所及，唯有月光和车灯。由于参照物的缺失，会给人一种错觉，仿佛车子飞快，也未曾移动过分毫。

伊萨姆又用手机播放着各种歌曲，姆妈听到一首欢快的阿拉伯歌时突然很兴奋，竟然在座位上手舞足蹈地扭起来，她挥舞双手的动作配上她的金手镯和金耳环，令她看起来更像个说唱歌手了。伊萨姆立刻受到传染，跟着乱扭。我先是笑到肚子疼，然后也加入了这个沙漠乱扭组合。扎基冷静得我都怀疑只有伊萨姆才是姆妈亲生的，而伯伯只是从副驾驶位回过头来抿着嘴笑。

月光在热闹的车中更加明亮，沙漠中的每一粒沙子似乎都在伴随着音乐微微颤动。

明天，我和伊萨姆就要离开撒哈拉，朝向地中海旅行。

Chapter 2

一念烦恼生

晨光中，一个少年骑在一头黄骆驼身上，由远及近。当他拐过街角时，我才发现，他的身后竟还跟着一头白骆驼，我目送他们悄无声息地走远。瓦尔格拉没有了印象中的酷热，竟有了丝丝凉爽，一年之中最热的时候已经过去了。

我是老外，麻烦的老外

　　傍晚，扎基开车送我和伊萨姆去长途汽车站。伊萨姆运气很好，一次就买到了去吉杰勒（Jijel）的车票。当我们拿着票找到大巴时，车门前已经围了好几层人，虽然人们并不怎么热衷于排队，但是男人们都很自觉地闪身让女人和小孩先上车。妇女儿童都坐在车的前半部分，爸爸会和带了几个孩子的妈妈坐一起，而单身的男人们则坐在车的后半部分。我和伊萨姆找了车厢中部的两个座位并排坐在一起。车几乎坐满后，一位头戴蓝色头巾、身着蓝袍的姑娘姗姗来迟。伊萨姆发现全车只剩下最后一排还有一个空座，他说一个姑娘独自坐在都是男人的那一排不太合适，于是自己坐到后面，把我身边的位置让给了这位姑娘。姑娘向我俩各道了一次谢。

　　大巴立刻开动了，我向车下的扎基挥手道别。

　　窗外的城市匆匆变为了沙漠。

我把头靠在窗上，每次眨眼睛的时候，右眼的睫毛都会碰到玻璃。我发现车子的右前方一直有个大大的、亮亮的，近乎圆形的东西贴着地平线，它被不停变换的树和房子的剪影遮挡着。我就保持着那个姿势睡着了。

夜半，醒来。那个又大又亮的家伙已经跃上了天际，地平线上也早已空空如也。我这才反应过来那是月亮呀，从没见过如此巨大的月亮。

此时的车子已被沙漠重重包围，似乎它是这条路上唯一的车。除了月光和它自己射出的灯光外，再无其他光亮。

再次醒来已是清晨。身边的蓝衣姑娘刚好也醒了，我们互道了一声"早上好"。

一夜之间，黄沙都已悄悄留在了沙漠中，窗外疾驰而过的都被换作了茂密的绿色。

吉杰勒市距离瓦尔格拉市800公里，这辆大巴不急不忙地开了14个小时才到。吉杰勒市是吉杰勒省的省会城市，沿海城市相对于沙漠地带更加开放一些，我不再是大街上唯一一个不戴头巾的女人，但是一个亚裔女性旅行者，依然不常见，我受到的围观依旧严重。而且在这里，伊萨姆也成了少数派，吉杰勒的居民大部分是白人，零星出现的黑人都是自沙漠来海边度假的。

下了大巴的我们在车站准备换小巴。伊萨姆说有时候有车没票，有时候有票没车，有时候没车也没票。因此什么时候能买到票又等到车，就要看运气了。伊萨姆去买票，我与行李箱一起站在远离队伍的墙边。我立刻成为一台人类好奇表情收集器，几乎要怀疑自己脸上是不是长出了蘑菇。

等了不到半个小时，伊萨姆就买到了票，而且立刻有可以出发的车，我们算是运气相当不错了。

小巴穿过吉杰勒市的繁华地段，向着海边驶去。

小巴上，我和伊萨姆终于能并排坐在一起，我依旧坐在靠窗的位置。车子驶出不过十来分钟，我便发现另一端靠窗位置的一位小哥哥，一直拿窗帘做掩护偷偷看我。大庭广众之下被许多人盯着看倒也还好，习惯一下就能适应，但在小巴这样局促的空间里被人一直偷看，始终感觉怪怪的。我努力向椅背靠了靠，希望伊萨姆庞大的身躯可以挡住那位小哥哥执着的目光。心里还自言自语了一番："小哥哥，要不要我教你一个四字词语呀？不是掩耳盗铃，不是非礼勿视，不是适可而止，是再看收费！"

当小巴停在海边山脚下的一个路口时，我和伊萨姆下了车。珐哈和她的妹妹玛丽卡已经等在路旁。

空气中弥漫着海的咸腥味。

珐哈家的房子建在山腰上，我们爬了大概20分钟才到。这是一栋被涂成了海蓝色的建筑，外面有一圈矮篱笆，篱笆上依附着许多绿色植物，院门不过是用绳圈一搭，并没有锁。珐哈带我们在房子里转了一圈，这栋房子的东西两侧各有一个大门可以出入，一层有四个房间、两个厨房、两个厕所和两个浴室，二层按照阿尔及利亚人的惯例还未修好。我们的房间在房子的西侧，珐哈三姐妹住在东侧。当我们在东侧的一个房间看到珐哈的姐姐时，她正挺着大肚子和两个五六岁的孩子玩。两个孩子见到我们后，立刻丢掉了一屋子的玩具和亲妈，缠着我们问东问西、又跳又叫，活脱脱像两只上满了弦的闹铃，吵得不得了。珐哈指指孩子们，又指了指一道门，笑着说："它是为了防他俩的，如果我们想安静一会儿，就会把它关上，这样就能拥有一个没有他们的地方。"珐哈指的那道门位于房子的正中，把它关起来后，房子的东西两侧便成为两户独立的空间。

珐哈和玛丽卡为我们准备了简单却美味的午餐。到了沿海，果然鱼多了起来，饮食更加适合我这只馋猫。加吉鱼用玉米油炸至微黄，表面撒些海盐粒，配上炸薯条和煎蛋，生菜和橄榄淋上橄榄油和柠檬醋汁做成沙拉，主食当然依旧是法棍。

虽然这里依然没有人穿短裤，但在珐哈的家里，只有她一人戴头巾，气氛明显轻松许多，于是我和伊萨姆都换上了短裤和无袖上衣。

一个美美的午觉醒来后，下午茶时间已到。沿海下午茶的选择更多，不一定非喝那种甜得吓人的薄荷绿茶，也有可能喝甜得吓人的咖啡、果汁或者牛奶。无论喝什么，下午6点的时候，都会有热腾腾的蛋糕自烤箱中诞生。

珐哈和玛丽卡端来一个直径8寸的蛋糕。蛋糕是圆环形，有着诱人的蜜糖色，它散发着淡淡的柠檬香气，看样子就知道并没有那种吓人的甜度。不过，即使再甜些我也能接受，离海这么近，有很多机会让海的咸度和下午茶的甜度中和一下。

喝完下午茶，我们立刻动身下山，奔向山下最近的海滩——莱斯阿弗提斯海滩（Les Aftis）。

虽然我们向往海水的心很迫切，却在山路上走得很慢，因为此时红霞已飞上天际，将整座小山、整片海滩、整条海岸线、每一把撑开的遮阳伞、每一个海边的人、每一朵身边的花，都染上了粉红的光。山脚下的一座清真寺用它那粉红色的尖顶向周围的建筑宣告自己的与众不同，也用最接近晚霞的颜色宣告自己与天的距离最近。

我带的是最保守的一套泳装，背露得并不多，还带一个小裙子。但当我在海边脱下外衣后，受到的关注依然十分夸张。因为与当地人的泳衣相比，我的泳衣还是太暴露了。这里女人们的泳衣跟平时穿的长袍只是材质不同，款式并没什么太大区别，都是从头发裹到脚踝。虽然我的皮肤远没有他们的白，但我的双臂、双腿出现在沙滩上，居然有点晃眼。

我听从了伊萨姆的建议，迅速下到海里，泡在水里的我就没那么显眼了。

漂在海上看夕阳更加惬意，这时的红霞已被金光取代。远处有三四个漂在海上的滑梯，很受小孩子欢迎。孩子们一个个排着队爬上滑梯，当他们叫着笑着从滑梯顶端滑向大海时，仿佛也把天边的一道道金光拉入了地中海。

这里的人们在面对大海时的笑容与那些随处可见比基尼的海滩上的，并没有什么不同。

直到天完全黑了下来，我们才恋恋不舍地游回岸边。我们沿着上山的公路往家走，走到半山腰时，珐哈和玛丽卡这对糊涂姐妹竟然迷路了，不知道应该从哪条小路拐弯。我和伊萨姆完全没有记路，更是迷茫。因为没有路灯，珐哈担心我怕黑，其实我一点都不着急，我说："迷路很好玩啊，我总迷路，都已经习惯了。"

我们在山上兜兜转转了20多分钟，突然有辆车上山，我们顺着它转弯的路口拐了过去，它的车灯刚好成了我们的路灯，这才艰难地回到了家。

在这个宁静的小村庄里，没有热的洗澡水，没有Wi-Fi和4G，甚至连手机信号都没有。我们每天都是睡到自然醒，然后煮咖啡和牛奶，吃着饼干和蛋糕聊天。伊萨姆在山下买了许多土豆、洋葱、胡萝卜、黄瓜、西葫芦、青椒、鸡蛋和法棍。我们一起做饭、洗碗、打扫房间。地面一尘不染，光着脚很凉快。马桶不能冲水，需要用盆舀水。我们没有洗衣机，只能用手洗衣服。洗澡也需要慢慢洗，因为水流很小。每当午后，我们会把门窗都关起来，整栋房子就会更凉快。别人睡午觉时，我就写作。那时，整栋房子里都没有声响，只有窗外的蝉鸣不停，冰箱偶尔制造出一声"咣当"，那是它又生出一块冰坨掉了下来。两个小家伙偶尔过来缠着我们玩，那是一天当中最热闹的时候。时不时从窗外刮进来海风，空调和电扇都用不着。除了用电脑、冰箱和晚上开灯，几乎用不到太多电。我们收不到微信、短信、电话，但我们有阳光、海风、干净的水、食物和天然气。我们困了就睡觉，饿了就做饭吃，就像过起了隐居生活。

时不时有猫去翻动放在门口的垃圾袋，猫也会在吃饭时间准时造访。它们很懂规矩，知道未经主人许可不能踏进屋子，只趴在厨房外的草地上，偶尔喵喵叫两声讨好一下。珐哈和伊萨姆会把鱼头和鱼尾给它们吃，我则抠掉鱼眼睛自己享用，再把鱼头给猫。最多的时候达到5只猫同时出现在院子里，为了抢鱼头打架。

懒得做饭时，我们就去山下海边的餐厅吃饭，这些餐厅大多只在暑假营业一两个月。

人没有太多事情可做的时候，觉会自然而然变多，把我们那些曾经用来学习和工作的睡眠都补了回来。

唯一困扰我们的是冰箱，总是会莫名其妙流到地上很多水，我们需要每隔几小时就扫一次厨房里的水，以免滑倒。而我比他们多了一项困扰，就是蚊子，它们对我实在是太热情了。很显然，它们普遍觉得"中国制造"的口感不错，对白白的珐哈和黑黑的伊萨姆一点也不感兴趣。我的右眼上下眼皮各被咬了一个包，使得我的右眼看起来比左眼小了好多。只过了一天，蚊子们为了表示歉意，在我的左眼接近眉骨的地方也赠送了一个大包，这样一来，我的两只眼睛看起来对称多了。胳膊、腿、手、脚上的包就更不用说了。在蚊子看来，我是个移动大食堂；在伊萨姆和珐哈看来，我是个纯天然驱蚊剂。

  院子里有一棵柠檬树、一棵无花果树、一棵李子树和几丛仙人掌，可惜果子都没成熟。一天清晨，珐哈摘了一个浅紫色的李子——它已经是整棵树上颜色最深的一个了，但是我俩谁都没有咬一口的勇气，于是我们决定忽悠伊萨姆尝尝，如果酸得要命，也只是他一个人的牙被酸倒。我们跟伊萨姆说李子很好吃，我俩每人吃了一个，这个舍不得吃，专门留给他的。面对我们的诡计，伊萨姆竟然不上当。但是几个小时过后，被我们留在厨房窗台上的那个李子竟然神奇地消失了，我和珐哈猜测一定是被伊萨姆偷偷吃掉了。

  我们约定每人每天只喝一杯果汁，伊萨姆来监督。晚饭前我就将自己那杯喝掉了，而伊萨姆和珐哈都习惯在吃饭时喝，因此吃饭时伊萨姆就没有再给我倒果汁。我说昨天晚上我没有喝，今天应该有两杯的，但是伊萨姆竟然说昨天没有用的额度不可以留到今天。嘴馋的人最见不得别人在我面前喝果汁，而自己的杯子空空如也。我趁他起身去拿法棍，把他喝剩下的半杯果汁一口气全喝了。当我把他的杯子重重搁在桌子上，得意地望向他时，他只说了一句苍白无力的"打死你啊"便作罢。没想到此人报复心很强，第二天一早，他吃了三块蛋糕，只留了一块给我，分明是把本该属于我的一块吃掉了。

  我们三个有时候一起讨论哲学、宗教、信仰等深奥问题，有时候却像三个孩子，为谁多喝了一杯果汁、多吃了一块蛋糕而斗嘴。

  工作累了的我也会偶尔睡一小会儿午觉，不论做了多美的梦，醒来时还是躺在原地。伊萨姆通常已经从床垫上滚到了地上，大概是觉得不用床垫更凉快吧。

有时我会完全记不起来自己身在何处,因为这样的房间可以是在世界上任何一处地方,而不变的是我在房间里做的事情——抱着电脑写东西。

一天晚上,卧室里的灯泡突然毫无征兆地坏了。我居然劝伊萨姆不要去买新的,这样挺好,厨房和厕所都是亮的就足够了,反正我们都是白天在厨房的桌子上工作,晚上回卧室睡觉。人类发明了电灯以后,才开始有了熬夜这种有害身体健康的行为吧。

在这里的生活毫无意义可言,却是我最简单快乐的一段时光。我并不是什么有钱人,却在海边的房子里度过了一段"奢侈"的快乐时光。

这样的好日子只过了三天。一天午后,珐哈的父母和阿姨来看我们,珐哈的爸爸看到我以后立刻转过了身去,我不明就里。珐哈赶紧解释说爸爸发现我穿的是短裤,害羞了。我赶紧回屋把长裙换上。

珐哈的父母问我喜不喜欢这里,我说很喜欢,然后把仅会的什么"谢谢""你漂亮""你帅"那几句阿拉伯语都用上了,逗得他们哈哈大笑。他们说有警察在海边发现了我,问他们为什么家里出现了一个"老外",要求把我的护照拿到警察局做登记,而且警察怕我住在山上不安全,要求我今晚去他家市里的房子住。珐哈的爸爸要走了我的护照和担保函,他觉得给警察出示以后应该就可以留在这里住了,毕竟已经住了几天都没事,没必要让我搬家。

他们走后,伊萨姆说如果我是你的丈夫,在这里会更方便一些。我开玩笑说好主意,咱们什么时候举行婚礼。伊萨姆的脸上竟然闪过一丝害羞的表情,突然没头没脑地说了一句:"你是一只金丝猴。"

我莫名其妙:"为什么?"

"你很狡猾,有黄色的皮肤,而且来自中国,所以是金丝猴呀。"

不得不承认这个比喻确实很有想象力,于是我眼珠一转,也想到一个比喻:"那你就是金刚。"

"不是吧,我比它聪明很多呀。"伊萨姆抗议这个比喻。

"它很强壮,而且对女人很好,这点跟你一样啊。"

伊萨姆想了想，说："哦，那确实是。好吧，我是金刚。"

末了，我不忘了补上一句："加油，你的体重很快也能赶上它了。"

伊萨姆给我的比喻前添了一个形容词："你是一只坏金丝猴。"

我和伊萨姆上午一直在睡懒觉，11点才吃早饭，于是我们决定下午4点再做午饭。伊萨姆居然在下午2点的时候又睡着了。珐哈从她姐姐那边的厨房端过来一大盘库斯库斯，里面放了西葫芦、土豆、胡萝卜和鹰嘴豆。她看到伊萨姆在睡觉，小声告诉我一个人偷偷把它都吃掉吧。我夸张地做了一个确认他还在睡觉，表示我们别把他吵醒的动作，然后捧着盘子蹑手蹑脚地走到厨房。

半小时后，珐哈去院子里收衣服，看到我在厨房写东西，问我吃饱了吗。我说吃饱了。她瞥见了我留在盘子里的一多半库斯库斯，说你肯定没吃饱，想留给伊萨姆，你是好姑娘。

伊萨姆终于在4点前醒来，立刻将盘子里的库斯库斯一扫而光，然后下山去买意面和橄榄油。我本来想和他一起去，但是外面太热了，就偷懒留在厨房继续工作。

珐哈又从她姐姐的厨房里端过来一个刚出炉的蛋糕，她发现我们这边的厨房里没有果汁了，于是又去倒了一杯果汁给我。我对着果汁和蛋糕咽了咽口水，说等伊萨姆回来一起吃吧，他应该快回来了。

我和珐哈一边聊天一边等伊萨姆。她和伊萨姆一样大，25岁，从没谈过恋爱。我问她心目中理想的丈夫是什么样的，她说不用太有钱，但也不能太穷，跟她差不多就好，然后强调了一句不一定非是博士，而且结婚以后最好可以不和父母一起住。

聊着聊着，珐哈说起她是如何认识伊萨姆的，他们是在第一次去北京的时候，坐的同一班飞机。在飞往异国他乡的飞机上，遇到和自己一样年纪、一样在中国读博士的伊萨姆，他又如此幽默、聪明、招人喜欢，而且也是穆斯林，我知道像这种单纯的姑娘会有多喜欢伊萨姆这样的小伙子。

我看了看表，说伊萨姆已经去了一个半小时，应该回来了。珐哈说咱们给伊萨姆打个电话吧，正好我也想给伊萨姆打电话，提醒他买果汁和早点。我们掏出手机，看谁的手机会奇迹般出现一丝信号，我的手机依然没有信号，她看到了我把伊萨姆的手机号放在了"收藏"里；她的手机有微弱的信号，我发现她把伊萨姆的微信置顶了。珐哈的电话打出去了，手机里传来一连串阿拉伯语，她摇摇头说伊萨姆的手机没有信号，我们猜测那应该是他正走在回来的路上。

珐哈被姐姐叫去帮厨。

最热的午后时光已经过去了，我把卧室的窗户打开。推开窗户的一瞬间，一个戴着耳机的黑色身影从篱笆间一闪而过，我一声"伊萨姆"脱口而出。

珐哈立刻从厨房探出头来问："他回来了？"

我顾不上回答，飞奔穿过整条走廊，跑去东侧的客厅门口，看到伊萨姆刚好走到院门口，他双手手提着三大袋子东西，额头亮晶晶的都是汗，胸前的衣服也被汗水浸湿了一大片。他笑着说："来来来，快看他们。"

我穿上门口不知是谁的拖鞋，跑去给他打开院门。他的身后立刻闪出五个小脑袋，三个机灵的白人小姑娘冲我望了一眼后，转身往山上跑去，两个白人小男孩嘻嘻地笑着，没有一起跑掉。

伊萨姆说："他们以为我是外国人，从山下就一直跟着我。"

我指着自己的鼻子说："他们的坚持和努力有了成果，真的看到了外国人呀！"我冲他们挥挥手说"萨朗姆"，他们哈哈笑着跑开了。

伊萨姆不仅买回了意面和橄榄油，也买了果汁和早点，甚至带回了一袋洗衣粉，他总是比我想得还周全。

我把珐哈倒给我的那杯果汁递给伊萨姆，说这是珐哈给你倒的，外面一定很热吧。

伊萨姆在山下的时候，珐哈的爸爸给他打了一通电话，说把我的证件给警察看过后，他们仍然要求我今晚去市里的房子住，等我去警察局报到后，就可以回海边住了。"他们对外国人过分担心，怕你出现危险。"

"大概我不是一个正常的外国人,因为我不是来工作的,也没有住在酒店里……不过这正是你们的警察负责任的表现呀。"

我和伊萨姆一起做了意面,珐哈做了沙拉,我们围在一起就着一部卡通片,把整整一锅意面吃得精光。我负责刷碗,让他们不必等我,因为我之前看过这部电影了。

刷完碗后,我准备了一些今晚要用的洗漱用品。珐哈的姐夫开车带我们去市区的家,上车前,珐哈邀请伊萨姆一起去做客,伊萨姆老实不客气地一屁股坐进了车里。

吉杰勒是个有些山城意味的城市,虽然没有太多陡坡,但与沙漠中的瓦尔格拉比起来,着实多了不少起伏。珐哈的家恰好就在一个斜坡之上,一簇玫红色的夹竹桃之后。

大家坐在院中乘凉,一边吃着西瓜,一边聊天。伊萨姆与珐哈的爸爸和姐夫聊天时,也很自若,仿佛不论和谁聊天,在他的脸上都看不出任何拘谨。我问他们在聊些什么,他说无非是有关我的护照和签证,以及警察有些过分关注外国人。

天空开始不断划过闪电,却没有伴着雷声。珐哈的姐夫和伊萨姆匆匆告别,希望赶在下雨前回到山上的房子。

临走前,伊萨姆拍了一下我的肩膀,说明天早上来接我去警局。这是他到了阿尔及利亚后,第一次拍我的肩膀,使我又一次意识到,这里的氛围确实比沙漠地带开放了一些。然后他冲珐哈伸出拳头,珐哈一愣,也缓慢地伸出了拳头与他碰了一下。我看得分明,这个兄弟气十足的动作着实让珐哈的眼中闪过一丝失落。

珐哈的爸爸嫌屋里太闷,决定在楼顶睡觉,还开玩笑说如果半夜下雨,躺着就能把澡给洗了。我和珐哈家四个未出阁的女儿睡在一楼一个装满家具的房间,几乎是在家具的缝隙里塞进了我们五个人。珐哈有些抱歉地解释道,她的二姐下个月就要出嫁了,所以她们把其他房间的东西都搬到这个房间来做大扫除。伊萨姆只有兄弟,珐哈却只有姐妹,下一个该考虑结婚这件事的,就是珐哈了。

窗外依旧只有闪电，没有雷声，但是不多会儿，屋内便先有了雷声——不知是珐哈的几妹打起了呼噜。玛丽卡和另外一位妹妹显然早已习惯，丝毫没有被影响，迅速进入了睡眠。珐哈在黑暗中把今天最后一次礼拜完成后，才躺了下来。

夜半，大雨终于倾盆而下。我由浅睡中醒来，听到了伴随着雨声的吟诵之声自附近的清真寺中徐徐飘来。

★ 海边的比基尼女孩

Chapter 2 / 一念烦恼生

头巾与偏见

早上，伊萨姆又坐着珐哈姐夫的车进了城。珐哈的爸爸率领着珐哈和我上了车，大家为了我这个"老外"，一起去警察局报到。

这次在吉杰勒警局见到了一位高大的女警，她的制服上衣有点过于宽大，她没有戴头巾，和男警察一样戴着帽子。报到不过是例行公事，警察将我的护照和担保函做了记录，询问了伊萨姆、珐哈和我是什么关系，珐哈的爸爸最后在备案书上签了字。

出了警局之后，珐哈的姐夫开车带老丈人回家，我们仨当然是要好好在城里逛逛。

吉杰勒居民们的情感似乎比沙漠居民们的更加强烈，街上建筑的色系从小清新转换成了夺目的橘黄和玫红。

街上最吸引我的店铺是卖传统银饰的，珊瑚红、柠檬黄、宝蓝、苹果绿四色点缀其间，配色艳丽至极；或是仅仅镶嵌上红色珊瑚，端庄雅致。伊萨姆指给我看，这些饰品中隐藏了不同柏柏尔族人的专属符号。

我们吃了一顿比萨后，才启程回到海边的房子躲避午后的暑热。

当我坐在小巴上时，看到街头一个四五岁的小姑娘戴着长长的头巾，蹦蹦跳跳在街上转圈圈，似乎在和自己的头巾玩，那头巾长得几乎拖地。我问伊萨姆："这么小的孩子为什么戴头巾？"

"好玩呀，你不觉得这样很可爱吗？你们不也给小孩子穿西服打领带吗？"

"可爱是很可爱，可是……可是她以后有好几十年的时间可以戴头巾，干吗不让她好好享受一下现在不戴头巾的日子呢？"

伊萨姆摇摇头："在你心里始终觉得戴头巾不好，这是你的偏见。"

事实上，大多数女人在家里就已经是头巾加长袍了，出门不是换一件更加保守的长袍，而是在"家居长袍"外再套一件"外套长袍"，"家居头巾"外再加一个"外套头巾"，甚至还有女性在两层头巾之上再来一顶草帽。一些没那么严格的穆斯林的长袍和头巾是五颜六色的。而一些非常严格保守的穆斯林，女性从头黑到脚，这里指的不仅是长袍和面纱，还有手套和穿着凉鞋的脚上套着的袜子，只有两只眼睛露在外面。在高温下难以想象她们的感受是怎样的。

"我们男人戴的头巾更长，打开有3米、4米、5米、6米！"

"你们不热吗？"

"不热，我们习惯了。"

"但是你一句'习惯了'能代表所有人吗？我问姆妈、你的女同学，她们都说习惯了吗？我想让你们男人戴着头巾、穿着胸罩、内裤里塞着卫生巾度过一天，一天就够。让你们尝尝那是种什么滋味！"

伊萨姆很无辜："我不是女人，我确实不知道。不过你可以和珐哈聊聊。"

到达我们那凉快的大屋后，我向珐哈问出了一个在心中存了一整天的疑问："为什么姐妹当中，只有你一人戴头巾？"

在她回答我之前，我动用了自己所有的狭隘与偏见，设想过以下三种回答：一、父母要求，我别无选择；二、别人都戴，所以我也戴；三、我戴头巾比不戴更好看。

但珐哈的回答是："我认真读了《古兰经》，我选择戴头巾，是为了让自己成为一个更好的人。"

这让我突然明白了何为沿海城市比较开放，这个"开放"的真正含义是，你可以选择自己戴或不戴头巾。而保守的沙漠地带，戴头巾就像出门要穿衣服一样，它已经从一项可以选择的事情，变成了约定俗成，必须遵守。

"我的父母很开放，他们告诉我规定，也告诉了我'为什么'，由我自己决定要不要戴头巾，就像我可以自己决定喜欢哪个男孩子。他们希望我做的决定是为了自己，而不是仅仅为了遵守规定而遵守规定。在现在的网络社会中，我们更容易接触到外界，知道'为什么'也就变得更加重要。"

由于偏见，我一直把戴头巾和女性地位低下画了等号。但是在阿尔及利亚的日子里，我遇到的两件事却推翻了我的偏见。

再次和伊萨姆坐城市间的长途大巴时，我们坐在车的中部，比较靠前的位置上有个姑娘突然站起来跟司机说话，司机是个男的。之后她说话的声音越来越大，还有位跟她本不相识的男士，也加入进来，帮着她一起说司机。当车子遇到路边有警察后，那位姑娘要求司机停车，她走到车下跟警察交谈。敢情这司机是个新手，居然走错路了，车上只有她发现了，因为她总坐这趟车。虽然这是一件很小的事，但是它让我发现，这个国家的女人敢说，男人也听。

去阿尔及利亚之前，有一次我跟伊萨姆一起坐地铁，刚好我们面前有个人下车，他让我坐那个座位。我说对着电脑坐一天了，想站会儿，你坐吧。他说在我们国家，一个男人坐在座位上，而面前站着一位女士，是很不礼貌的事情。来到阿尔及利亚后，我就发现确实基本上都是女士坐在座位上。有一次我俩一起坐有轨电车，他站着、我坐着，坐在我旁边的是一位老大爷，60多岁的样子，挺精神的，一看就是身体倍儿棒。我们座位对面站着一排人，包括伊萨姆和一个40多岁的大姐。过了几站之后，突然，那位大姐跟我旁边的老大爷说了一句阿拉伯语，然后老大爷就把自己的座位让给了这大姐，自己到对面站着去了。我当时认定那绝对是一句带魔法的阿拉伯语，一定要学会说，赶紧问伊萨姆大姐说了什么。伊萨姆告诉我，她说："我太累了，能不能让我坐会儿？"

一个国家的女性戴不戴头巾，跟她们是否能够得到尊重，是两码事。

我在这个国家不断被颠覆认知的同时，我也在颠覆着他人的认知。在阿尔及利亚旅行时，我听到最多的话有两句。

一句是："你真的是中国人吗？眼睛怎么那么大，个子怎么这么高？"他们认为中国人眼睛都是一条缝，个子瘦瘦矮矮；偏偏我营养过剩，长得又高又壮。

另一句是："我喜欢你，我喜欢中国人。"一开始听到这样的话，我还颇为沾沾自喜。虽然很有限，但毕竟通过我，他们对中国人的认知有了改观和更深的了解。但是，这恰恰是另一种偏见。偏见是个中性词。我不能代表中国人，我只能代表我自己，不论我是声名显赫还是籍籍无名，不论我是谦卑高尚还是卑鄙无耻。

我对阿尔及利亚人普遍有好感，并不是因为我品格多高尚或者心有多善良，而是因为幸运。我认识的第一个阿尔及利亚人是伊萨姆，但难道每个阿尔及利亚人都跟他一样聪明友善吗？伊萨姆也不能代表阿尔及利亚人，他只能代表他自己。

我在这本书里说的北非、阿尔及利亚和穆斯林，只代表我看到的北非、阿尔及利亚和穆斯林。

整个地球上的人类，不管你是哪个国家或者哪个种族的，智商与善恶都是呈正态分布的，这是理科生的说法；文科生的说法是，整个地球上的人类，不管你是哪个国家或哪个种族的，大奸大恶之徒与圣人贤者、弱智与天才都是少数，大多数人都差不多。我们有的优点，别人身上也都有；我们在别人身上看到的缺点或者狭隘，它们同样也存在于自己身上。

我想这也是我们需要旅行的一个原因吧，首先是见识不同，然后我们才能发觉，作为同一个物种——人类，我们彼此之间的相同远远多于不同。我们都不约而同地抱有各自的偏见，区别只是形式不同而已，谁也没比谁聪明多少，谁也没比谁厉害多少。人类是一种愚蠢、自大又顽固的生物，完全消除偏见不大可能，但是我们可以尽量减少自己的偏见。我找到的最好的降低偏见的方法就是旅行，跟我遇到的不同的人好好聊聊，对事情都深究一个"为什么"。

行走在世间，带的偏见越少，就会越轻松。因为那些偏见虽然针对的是别人，却长在我们自己身上。

"珐哈，你有多少条头巾？"

"20多条吧。"

"哇哦，跟我帽子的数量差不多耶！"

去动物园预习当妈

一天傍晚,扎基开着那辆小白车,居然把伯伯、姆妈、四哥、萨莎、萨罕、苏卜希都拉来了,这让我不得不怀疑伊萨姆家的每个人都练过缩骨功。除了玛迦和小沙恩,孩子们都离开了家,撒哈拉里的那座宅子,现在一定安静极了,而我们山上的清净日子立刻变得吵吵闹闹。

萨莎手里从不缺零食,即使是在山上。看她坐在椅子上,一边甩着悬空的双腿,一边把薯片嚼得咔咔响,一脸无忧无虑的表情,着实让人羡慕。我跟伊萨姆感慨:"萨莎为什么永远有吃不完的零食?"

伊萨姆说:"她吃的薯片好像是我买的吧?"

我俩这才想起来,坐大巴前买过两包薯片,本打算在来吉杰勒的路上吃,然而在车上睡着了,后来我俩谁都想不起来把它们放在哪儿了。萨莎的小脑袋瓜里似乎装有一部自动搜索零食的雷达。

海边的空气虽然湿润了不少，但依旧炎热，我穿着无袖上衣和短裤，本来还算适应，但是伯伯和姆妈驾到后，我把下装换成了长裙，这么一点小变化，就让我觉得有点热了。可是吃着零食的萨莎不仅穿着长裤，还把浴巾当披肩披在肩膀上。

我问伊萨姆："你妹是不是发烧啦？"

伊萨姆问萨莎怎么了，然后告诉我："她说她没有不舒服，只是冷。"

我点了点头："嗯，海边对于住在撒哈拉的人来说，确实冷。"

和珐哈一起做沙拉的时候，她趁伊萨姆不在，小声问我："怎么萨莎一句话也不说？不论我跟她说什么。"

"啊？是吗？"我努力回想了一下，我好像也从来没有跟她说过话，那是因为我俩之间不太需要语言，只需要一些互相递零食的动作，虽然伊萨姆告诉过我她会一些简单的英语。我问珐哈都跟她说了些什么，她说无非是"你会不会游泳""喜欢什么颜色"之类的闲聊。珐哈在试图与她交流一个晚上均告失败后，便放弃了。

在那之后，我才开始关注萨莎，她确实太不爱说话了，只有比她小的那三个小家伙实在太淘气的时候，她偶尔说过几句命令口吻的话，其他时间都专心致志让零食堵住自己的嘴巴。在我与伊萨姆一家生活的那段日子里，我也一直并未与她有过太多语言上的交流，但是我俩相处十分融洽，有的时候只需要一个动作就可以明白对方想要做什么。比如她把皮筋塞到我手里，再指指我脑后的蝎子辫，我就知道她也想编个一样的；或者我朝伊萨姆的背影做了个动作，只给她看到，她会立刻会意，然后捂着嘴咯咯笑个不停。看来，在某些时候，或者是和某些人之间，语言确实是多余的。

人多了以后，寂静的夜晚变得热闹了许多，房间也变得热了许多。我们的两个房间只有一间有空调，所有大人孩子都睡在有空调这间，我则自己默默睡到另外一个房间，为了防止蚊子飞进来，我把窗户也关上了。好在我有个电扇，也不觉得闷。

第二天一早，伊萨姆问我："你为什么不和我们一起睡在有空调的房间？"

我翻了个白眼儿："我跟你、你爸、你哥、你弟这些男人都睡一个房间不奇怪吗？"

"哦……也对。"

在一些我认为理所应当的事情上，他竟然需要想一下才明白，而我觉得这种"想一下"不可思议。

"而且我隔着房间的门都能听到伯伯在打呼噜。"

伊萨姆憨憨地笑了。

上午，大家悠然地吃着早餐，伯伯和伊萨姆在聊如何管理一个大家庭。我对伯伯说："怎么感觉伊萨姆像是你的大儿子呢。"

"他和我最亲近，我的其他儿子不那么爱跟我聊天。我很开放，希望和儿子们做朋友。"

"我爸爸也是。"

"但你既是他的大女儿，也是他的小女儿。我却有六个儿子和一个女儿。"

"确实，你比我爸难，但同时你也容易，因为你有伊萨姆，他为这个家庭做了很多事。"

"我知道。他在不同的地方生活过，就像你到处旅行。当一个人做过很多事情，就会了解别人的不容易，从而学会体谅他人。"

早饭结束后，大家决定去动物园玩。

我突然激动莫名，几乎跳起来欢呼："跟孩子们一起去动物园好啊！更开心！"

扎基先载着我和伊萨姆、萨罕、苏卜希、萨莎到动物园，再折回家运送伯伯、姆妈和四哥。

一路上我都很高兴，因为这次去的是个真正的动物园，我将不再是"动物园"里唯一的"动物"。但当我们进入动物园后,情况却变成了我看动物,动物看人,人们看我。伊萨姆说他们大概觉得三个孩子是我们的孩子,这才造成了围观。

起初,我以为是两个大人带着三个孩子。刚入园时,我发现萨莎管理两个小皮猴颇有一套,而且十分有责任心,去哪都不忘拉着萨罕和苏卜希的手,压根儿不用我和伊萨姆操心,就像是三个大人带了两个孩子。一小时后,真正变成两个大人带三个孩子,我跟萨罕、苏卜希像三只猴子一样到处跑,恨不得把每个笼子都看一遍,而且哪儿人多往哪儿钻。等到了动物园的游乐场区域,萨莎也开始放飞自我,撇下了我们,变成满场乱跑的疯丫头,这下变成了伊萨姆一个大人带着四个孩子。

比起三个熊孩子,我是第一个败下阵来的,发现树荫下空着的一个长凳,立刻跑过去坐了下来。长凳刚好是在一棵大树后面,我可以透过粗壮的树干窥伺游乐场四周。伊萨姆突然发现满场飞的孩子里少了一个我,他紧张地四处寻找。萨莎带着萨罕和苏卜希坐上了空中飞椅后,伊萨姆便开始绕场一周,焦急地喊着我的名字。我躲在树后,看着他着急的样子暗暗偷笑。看他急得差不多了,我便趁他走到大树附近时,喊了他一声。

伊萨姆一脸无奈地走过来,坐在我身边:"你们四个累死我了!"

"我玩得也好累啊。"

"跟孩子们一起去动物园好?更开心?你现在头疼了吗?"

我无力地点点头。

伊萨姆又一次说起:"我要是结婚,两个孩子就够了,绝不能再多,不然真的会把自己累死。"

"你认识'好'这个汉字吧?一子一女便是好,孩子嘛,两个真够了,而且最好是一个儿子、一个女儿,那样就完美啦。"

他点点头:"我记住啦,好!"

扎基把伯伯、姆妈和四哥接来后,祖孙三代都齐了,我们更是像极了一家人,我都怀疑自己是不是已经和伊萨姆结婚了。

我突然说:"珐哈是很合适的妻子人选。她和你一样是博士,而且是阿尔及利亚人,还是穆斯林。"

伊萨姆点点头,又摇摇头。

我俩太累太热了,脑子不太好使,谈话进行不下去了。

"你要不是穆斯林多好。"

"你要是穆斯林多好!"

没头没尾、莫名其妙的对话,但我们知道什么意思。

我本以为,自己没有和热闹的大家庭一起生活的经验,和伊萨姆一家人相处愉快是因为新鲜,没两天就会厌倦。但是不知为何,这一家人很普通的日常,在我眼中却十分有趣。我想他们在我眼前做的一切大概是生活又一次提醒我,生活究竟是什么。虽然人们有着不同的肤色,说着不同的语言,住在地球不同的角落,可我们的生活终归是一样的。

伯伯带萨罕、苏卜希从动物园回来时,他们每人多了一件新玩具,一种带长柄的小车,两个小捣蛋推着两辆车在院子、卧室、厨房里到处转,到处都是嘎啦嘎啦的声音。

有那么一会儿,两辆小车的嘎啦嘎啦声,只剩了一个。只见伯伯突然拿着一辆小车出现在厨房,身后跟着可怜巴巴的苏卜希。他的车手柄部分突然坏了,这个爱哭鬼竟然没有哭,大概是二嫂没在,他的台词"妈妈呀"用不上了。

伯伯在院子里找到一根长铁丝,在灶火上烤烫了,在小车的尾部烫出一个洞。他还神奇地变出一个工具袋,里面钳子、改锥、扳手应有尽有,三下五除二将长柄和车重新连接在了一起。

"你爸随身带这么齐全的工具,好像知道随时有东西需要修。"

"嗯,他就是这么可怕,他喜欢动手做这些。"

"居然跟我爸一模一样!我爸在我心中就是个万能修理工,没有他修不好的东西。"

于是,苏卜希推着小车又开始四处巡视。

Yallah！去买鱼

无论突然想去哪儿，只要伊萨姆一句话："扎基，yallah！"扎基都会义无反顾开车带我们去，哪怕睡眼惺忪，茫然不知目的地。

这句话也对我有作用，很多时候，我甚至都不问伊萨姆去哪儿，仿佛伊萨姆是那个传说中的花衣魔笛手，那句"yallah"就是他吹奏的笛音，我和扎基跟着他的笛声一直走，当我们突然醒了的时候，已经身在目的地了。

晚上我洗完头后，最后一滴干净的流动水被用完了。我们用事先存好的备用水洗完了碗。洗碗的时候我又被蚊子咬了几个大包，伊萨姆拉着我给全家展示，姆妈发出一连串可爱的、不需要翻译的惊叹词。

今晚，伊萨姆又对躺在房间看电视的扎基说出了那句有魔力的话："扎基，yallah！"

扎基对这句话中毒颇深，跳起来抓起桌子上的车钥匙。我们的队形永远是扎基开车，伊萨姆在副驾，我坐在伊萨姆身后。

到达山脚的岔路口时，伊萨姆跳下车，冲进了小商店。我猜他是去买水喝，想告诉他我带了一瓶水，于是也跟着下了车。当我走进商店时，坐在收银台里的老板把一瓶驱蚊药推到我面前。由于每天至少来这家小商店报到一次，这个长得很像意大利人的老板已经认得我们了。伊萨姆把驱蚊药放在收银台后，又想给扎基买酸奶，于是折返回去拿。

我突然说："从明天起，我不喝饮料，不吃甜食啦！最近我长胖了。"

伊萨姆说："好，我也一起！"

我们不像之前那样，在这个岔路口右拐，而是左拐。还是同一条路，却是第一次走这一段，一面是悬崖峭壁，一面是汪洋大海。蜿蜒的山路看不到尽头，远处有小村庄灯火闪烁。偶尔进入隧道，伊萨姆会将头伸出窗外嗷嗷乱叫一通。

我坐在后座上东倒西歪，扎基开得很快，奇怪的是我竟然没有晕车。

跳下车才发现这是个小小渔港，有船在陆续靠岸，几个壮实的渔民正收着渔网。

木箱里已经躺好了今天新打上来的鱼，不过一拃长的小鱼，黑背银腹，在灯光下熠熠生光。木箱四周围着一群人，人们笑得很可爱，像是在商量怎么分刚挖出来的财宝。其实这是全世界都会发生的卖家与买家的讨价还价场面，可是连这种你攻我守的激烈场面都被他们做得这么欢乐。

伊萨姆说："我想买些给姆妈，她喜欢吃新鲜的鱼。"

伊萨姆跟第一个鱼贩聊了一会儿，然后走向其他几家，他没有再和谁交谈，只是看。当他走到了第四家，伊萨姆没有讨价还价，而是直接掏钱拿鱼走人。花350第纳尔买了一大袋子，足有1千克，相当于人民币10块钱而已。

奇怪的是每个鱼贩都没有称，1千克究竟是多少？买的和卖的都觉得差不多就得了。反正到最后，鱼贩总会再往你的袋子里多塞上一把鱼。皆大欢喜，没有人斤斤计较。

伊萨姆又走回第一家，买了一大袋子。

"为什么买两个人的鱼,鱼不都一样吗?"

"我问了几个人,价格都一样。我跟第一个人说,我已经买过了,但是我喜欢你,想在你这里再买一些。他说好,给你便宜些。"

"狡猾。"

"是聪明。"

有网以后,他提醒我给自己的父母发信息,告诉他们我没有网,所以失联了两天。

"你想回家还是坐一会儿?"

"坐一会儿吧。"

我们在码头边坐下,眼前都是正在休息的渔船,脚下是乱石。

"你是不是想说什么?"

"我在想你说的话,我应该找一个什么样的妻子。"我们对话的开端总是莫名其妙,没头没脑,可继续下去又自然而然,"我是一个火箭,想找一个'油'一样的妻子,给我加油,而不是让我慢下来……或者她也是一个火箭,我们一起加油。"

"那不可能呀,她早晚要怀孕的,至少两年,什么也干不了,每天都围着孩子。你看你的姆妈和大嫂、二嫂,什么时候有过自己的生活?这也是为什么我一直还没有结婚生孩子,我还想旅行,还想做很多事情,不想被孩子绑住。但其实这些都不是最重要的。你知道女人究竟想要什么吗?不是我,是所有的女人,不管她有多强壮。"

"男人只要更强壮,不怕困难,可以解决所有问题……"

我不耐烦地打断他:"你都没说到关键,一点就足够。你可以不强壮,可以不帅,可以笨,但只要有这一点。"

"你快说吧,我不知道。"

"把她放在心里的第一位,而且是唯一一个最重要的地方。"

"可是我的父母也很重要呀。"

"你如果把妻子放在最重要的位置，也能让她感受到，那她一定会对你的父母很好；如果你把父母放在心里最重要的位置，妻子会很难受，她也不会对你的父母很好。"

"我明白了，我非常同意。以前从没有想到这一点。"

"走吧，我们还要去打水。"

在车上，我对伊萨姆说，其实他已经是我心目中最接近想要的丈夫的人选了。

"那哪里让你没有选我呢？"

"你太胖了。"伊萨姆知道我是在开玩笑，等我继续说下去，"因为你是穆斯林。我没有觉得穆斯林不好，而是我们的文化太不同了，我们已经在各自的世界观里生活了二三十年，改变太难了。"

"你也是我认为最想要的妻子的样子。可你不是穆斯林，你可以一天不吃大肉、不喝酒，甚至两天、三天，但是时间久了你会觉得好麻烦啊。"

"不吃大肉、不喝酒也只是表面而已，我们太不一样了，国家不同、肤色不同、文化不同、宗教不同……太多不同，如果只是其中一两点还好接受，但完全都不同，太难了。"

突然明白了，伊萨姆总是喜欢在我面前哼那首《我们不一样》，原来是冥冥之中一切早就在提醒我们。伊萨姆前天失眠，我昨天失眠，我们都想明白了这件事。今天借着这个宁静的海边和银色的小鱼，全部说出来，很高兴。

进入隧道时，我对着窗外大声喊："伊萨姆，其实我很爱你呀！"我终于用这一句回应了伊萨姆在撒哈拉说过的"我爱你"。

伊萨姆说："我也很爱你呀，是特别特别爱那种！"

"我知道。"

"你是好女人。"

"但未必是好妻子，我不会只围着孩子转。"

"那样更是好女人呀，完整。"

我惊讶地看着伊萨姆,说不出话来。

"我要找个比你更漂亮、更富有的妻子。"伊萨姆突然狡猾地说。

"那她为什么不找更帅、更富有的丈夫?"

"她疯了吗?我是这个世界上最帅、最富有的男人啊!"

★ 地中海中的小船

倾盖之交

"扎基，yallah！我们去贝贾亚（Bejaia）。"这是伊萨姆早晨说的第一句话。

孩子们玩出了新境界，竟然在房间里支起了帐篷。萨莎已经换好了泳衣，想去海边游泳。

"孩子们不去吗？"

"当然不去啦，快走！别被他们发现了。"伊萨姆神秘兮兮的。

我们和昨晚一样，走上了那条美丽的沿海公路。

"如果我是你，就拿相机咔嚓咔嚓地照好多张。"

"我有照啊，用眼睛。"我回应伊萨姆。

"那你心里一定有好多美丽的照片。"

是呀，我看过了太多美丽的风景。

"扎基,你有女朋友吗?"我故意逗他。

"没有。"

伊萨姆抢过了话头:"不要浪费时间,好好学习,得奖学金,去中国。"

"到时候我介绍漂亮女孩给你认识。现在,你又多了一个理由好好学习。"

伊萨姆说:"一定要走出我们的国家看看!"

我在想为什么我和伊萨姆会成为很要好的朋友,因为我们都不想过每天都一样的生活。旅行让我发现,不同地方的人生活差别很大,但本质上并没有什么不同,世界上大多数的人不过是在复制周围人的生活,然后再复制前一天的生活而已。

伊萨姆在贝贾亚这座城市上大学,专业是数学。贝贾亚距离吉杰勒180公里,也是海边城市,但是平原更大,天气更加宜人。这座城市开放得令我惊掉下巴,路边竟然有卖比基尼的。伊萨姆特地指出这座城市区别于其他城市的最大特点——专出美女。

在柏柏尔人中,有一个学法式生活最多的民族叫作卡比尔(Kabyle),他们是整个国家里最热情、最向往自由,也是移民法国最多的一群人。以卡比尔族人为主的几座城市中,海边有穿着比基尼的姑娘。于是,你就可以在海边看到这样的景象:穿着比基尼的姑娘和穿着长袍戴头巾的姑娘在同一片蔚蓝海水中嬉戏玩耍。

即使是在大街上,你也能很容易从人群中分辨出卡比尔族的姑娘小伙儿,他们很少穿着传统的阿拉伯长袍,也不戴头巾,如果他们身着当季最流行的服装,甚至法国街头刚刚流行起来的款式,请不要惊讶。他们能说一口纯正的法语,用刀叉吃饭,享受着自由恋爱。

当然,卡比尔人中也有"异类",比如选择戴头巾的珐哈。

在这座城市,我终于见到了久违的交通灯。身穿绿色警服的是交警,我问伊萨姆这里怎么是穿蓝色警服的警察在指挥交通。伊萨姆说有警察时听警察的，不用听交警的。

伊萨姆来这座城市是为了见一见大学同学艾玛。

艾玛是个五官立体、皮肤白皙的阿拉伯美女。她大学毕业后留在这里当英语老师，最近刚刚研究生毕业。

艾玛与我们会合后，带我们到了一家装修精致的比萨店。落座后没多久，她就直截了当地问伊萨姆到底想要一个什么样的妻子。

他说："漂亮、聪明、懂我。"

我突然恶作剧："你就告诉她，一个穆斯林版的笑嘉。"然后一脸得意，等着伊萨姆如何挖苦反驳我。

没想到伊萨姆突然表情十分严肃地说："是的。"

我颇有些意外，连忙转换话题："我发现这个国家的年轻人都很喜欢谈论婚姻。"

"我们认为它非常重要。"艾玛接话道。

"结婚确实能改变命运。我指的不是结婚对象是否富有，而是她究竟是一个什么样的人。"伊萨姆跟着说。

"先想明白自己想要什么样的生活，自然就明白想要什么样的妻子或丈夫了。"我说出了我的想法。他俩不住点头。

我问伊萨姆："娶了一个不是穆斯林的妻子会怎样？"

"可能会为了孩子做不做穆斯林而争执。"

"可是每个人都有自由选择自己的信仰呀。"

伊萨姆和艾玛同意我的看法，可是又深深认为自己未来的孩子必定也是穆斯林。看来我们根本无法讨论这个问题。

吃饭时，艾玛要了一个属于自己的盘子，还问我要不要一个。我说我已经习惯了你们的习俗，没有自己的盘子。

她故意用法语说："我可是很优雅的！"

我不是听懂了，而是猜懂了她的意思。

伊萨姆说："在我们国家，有些人不用阿拉伯语，故意用法语，就像一些出过国的中国人突然再也不说中文，只说英语一样。"然后搞笑地做了一个很做作的动作，逗得我笑了半天。

艾玛用英语说："我是开玩笑的，我只是不想吃掉自己的口红而已。"这个国家的姑娘们口红都比较淡，珊瑚色或豆沙色系较多，不像我，专喜欢用正红色吓人。

艾玛突然问伊萨姆："你和笑嘉认识多久了？一定是你刚到中国就认识她了吧，不然她不会那么信任你，和你一起到我们的国家。"

这个问题把我和伊萨姆都问蒙了，我们似乎从来没想过："半年吧。我们3月第一次见面？"

我摇摇头："4月……天啊，我们只认识了三个多月，我居然就跟你来了你的国家，我一定是疯了！到机场的时候我们连十次面都没见过吧！"我突然想到这点，把自己都吓了一跳。

艾玛也很惊讶。

午饭后，艾玛带着我们穿梭于贝贾亚老街。这里的确能让人错以为穿越到了法国，法兰西式的蓝色百叶窗老旧不堪，人们悠闲地坐在楼梯上肆无忌惮地浪费着本就毫无意义的时光。

艾玛说看我大概只有25岁。

我心里高兴坏了，也不去分辨这是恭维还是实话，反正我傻，分不清实话谎话，就当它们都是实话。

伊萨姆告诉她我有三个化妆袋，一个是去浴室时带着的，一个是洗完脸用的，一个是出门前用的。

我惊叹于他对我的观察，原来我仔细观察他的同时，他也在观察我。

我向艾玛解释："一个是洗漱用的，一个是护肤用的，一个是彩妆。"

在一处海边悬崖，我们远眺一处灯塔。艾玛说那个灯塔是全世界最高的灯塔。它建立在一座小岛上，确实显得一枝独秀，不过艾玛也不在意那是不是真的最高，只是听说而已。

伊萨姆突然感叹:"我17岁那年到了首都上大学,两年后到了这里上研究生,在这里待了三年。今年,我在中国竟然也有两年多了。"

我们在贝贾亚街头闲逛时,竟然遇到伊萨姆的另一个大学同学。伊萨姆大声叫着他的英文名鲍勃,俩人狂拍着对方的后背,那样子不像是在拥抱彼此,更像是两个精神病在互殴。

伊萨姆激动地跟我说:"我们上学时是舍友呀!"

鲍勃是个吉他手,过着嬉皮士般的生活,在阿尔及利亚、突尼斯和摩洛哥之间流浪。我们能遇到他简直是个奇迹。我们都很喜欢他留了15年的大脏辫儿,我更是毫不客气地拉着他的头发跟他合影。

不远处飘来一首很好听的歌,几个小伙子在一边弹吉他,一边唱着一首阿尔及利亚最脍炙人口的歌曲——《梅莉姆》(*Meriem*)。几乎每个人都会唱这首歌,于是,这场街头卖艺演变成了大合唱。

伊萨姆告诉我,这首歌讲的是一个阿尔及利亚小伙站在阳台上,不经意地一瞥,爱上了一个路过的西班牙姑娘。小伙儿追下楼去跟姑娘聊天,两人坠入爱河,决定一起回西班牙生活。但是阿尔及利亚护照太难用了,小伙没拿到西班牙签证,哭了,问父母能不能给他找个阿尔及利亚姑娘结婚,父母就给他找了一个叫梅莉姆(这个名字在阿尔及利亚差不多等同于"小娟""婷婷"之类)的姑娘,小伙儿也挺喜欢梅莉姆。这是一首有点开玩笑的歌曲,歌曲中的小伙子有种无奈中的洒脱,他劝自己,也似乎是在劝着别人,如果你没找到外国姑娘结婚,本地姑娘也不错。

无论我走在哪座城市,总能遇到特别热情主动跟我打招呼的陌生人。他们见到我都特别喜欢问我,能不能跟我一起自拍。最多的时候,一天之内,我分别和30多个陌生人自拍,脸都笑僵了。二三十年前,有"老外"出现在中国街头,也是会被围观的。那时候还没有手机,假如有,他肯定也要天天被中国人拉着自拍。现在,对于阿尔及利亚人来说,我就是"老外",而他们手中刚好有手机。

在这座很开放的城市，依然很少见到男女约会，倒是有不少三五成群的男性好友一起走在街上。

我们决定开上山，去山顶看日落。开车途中，艾玛和伊萨姆都想指挥扎基往左还是往右，俩人大声嚷嚷着，跟两个三岁孩子毫无二致。艾玛可爱得无与伦比，连脏话都说得奶凶奶凶的。

我们找到一处绝佳的地方，将车停好，开始欣赏这座城市为了对抗逐渐失去日光的黑暗而一点一点亮起的灯光。伊萨姆变成了一个有点多愁善感的人，每隔几分钟，就发出一句感慨："那么多人在这里生活，我竟然曾经是其中一个。

"我们建了那么多漂亮的房子居住，但是别总住在房子里呀，在房子外能看到更好的风景。

"伯伯和姆妈还没看过这么美的风景……"

我和伊萨姆坐在路边的高台上，听到他最后那句感叹，我轻轻拍了拍他的手，艾玛站在他身后，扶着他的肩膀。

在回吉杰勒的路上，我和伊萨姆聊了很多。我说看得出来艾玛很喜欢他，伊萨姆说他知道，但她是个倔强的姑娘，她不想用结婚改变自己的生活，想凡事靠自己的努力。

伊萨姆更加倔强，说不吃冰激凌就不吃，甜点和水果也不吃，也不再喝果汁，有了他的监督后，我随口一说的话变成了必须遵守的承诺。

我的选择总是对的

　　早上6点，姆妈突然闯进我的房间，把所有窗户都打开，清晨凉爽的空气立刻灌进屋内。夜里2点我睡着的时候还觉得闷热，现在居然打了一个冷战。我半睁着惺忪的睡眼，努力将双眼的焦点集中起来，姆妈戴着最漂亮的那块长头巾站在晨光中，对我说了一声"早上好"后，又如来时般突然离开了房间，房门就这样敞开着。我以为她想在我的房间做礼拜，谁知道她竟然去厨房开始准备早餐了。我完全蒙了，翻身起来上了个厕所后，把窗户和房门重新关上，又进入了梦乡。

　　9点半，再次把我叫醒的是伊萨姆。他的脸上挂着诡异的笑容，甩出一句莫名其妙的话："都是你啊，总是不停地说珐哈、珐哈、珐哈！"然后又突然离开了我的房间。在还没有完全清醒的我的脑中，这句莫名其妙的话与姆妈那句"早上好"一样莫名其妙。

停水两天后，水龙头里突然又有了水，我们不必再下山打山泉水度日。

当我洗漱完毕，出现在厨房时，伊萨姆开始解释那句莫名其妙的话："昨晚我竟然梦到珐哈，还和她么么哒来着。都是你啊，不停地说珐哈。而且昨天和艾玛在一起的时候，我竟然把她叫成了珐哈，她说再叫错要打死我呀！"

"你一共叫错了几次？"

"艾玛给我数了，一共错了5次！"

我诚恳而真挚地说："嗯，那她是该打死你。"

伊萨姆翻了一个大大的白眼送给我。

"艾玛似乎有些害怕改变现在的生活。"

"嗯，我也这么觉得。"

"艾玛很漂亮、很可爱，但我更喜欢勇敢的珐哈、珐哈、珐哈……"

伊萨姆克制着大叫："啊……不要再说珐哈啦！我快被你弄疯啦！"

姆妈决定来个大扫除，伊萨姆教我怎么打扫我的房间。先把床垫挪开，四哥把水洒到每个角落，伊萨姆用水刮把每块地板都刮得能当镜子照。他们禁止孩子进我的房间玩，怕把我的房间弄脏，也怕弄坏我的东西。我很感谢他们的贴心。

全家人都吃完早餐后，伯伯、姆妈和四哥开车到山下采购食材，把孩子们都留在了家里。我把姆妈留在保温壶里的一整壶咖啡喝得一滴不剩，又吃了几块饼干后，就加入到扎基、伊萨姆和萨莎的游戏中。这是安装在扎基手机里的一种叫 *Ludo Classic* 的游戏。参与者最多4个。我们4个都挑选了最喜欢的颜色，伊萨姆总是用蓝色，我选了黄色，扎基和萨莎则每盘轮流使用绿色和红色。

游戏刚开始时，每个人有4个同色的小球，每一轮都是由轮流掷骰子开始，只有点数是6时，小球才能离开初始位置，在格子里按点数前进，当小球刚好停在同颜色的格子中时，小球是安全的，否则有被后面其他人的小球吃掉的危险。被吃掉的小球要回到起点,等到骰子再次投出6时才能重新上路。当小球走完所有的格子后,到达中心格子,便算大功告成。谁的4个小球都成功停在中心格子里,谁就是这盘游戏的赢家。

我们一直玩到大人们都回来时,才意犹未尽地结束。我和伊萨姆帮姆妈做午饭,我从伊萨姆那里领到的任务总是一样的:用擦菜器把蔬菜变成泥。今天需要变成泥的是大蒜、胡萝卜和西红柿。伊萨姆在煮意面,妈妈在炖牛肉。在这样的安静时刻(其实是没人听得懂我们的时刻)里,我总是忍不住用中文跟伊萨姆聊点悄悄话。

"你在夜里工作确实是没有选择的选择,在这样吵闹的大家庭里,白天啥也干不了,只有夜里大家都睡着了,才能有自己的时间。我这几天都是等你们睡着以后,工作到夜里2点。我真佩服你,从小到大都坚持着。但是今早姆妈竟然6点就来叫我起床,困死我了。我想她大概不知道我夜里工作。你找机会跟她讲一下吧……"

我最后一句话还没说完,伊萨姆就转头用阿拉伯语跟姆妈说了几句。姆妈立刻笑着拍了拍我的肩膀。我完全呆了:"你怎么立刻就说了?我让你找机会就你俩时再说,而且要不经意那种!"

伊萨姆一脸理直气壮:"直接说就好了,她已经明白啦。"

吃饭时我跟伯伯聊天:"伊萨姆总说自己是世界上最帅的男人,您觉得他的自信是哪里来的?"

伯伯几乎想都没想:"因为他跟我长得像啊。"

大家都被逗得前仰后合。

饭后,伊萨姆很快睡着了,姿势很搞笑。伯伯调皮地对我说,快给他拍张照。我和萨莎把脚几乎伸到他脸上,然后拍了好多我们的脚与伊萨姆脸的合照。

我的房间下午会被太阳晒得很热,完全没法待。伯伯把他的床垫让给我,让我坐在上面用电脑写作。他自己躺在地上和两个小孙子玩,两个小家伙的吵闹声简直要把房顶掀翻了,萨莎和他们一起玩,还帮他们换下了尿湿的裤子。姆妈、伊萨姆、四哥、扎基竟然都可以睡得着,看来睡眠定力也是可以遗传的。

傍晚,我们去海边游泳,我在泳衣外套上了昨天在贝贾亚买的卡比尔族连衣裙。伊萨姆仔细端详半晌,说好看。

我说:"你帮我选的,谢谢。"

伊萨姆饶有深意地看着我:"我的选择总是对的。"

下山时,有三个调皮的小男孩冲我挥手,然后伸出右手做了五个手指拢在一起的动作。我问伊萨姆那个手势是什么意思,伊萨姆说是"打死你"的意思。我说太坏了,等下我回来也要冲他们比这个手势报复一下。

当我们游完泳走回来时,调皮的小男孩不见了。邻居家两个小姑娘站在房顶上看我,我向她们问好,她们开心地跟我挥手。一小时后,这两个可爱的小姑娘竟然出现在珐哈家院门前,她们中个子高的那个端着一个紫色的礼盒,上面系着紫色的缎带。伊萨姆说她们想送给我一份礼物,这实在太令我意外了。她们把盒子交到我手里,我用手比画着问她们可以现在打开吗。她们点点头。于是我小心翼翼地解开缎带,打开了礼盒。两串项链和一对耳环躺在其中。我叫着:"太喜欢了,太谢谢你们了,我也想送你们些礼物,我想想啊……"

伊萨姆打断了我的思考:"她们说想和你一起拍照。"

我们走出院子,来到路灯下,伊萨姆帮我们拍了照片。她俩捧着手机开心地跑回了家。

我问伊萨姆:"我应该送她们些什么呢?她们对我太好了。"

"你已经把自己送给她们了呀,我给你们拍了好多照片。"

"阿尔及利亚人民要把我惯坏了呀!这一定是因为上辈子我做过许多好事,这辈子才总收到来自陌生人的礼物。"

"我不相信轮回,但是如果你信,我尊重你。"

"我这辈子要做更多好事。"

"为了下辈子也能总收到礼物吗?"

"不,为了感谢那些对我好的人。"

我洗完头发后,把头巾包在头上,等到头发不滴水再拿下来,这是我一贯的做法。伯伯看到后,跟我开玩笑:"你也开始戴头巾了吗?很好看。"

天气突然凉爽了一些,晚餐从室内移到了室外。伊萨姆把我俩的手机灯光都打开,再在灯光上扣个纸杯,柔和的光晕瞬间让餐桌分外浪漫,感觉像是在某家高档餐厅的露台上吃饭,孩子们和伯伯妈妈则像是在草地上野餐,两桌之间互相传递着法棍。

这么温馨的时刻,伯伯突然说:"今天伊萨姆向我解释了你的工作,虽然我没有完全明白,但是觉得你的工作很有趣。以前在阿尔及利亚,有两份工作是要坐牢的。"

我想了想,大概伯伯以为"旅行作家"和"旅游自媒体"是两份工作吧:"我相信未来每个人都有不止一份工作,而且不用非待在办公室里,可以去任何有网的地方工作。"

伊萨姆在一旁猛点头。

"其实伊萨姆现在也是这样啊,我们都是在一边旅行,一边工作。但是我们做的是完全不同的工作。"

伯伯也点了点头,似乎他突然想到自己的儿子才是真正同时做了好几份工作。

从此以后,如果风和日丽,每天的早餐和晚餐都在室外,午餐和下午茶则在室内。毕竟,太阳还是需要留个午后时间提醒大家,这里是北非。

吃完饭后,伊萨姆开始做一项全新的工作,这项工作完全不用网——洗孩子们的衣服,洗了整整一大盆。我叫来扎基和萨莎一起把衣服晾在院子里。

月光用力照在衣服上,似乎想用自己毫无温度的明亮把衣服晒干。

度过一生很容易

一天午后,伊萨姆突然说:"我们去西部吧,去奥兰(Oran)旅行!"
我们的旅行节奏一直是说走就走。

傍晚,我们告别全家,登上了开去奥兰的大巴。

大巴中途停下来休息时,我跑到车下伸展一下胳膊腿儿,伊萨姆留在车上看行李。不断有人过来跟我合影、自拍。同在车上的四五个小伙子诚恳地问伊萨姆可以跟我合影吗,然后拥着伊萨姆一起下车来找我。至此我才反应过来,为什么一直没有帅哥向我要联系方式。

"他们觉得你和我是一对,要你的联系方式不礼貌。"

"原来是你妨碍了我认识帅哥啊!"

大家重新回到大巴上后,有个佝偻的中年妇女登上大巴乞讨,司机立刻请她下车,然后带她去路边买了一份法棍夹肉。

"如果我跟你走散了，迷路了，也没有钱。我说我饿了，他们也会给我吃的吗？"

伊萨姆笃定地说："会。"

"那我就不怕了，以后再也不用违心地称赞你是世界上最帅的男人了。"

12个小时后，我们终于到达地中海边的奥兰。

我疯狂地想吃绿色的蔬菜。我们在车站原地等待伊萨姆的朋友，伊萨姆坐进了车站的咖啡馆吹空调，我到隔壁一家餐馆找蔬菜。奇怪的是明明满柜蔬菜，却不卖沙拉，我抄起一根黄瓜问多少钱，店里一个正在做比萨的男人豪迈地说送你啦，还贴心地问我用不用袋子，用不用切。还没等他问完，我已经更为豪迈地一口咬下了半根黄瓜，大嚼起来。

我正边走边啃着黄瓜，碰到一对父女，父亲只会法语，女儿会些简单的英语。姑娘没有戴头巾，穿着普普通通的牛仔裤和T恤，却衬出她纯朴的美。姑娘问我是哪国人，来阿尔及利亚做什么。他们也是卡比尔人，所以对一个身穿卡比尔族传统服装的亚洲人好奇至极。

等待是最磨人的，尤其是坐了12个小时走走停停的大巴之后。伊萨姆接到朋友的电话，告诉我一个好消息和一个坏消息，好消息是他的朋友已经在路上了，坏消息是还有40分钟才到。我认为两个都是好消息。

我们坐的这家咖啡馆，有十几张桌子，其中四张桌子前摆放了一个屏风，起初我以为屏风是用来划分无烟区的，经过观察和向伊萨姆确认后才知道，那是专门给女性客人和家庭准备的。伊萨姆不想总有人盯着我们看，带我坐到了屏风后。

伊萨姆点餐时，服务员高兴地跟伊萨姆击掌，我问他："你们说了些什么？"

"他以为我和你一样也是老外，但我居然会说阿拉伯语，他很惊讶。"

"为什么？这里的黑人又不止你一个。"

"但是我跟别人不一样啊，你看我多帅。"说着又做作地撩头发。

我送了他一个白眼,他真是说什么都能拐到夸自己帅上来。

点的餐还没上,那对刚与我偶遇过的父女也走进了咖啡馆。他们坐在了屏风外,但是和我们只隔着一张桌子。伊萨姆说他想问问那个漂亮姑娘学什么专业的,她一看就是大学生。我又翻了个白眼。

伊萨姆点的甜点和一杯牛奶被端来了,他只吃了一口就说太甜了。我想喝那杯牛奶,他不给。我说你不把牛奶给我,待会儿你跟姑娘搭讪时,我就跟她和她爸说你是我丈夫。伊萨姆立刻大方地倒了半杯牛奶给我。

姑娘还没等伊萨姆来搭讪,就主动走到我们这张桌子前来聊天。姑娘的专业居然和伊萨姆一样是数学,但是还在上高中。我问伊萨姆:"你们高中就分专业啦?"

"高一分文理,高二再选具体的专业,不过只有七八种大类。高中不能随便改专业,但是大学第二年可以随便改。"

"怎么我感觉遇到的每个人学的都是理科?"

"我们国家比较重视科学,不太重视商业和艺术,所以学的人就少。"

我们一直在等的人——弥科,终于出现了。他和伊萨姆、艾玛都是大学校友。弥科盛赞艾玛漂亮可爱有趣,但是屁股太大了。

我曾一度以为"屁股太大了"和"太甜了"这两句话永远不会从一个阿尔及利亚人嘴里说出来呢。

我教弥科用中文说"美女",并且告诉他伊萨姆每天在北京大街上都喊这句。教会弥科后,我俩突然都变成了伊萨姆,在大街上乱喊美女,反正除了我们,没人听得懂。

乘坐1小时中巴后,弥科带着我们又坐了10分钟出租车,我以为这就到家了,没想到又倒了两次小巴,每次半小时。我说我有个不好的预感,马上就要没网了。弥科说是的,而且连Wi-Fi都没有,不过他买了一张有微弱信号的上网卡,可以把手机热点当作Wi-Fi。他的工作是编程,只要有网,他也是在哪都能工作。下了小巴后，我们遇到弥科的姐夫，他开车把我们载回家，奔波了一整天，终于到了地中海边的小村子格拉宁（Granin）。

每当我到达一个新的地方，总是喜欢先看看街上的猫狗，如果它们全不怕人，说明这里没人害过它们。这种被伤害过的恐惧记忆是会遗传的，如果它们的妈妈被伤害过，它们也会怕人。在格拉宁遇到的小狗都是没心没肺的，我一下子就喜欢上了这个民风淳朴的小村子。

弥科家的房子外观和内部布置都很新，院子里种着柠檬树、苹果树、桃树、梨树、葡萄藤和一株牵牛花。成串的葡萄都已被包上了报纸，以免它们砸下来砸坏了小偷的肚子。我说我会在夜里大家睡觉的时候，偷偷吃光它们，惹笑了满院子的人。

住在这座宅子里的除了弥科，还有他的爸妈、二姐、妹妹和一只叫洛丽的黑色公猫。大姐和姐夫一家经常会带着两个儿子来家里玩。

弥科的妈妈已经给我们准备了一顿丰盛的饭菜，与伊萨姆家相比，弥科家更喜欢做汤。我跟弥科说你妈妈做的饭太好吃了，弥科特别淡定地回答我："这就是我爸娶她的原因。"

饭后我们午休了一会儿，醒来时伊萨姆说梦到我们回中国的飞机延误了。

下午茶时，伊萨姆爆料弥科会跳街舞，我说为什么你不懂任何与艺术沾边的事情，他说自己太帅了，自己往那儿一站就是最好的艺术品。弥科说你这么帅为什么还是single（单身）。伊萨姆利用这个英文多义词偷换概念，说这世界上谁不是single（独自一人）。他突然想起来告诉弥科，厄里斯结婚了。弥科话不多，却总是出金句："他有什么毛病，那么早结婚干吗？"

傍晚，弥科带着我们和他的妹妹麦娅开车去海边。他们不让我游泳，因为这里是小村子，人们太保守，弥科说："你的泳衣他们这辈子恐怕都接受不了。"

路上，一个站在路边的男人指着车里的我说了一长串阿拉伯语，车上的三个人和满大街的人都笑了。只有我像个傻子一样，一个字都不懂。

我问伊萨姆刚才那个男人说什么了。

伊萨姆转述："我早晨在大巴车站见过这个中国女人，你们迷路了吗，怎么还没有到家？"

村子里可以见到很多小孩、老人和男人，女人们大概都在家里做家务，这个时间应该是在准备晚餐。

我突然感慨了起来："伊萨姆总说生活好辛苦呀，但是今天我突然明白，很容易就能过一生，地中海周围有很多这样的小村子，随便找一个住下来，再找个男人嫁了。改了国籍也没关系，反正也不准备再出这个村子了。生一堆孩子，做一辈子家务，一生一眨眼就过去了，生活一点也不辛苦。住着大房子，天天吹着地中海的海风，吃着新上岸的海鲜，这是许多在北京CBD奋斗的人向往的生活。这里的人虽然没有他们有钱，但是已经过上了他们梦中的生活。"

我突然恍了一下神，坐于飞驰在田野上、奔向地中海的车子里，那些踩着高跟鞋挤地铁上班的日子好像是上辈子的事了。

弥科说："但是在这里找不到工作。"

"来北京很容易找工作，但是生活却变得很难。看来，简单平静的生活与工作只能选一样。这真是讽刺，我们找工作是为了生活，但有了工作以后，生活反而被弄丢了。"

我想住在这里。我知道这只是说说而已，用不了多久我就会厌倦，就像我厌倦这世界上任何一个角落一样。

到了海边后，我突然指着前方说你们骗人，这里明明有穿比基尼的美女。他们顺着我的手指，看到了一个穿着比基尼的两岁美女跟沙子玩得正欢。

我们在沙滩上租了一张桌子、四把椅子坐下来。我坐了一会儿就站起身，走去海边踏着海水散步，麦娅跟了过来，估计是他俩让她来陪我。

夕阳分外美丽，接近太阳的云朵是橘黄的，然后从橘黄过渡到火红、粉红，一直到紫色。夕阳下的海水竟然仍旧保持着淡淡的蓝色。夕阳令每个人的面孔都模糊不清,这样挺好,我是个旅行者,旅行跟生活一样,没有什么是可以确定的。

麦娅刚上大一,才18岁。她问我多大,我说31岁了,她说你看起来只有二十六七岁。我说因为我是笨蛋呀,笨蛋看起来都年轻,而你是真年轻。

遇到几个小伙向我搭讪、招手,我报以微笑,麦娅的小脸突然很严肃,说别理他们。我说好,虽然我觉得他们只是对我好奇,想跟我合影,但是我不希望麦娅为我担心。

我指着海边一栋正在修建的四层建筑,问她那是酒店吗。她也不知道。紧接着遇到四个中国人,他们是来自河南的建筑工人。他们正在修建的那座四层建筑果然是酒店。他们在这里一年了,我是他们遇到的唯一一个中国旅行者。他们说还有上千中国人在奥兰市区工作。

我和麦娅走回桌子,告诉他们刚才遇到了建酒店的中国人。弥科问我想走吗。我知道他问的是想回他家了吗,但我答非所问,说自己想在这里待一辈子。伊萨姆说:"告诉他们建好酒店给你留一个房间。"

我问他:"你为什么坐在这里,不去看看那么美的日落?"

"这是我的国家,我可以再来。"

"你不知道珍惜,你是有机会再来,但是下次再来,日落是不一样的。"转而用中文又说了一句,"而且身边肯定没有我了。"

留下一脸惊愕的伊萨姆,我起身回到刚好没过脚踝的海水中。风把我的眼泪吹落进了地中海。

我看过了太多美丽的风景,度过了太多一个人的时光。我本以为有人和我一起旅行,就可以有人和我一起看美丽的风景了。

麦娅又来到我身边,问我为什么悲伤。我说告诉过你啦,我是笨蛋呀。

我们不上班

在阿尔及利亚,在街上遇到熟人的概率实在是太大了。我们走在奥兰的大街上,两个小伙儿与我们擦肩而过,伊萨姆突然抱起其中一个。我认出来他是坐同一班飞机到阿尔及尔的阿里。他身边站着一个文质彬彬戴眼镜的瘦高个叫扎瓦德。伊萨姆和扎瓦德对视几秒后,同时想起来4年前两人一起参加过一个活动。扎瓦德是名摄影师,他迅速决定抛弃阿里,加入我们逛奥兰的队伍。一小时后,我就确定他是个非常好的向导。

我们闲逛的这片区域,属于奥兰旧城区,是19世纪法国人建的。作为仅次于首都的第二大城市,奥兰也被阿尔及利亚人称为"西部首都"。在法国人到来之前,西班牙人、土耳其人都曾在这里以主人自居。

街上很多法式公寓,个个都有漂亮的阳台,而每个单元门里都有一名保安无所事事地待着。

街道只有两条机动车道、两条有轨电车道和两条人行道那么宽,几乎没有自行车和摩托车出现。电车开得很慢,这使得在路上走的行人们都感到自己很安全。

街上比较突兀的建筑是一座犹太教堂和一座1870年左右建成的天主教堂,犹太教堂已经成了清真寺,天主教堂则成了图书馆。扎瓦德带领我们进到图书馆里转了一圈,里面保持着所有原有的装饰和陈列,只是多了些书架而已。

扎瓦德推荐我们去一家很小的店铺吃午餐。这家小店除去老板独自做饭的空间,最多可以容纳三人同时站在店里。老板不光认为我是"老外",认为伊萨姆也是。但是健谈的伊萨姆和他聊天后,居然发现他的老家就在离瓦尔格拉不远的一座城市。老板高兴地说我喜欢你们,饮料不收钱啦!

老板做的食物只有一种,叫"卡兰(Karan)",是当地很流行的小吃。它是一种将法棍从中间剖开,里面加上了一种软绵绵的东西的食物,吃前再往里加一点芥末酱。弥科特地介绍了里面夹的混合物是鹰嘴豆、芝士和打碎的法棍碎,"简单点说,我们在吃的是法棍夹法棍。"他最后一句总结得相当到位。这一个月以来,我已经将未来好几年的法棍配额用完了。

我突然想到一个问题:今天是个工作日,扎瓦德和我们只是在大街上偶遇,那他原本计划干吗呢?扎瓦德的回答非常幽默:"我们阿尔及利亚人不上班。"

我的凉鞋坏了,正好路过一家鞋店。店员和其他顾客听到伊萨姆说阿拉伯语都很惊讶,他们都以为他也是"老外",而我是他的妻子。他们认为一个女的和一个男的一起走在大街上,不是兄妹,就是夫妻或已订婚的情侣,我俩的肤色显然不可能出自同一个家庭,因此必定是夫妻。

伊萨姆问我:"一个中国人在外国买鞋不是很奇怪吗?所有的东西都是中国制造!"

我指指脚下的鞋:"这是上个月刚在马来西亚买的,我穿着它去过海边,也遇到过暴雨,底儿已经掉了一半了。"我想应该没有人像我这样费鞋,每一场旅行至少报废一两双鞋。老板看到一个中国人不远万里来到阿尔及利亚买中国制造的凉鞋,一高兴,给我便宜了200第纳尔(约人民币7块钱)。我的面霜也用完了,一想到还要回到撒哈拉中干得要命的瓦尔格拉,我决定趁这里繁华,买一瓶新的。伊萨姆说这是他长这么大第一次进顾客全是女孩的化妆品店。老板倒是个男的,好奇地跟伊萨姆聊天,主动给我打折,同样也是因为"我们"是"老外"。

扎瓦德智慧地指出,奥兰的一些建筑都是混血的,比如我们面前的一座文物建筑,第一层是土耳其穆斯林建的,第二层是法国人建的。

离这座建筑不远的地方,有一座西班牙人建的城堡,土耳其人曾攻打过这里。

城堡里最好玩的是一个圆顶的房间,当人贴着墙壁小声说话时,位于他正对面的人可以听得非常清楚,感觉就是在自己的耳边说话,但是站在房间其他地方的人却完全听不到,如果正对面那人往旁边跨了一步,就立刻也听不到了。而站在房间正中那一块砖上说话,则像是在对房间里每个人耳语。扎瓦德也不知道这里是做什么用的,只觉得很适合开某种秘密会议。

我和伊萨姆站在房间的两端,我对着墙壁悄悄用中文说了一句:"我不爱你。"

伊萨姆回答说:"可是我爱你。"

"那我也爱你吧。"

"我知道。"

我希望拥有无条件的爱,但是希望有人也能这样爱我,这本身就是矛盾的。

钻出城堡,站在山顶,回望城市和海港。伊萨姆说出一句我心里的台词:"我可以住在这里。"

"你到哪儿都这么说,其实我也是,我可以住在任何地方。"

"嗯,我们都是世界人。"

我们都忘记带水,下山的路上我巨热巨渴。伊萨姆突然说:"明天还要继续走!笑嘉走路的时候不说话,太好了!"

当我们终于回到了繁华的地方，我立刻说出自己的想法——要在路边遇到的第一家咖啡馆歇脚喝咖啡。他们都说太贵了。我不管，径直走到刚刚映入眼帘的一家咖啡馆，坐下来点了三杯咖啡、三块拿破仑甜点、两瓶水和一瓶可口可乐，一共才400第纳尔（也就15块人民币）。

我们回村子时已经晚了，小巴没有了，只好改乘出租车。去程70第纳尔的车费一下子变成了400第纳尔。我说我给钱，伊萨姆说："我不是没有钱，而是不想让朋友们感觉不好，我赚的钱比他们多太多了。"

"我付钱呢？"

"也不好，怎么能让客人付钱。听我的，以后不要任性了。"

回到弥科家后我去洗澡，返回房间时，伊萨姆和弥科都不知道去哪儿了。麦娅来找我玩，告诉我他俩去买东西了。她想跟我玩Snapchat[6]，我就把包着湿头发的毛巾拿掉，她也散开了编着小辫的头发，那一头带着波浪般大卷的及腰长发非常漂亮。我问她是自然的吗。她说是，但不太喜欢。我说你知道全世界有多少女孩每几个月就要花上好几个小时坐在美发店里就为了要你这样的头发吗。你还不喜欢！

这时伊萨姆突然开门进来，看到麦娅后一脸惊诧，嘴里念着一连串对不起，立刻关上门走了。我诧异地看向麦娅，她表情倒是很自然，耸耸肩说我没戴头巾呀。我恍然大悟，但觉得伊萨姆有点夸张，他那表情好像麦娅什么都没穿似的。我和她一起走出房间，穿过院子去其他房间拿吹风机，伊萨姆站在院子里，背对着房间的门，我们走过来时他始终没敢回头。

自此，伊萨姆就连出自己的房间，都会敲一敲门，理由是怕弥科的姐妹在院子里时没戴头巾。

6　Snapchat是由斯坦福大学两位学生开发的一款"阅后即焚"分享应用。利用该应用程序，用户可以拍照、录制视频、添加文字和图画，并将它们发送到自己在该应用上的好友列表。

下辈子见吧

　　一个酷爱记录的旅行者，有时竟然想躲避人类，因为一旦和人类接触，就会发生事情，我就需要记录，工作量随之增加。每遇到一个人，他们都会告诉我一些新的东西，我就需要学习新的知识，然后去查阅资料。就像人们在我这间已经拥有许多扇门的拥挤房间里，又在门与门之间的缝隙打开了一扇新的大门，我探头往里一瞧，里面一眼望不到头，随便一扇门里都需要耗尽一生才能窥探一二，我还怎么心安理得地吃饭睡觉浪费时间？

　　我很懒，还是"以吃喝玩乐为己任"更加适合我。可吃喝玩乐怎么离开得了其他人呢？

　　为了配今天的衣服，我涂了大红色的口红。坐在小巴上时，我和伊萨姆突然对视，我说这么红的口红亲在你脸上能看得出来吗，他瞪大了眼睛说他也在想这个问题。我俩哈哈大笑起来，弥科完全不知道我们在笑什么。

进入市区后，我们在街上慢慢走，走着走着突然有人在我旁边说"萨瓦"，扎瓦德不知何时一脸阳光地走在我们旁边。

他劈头盖脸地问我："怎么没带相机？"

"我说过它坏了呀。"

"我昨天说可以帮你修啊。"

伊萨姆是见证者："你昨天点头啦。"

我眨巴眨巴眼睛，努力搜寻了记忆，毫无所获："我本来就傻，容易失忆，如果不是用中文说的，就更容易失忆。"

前几天相机突然无法开机，我想大概是它吃了太多撒哈拉的沙子，撑着了，所以罢工。

我发现扎瓦德今天背了一个大包，里面塞得满满的。街上好多人认识他，我说他是"奥兰版伊萨姆"。

扎瓦德带领我们来到一家由古老的医院改成的奥兰历史文化中心（Oran Historie & Cultures）。它的洗衣房里依然陈放着如古董般的巨大洗衣机，样子看起来和水泥车很像。院中还有一间早已荒废的土耳其浴室，中间一个大澡堂，周围4个小桑拿室。扎瓦德问我们："知道为什么是4个吗？"

伊萨姆和弥科都摇头。我开玩笑说："因为最多可以娶4个老婆呗。"

没想到扎瓦德立刻点了头，逗我玩呢吧？

大家都要笑死了，伊萨姆恍然后提醒我："告诉过你呀，要对4个老婆都一样啊，所以每人一间，没毛病。"他最近自学了一句"没毛病"后，就到处用。

我们将这间小小的中心转完后，便坐在院中一棵巨大的棕榈树下和一只小猫玩。

远方突然响起了阿訇提醒大家礼拜的唱诵之声，一遍又一遍，由远及近。伊萨姆向我解释，山上的清真寺播完，山下的才播。全世界各处都有微小的时差，因此这个声音24小时从不停歇。

扎瓦德突然说："我们的《古兰经》像是教科书和练习册，生活就是考试。"

"这个比喻太棒了，我也认为生活是考试。如果有很多次生命，也就有了许多场考试。"

扎瓦德掏出手机用一个叫作"Yassir"的手机App打到一辆顺风车，它是阿尔及利亚的"Uber"。我们乘着它经过昨天游览过的旧城中心，到达山顶。

一路上，平日里健壮如牛的伊萨姆竟然被蜿蜒的山路逼得晕车，我从没见过皱着眉头那么忧郁的伊萨姆，便开心地向大家宣布："我们可以随便说伊萨姆的坏话，他现在无力还嘴。"

我们的车停在一座法国人建的教堂前，山风和我们的视线都可以轻松拂过山下整座奥兰市。

著名的时装设计大师伊夫·圣·洛朗（Yves Saint Laurent）便出生在这座城市，直至17岁才搬到巴黎。阿尔贝·加缪（Albert Camus）笔下的《鼠疫》，也发生在这座城市。

我们在日落前搭上顺风车下山，经过码头，赶到建于台地上的一片新城区。扎瓦德说，新城区那些最高的建筑都是中国人建的。

扎瓦德跑进一家小商店，我们在路边等他。几个坐在路边的黑人突然走到伊萨姆身边跟他套近乎，他们满脸堆笑地用英语问伊萨姆："我们是不是亲戚？"在奥兰这座以白人为主的城市里，伊萨姆与我这个黄皮肤一样惹眼。

伊萨姆立刻领会来者话里的深意，回答得相当智慧："算是吧。但是每个人都是靠自己努力赚钱的，我们不是靠肤色成为亲戚，"他指了指我和白皮肤的弥科，"我们都愿意跟努力生活的人成为亲戚。"

那几位也相当聪明，立刻明白了不劳而获的无望，臊眉耷眼地走开了。

几位不怎么努力生活的"亲戚"刚走，一位对生活充满热情的"亲戚"走过来向我问好。他看起来四十来岁，皮肤被地中海的阳光晒得微微发红，他用发音有些奇怪却很流畅的中文自我介绍："我叫奥萨玛，你叫什么？"

我很惊讶，奥兰街头突然出现一位中文水平几乎和伊萨姆一样高的当地人。

他说自己在一家电力公司工作了10年，从中国同事那里学的中文。我在他对我的热情中，察觉到他和他的中国同事相处得应该相当不错。

伊萨姆也用中文加入了我们的聊天，俩人还交换了手机号。当他们掏出身上所有的手机时，我感叹了一句："你俩都有两个手机。"

奥萨玛说："我有四个。"

"为什么？"

"因为需要有四个电话卡，不同的通信公司，在不同地方信号强弱不一样。"

我开玩笑说："我还以为你有四个老婆。"

大家都被我逗乐了。

奥萨玛走后，扎瓦德双手背在身后神秘兮兮地走出商店。他走到我们面前摊开手掌，四颗形状各异的软糖躺在他掌心。弥科选了一颗蜘蛛样子的，我选了一条"小青蛇"，伊萨姆选了一只"壁虎"，童心未泯的扎瓦德将最后留在掌心里的那只"青蛙"丢进嘴里。

我们四个大儿童嘴里含着"五毒"，溜达到一处面向夕阳的草坪，已经有不少人或坐或躺在这片紧邻大海的悬崖上。太阳从来不管欣赏它的人是否已经全部就位，自顾自地开始了日落的表演。

扎瓦德如同哆啦A梦般从大背包里掏出相机、镜头、反光板、迷你瓦斯炉、茶壶、茶杯、茶叶和糖，甚至还有UNO纸牌。

他问我："中国茶需要怎么准备？"

我没有直接回答他，反而问他："你忘了带薄荷吗？"

"我不喜欢放薄荷。"

"我不喜欢放糖。"

"好，那我们只放茶叶。"

"那就是中国茶了。"

突然，我把手伸向空中的太阳，仿佛抓了一把什么东西，丢进了茶壶里，然后迅速盖上壶盖，郑重其事地交给扎瓦德。

"你在干什么？"

"这么美的夕阳，当然应该放一些在茶里呀。"

喝过茶的大家一致认为，放了再多薄荷和糖的茶也比不上这壶放了夕阳的茶。

扎瓦德为每个人都拍了照片。身为独立摄影师的扎瓦德，曾经是位专业的药剂师，他刚断断续续地完成了环地中海旅行。

"I think I am nomad（我觉得自己是游牧民族）。"扎瓦德说。

"Yes, you are not mad. Does anyone think you are mad（对，你没疯。有人认为你疯了）？""游牧民族"和"没疯"这两个英文单词很像，我假装自己听错了，跟扎瓦德开玩笑。

"Hahaha, yes（哈哈哈，是的）。"

"I think I'm a mad nomad（我觉得我是个疯了的游牧民族）。"

递茶杯的时候，扎瓦德的手不小心入了我的镜头，毁了我用手机拍的一整段日落延时摄影。扎瓦德毫无愧疚感地安慰我："没事，你还有好多次生命，下一世再拍吧。"

太阳还未完全跌进海中，月亮便已迫不及待地上来了，它就那么斜挂在东天，像是个翘起一边嘴角的坏笑。

分别时，我们互相拥抱。

我对扎瓦德说："来北京吧。"

扎瓦德冲我露出一个如同天边月牙的坏笑："如果我弄到签证，那就北京见。不然的话，也可以下一世再见。"

离开奥兰

第二天一早，我和伊萨姆收拾行装，准备离开奥兰，去新的地方旅行。

我去跟弥科的姐妹们告别，他的姐姐麦狄娜正在画油画，我惊叹于她对美的敏感，她很喜欢画玻璃上的雨滴和海浪。

麦狄娜想成为一个甜点师，画布已经无法满足她，她还想在蛋糕上画画。

我对麦狄娜说："你很漂亮，画一幅自画像吧。"虽然没有哪幅画画的是她自己，但是每幅画都是她自己。我能感受到她那颗柔软的心，"你可能觉得没人懂你。"

"是的，每个人都有这样的时刻。"她抱着自己的肩膀。

麦狄娜将一幅海浪送给了我，我高兴坏了。我的行李箱里有不少撒哈拉的沙子，现在，地中海也被我装进了行李箱。

麦娅送了我一条手链，弥科的妈妈送给我一块布料，当我们来到院子中，她又摘下树上的两个桃子、两个苹果和一朵白玫瑰给我。我的行李已经放上了车，我很想送些中国的东西给她们，但是自己身上的衣服耳环戒指都是在这个国家买的。弥科说你已经把脸送给她们啦，你们自拍了很多，你就是Made In China啊。最后我还是把戒指摘下来送给了麦娅。麦狄娜说下次来一起画画、做蛋糕，我知道你也会画。我瞪大了眼睛望着她，我确实会，但是只字未曾透露，她却都知道了。有时候心念与心念的传递就在一瞬间吧，就像我看懂了她画了些什么。

黑猫洛丽也跑出门来送我，并且抢了一个有阴凉的贵宾位置，那架势就像所有人对我的欢送都是它的代表。

出门那一刻，我竟然哭了。

弥科的姐夫开车送我们去车站。

车上，伊萨姆说："白玫瑰在我们的国家代表安宁、和平。"然后做了一个拥抱自己的动作。

我对一直把我俩送到车站的弥科说："来北京吧，如果你不带着你的姐妹，那我不见你；如果你带了，我才带你吃好吃的。"

我们这次坐的车是一种七座的出租车，我坐在司机后面的位置，伊萨姆坐在我旁边，他的右边是一个白人老爷子。

晃晃悠悠中，我俩都睡着了。当我醒来，那位老爷子举起自己的一瓶水和一个一次性纸杯，问我需不需要喝点水。我摇摇手，指指自己的水瓶。他点了一下头，自顾自喝起来。

开到一处休息站，司机去礼拜室礼拜去了，下车前告诉大家去吃烤鸡、喝咖啡、上厕所吧。

在等烤鸡出炉的时候，无聊的伊萨姆冲我眉飞色舞但毫无意义地乱比画，我问伊萨姆："干吗呀？"旁边喝咖啡的两个男的，像小孩一样学我说"干吗呀"，特别可爱。一个六七岁大的小女孩看看我，又看看伊萨姆，整个人直接撞到玻璃门上，把我们笑坏了。

重新上路后,终于跟"FBI"正面接触了。伊萨姆之前跟我普及过阿尔及利亚的安保系统的知识,除了军队和警察,还有一类类似于FBI的人,他们穿着军装、拿着枪,在路上盘查往来车辆。他们拦住我们这辆车,扫视了一圈车上的乘客,要求我、伊萨姆和最后一排的一个棕色皮肤、看起来像南美人的男人下车接受搜查。

我们仨的行李被从后备厢中提了出来。伊萨姆的衣服被翻出来几件便停止了搜查。我的化妆包都被他们打开一一看了,他们发现一瓶维生素B,打开闻闻,问我是什么。他们还在翻东西时碰到了我的内衣裤,虽然隔着透明袋子,我还是有点不舒服。这样随便翻一翻,没有仪器和缉毒犬,有什么作用呢?我和伊萨姆重新收拾好行李箱后,发现那个"南美哥们儿"双手抱头蹲在地上,好像是他的香烟里藏了些什么,"FBI"还检查了他坐过的后排座位,最后,他被带走了。这些人还算绅士,微笑着跟我说话,但是我总是不想跟背着枪的人多打交道。

我们在首都阿尔及尔下车后,扎基和四哥开车接我们去隔壁城市提帕萨(Tipaza)。

坐在门口欢迎我们到来的是5岁的诺哈和6岁的莱拉——两个金发碧眼的"小洋娃娃",她们是伯伯朋友的哥哥的孩子。

伯伯和姆妈带着孩子们已经在这个家庭中住了几天了,我和伊萨姆旅行的时候,扎基也带着他们旅行。

这家男主人——伯伯的朋友做的是安保工作,经常要上夜班。伊萨姆告诉我:"这家女主人特别喜欢我,但是他们一直没有孩子,所以很想把他们的一个妹妹嫁给我。"

怪不得我感觉女主人不像其他阿尔及利亚人那样对我很热情,她似乎总在偷偷观察我,大概把我想象成了自己妹妹的情敌。这位女主人身形微胖,眼窝极深,大眼睛下挂着青色的眼袋,看起来三十五六岁的样子。

今天竟然是伯伯的65岁生日,我们没有特别庆祝,只是一起大声唱了生日歌，然后一屋子人跟精神病似的蹦蹦跳跳，大概在萨莎、萨罕和苏卜希的眼中，觉得这些大人终于和他们一样"正常"了。

这个大房间有门窗，但是没有玻璃，通往屋外的那扇门一直敞开着，可以看到下面还没来得及粉刷的水泥地。伊萨姆的大屁股坐在门里，叫我过来一起坐。我的屁股刚好能坐在剩余的空间里，两个大屁股的人把一扇门的门槛填得满满当当。他说自己最喜欢坐在这里往外看，可以看到院子里的秋千和远处的大海。

伊萨姆一家是我见过的精力最旺盛的人，夜里11点，姆妈突然说要带孩子们去广场玩玩。伯伯开玩笑地抱怨每次出门前都需要太长时间，不是孩子没穿好鞋，就是女人还没选好头巾。

我们开车到了一个广场，让两个小皮猴坐了会儿小汽车，之后又突然来了兴致，全家人移师码头。这是什么样的一家人？说风就是雨，请问什么叫计划？完全用不着那种鬼东西！其实我还挺喜欢这种没有套路的套路，让去哪儿就去哪儿，玩得不亦乐乎。

我们在码头的夜市上浩浩荡荡地逛街，跟着这样一个家庭逛街，油然而生一种街边任何食物和玩具随时可以拿走，没人敢管我们要钱的错觉。无论伊萨姆说了多冷的笑话，我都肆无忌惮地狂笑。

我们遇到海边坐着的一排小伙子，足有20多人。他们大概从没有遇到过像我这样狂笑的女人，居然一起学我笑。我都被惊到了，自己笑得怎么那么难听。

我和伊萨姆、扎基跑得最快，在夜市里到处乱窜，萨莎跟着伯伯和姆妈，让他们给自己买各种零食吃，两个小皮猴则努力跟上我们三只大猴子。我感到他们是想我了，一周时间没见，两个小家伙已经学会了"想念"这件熬人的坏东西。我想他们也想得厉害，总是想揪揪他们的耳朵、挠挠他们，只要他们笑起来，好像全世界都没有烦心事。

有水就开心

我是一个喜欢长途旅行的人，旅行之于我，不过是换个地方生活。我可以住在任何条件的房子里，可以去没有网络的地方过着与世隔绝的日子，也可以沉浸在繁华的都市，每天被不同的杂乱信息打扰。生活给我什么，我就接受什么。

这是我借住的第四个阿尔及利亚家庭，房子是最简陋的。不仅门窗没有玻璃，厕所也是修了半截就停工了，厕所门只是一块木板，门外放了个铁丝圈当锁，门里却没有锁。还好，自来水还是有的，但是没有热洗澡水。

我昨晚没有洗澡，只是用凉水沾了一下手肘内侧和膝盖后面皮肤接触感觉黏的地方。我想了足有五分钟，到底还需要刷牙洗脸吗。最后还是刷了、洗了。

第二天早上，粉底、防晒霜按往常一样往脸上糊，耳环也照戴不误。

化完妆想去洗个手，水龙头里空空如也，毫无征兆地停水了。

我站在这个若有似无的厕所中，突然想起曾经在吉杰勒的海边和伊萨姆、珐哈讨论过一件事：美丽、健康、智慧、善良，如果只能拥有三样，我要最后三样。他俩也同意。如果只能拥有两样，我要最后那两样。他俩也同意。如果只能拥有一样，我要最后那一样。珐哈也同意，但是伊萨姆觉得智慧就够了，智慧会告诉你怎么善良。现在的我同意他的看法，智慧能够帮助我保持健康和美丽，易如反掌。我不确定自己有没有智慧，我只知道不管在何时何地，我都努力保持着健康和臭美。

水龙头里突然又有了水，这就像突然有了一件天赐的礼物。我莫名很高兴，有水就高兴。没有也没关系，我还有善良，善良会帮我接受没有水的时候。

萨莎一直没有起床，用床单蒙着脸。我问伯伯她是不是病了，伯伯说让她起床吃早餐，她偏要赖床。

伊萨姆提议去罗马废墟公园（Roma Ruins）玩。

扎基开车，大屁股伊萨姆的专座是副驾，我、姆妈、那位女主人（鉴于我们之间莫名的不友好，我一直不想知道她叫什么）落座后排，其他人坐公交车。每次出行大家都保证我有车坐，伊萨姆沾了我的光，怕我没法跟他们沟通，他才得以每次也有车坐。

街上到处都能看到拉羊的大卡车，一辆接一辆。伊萨姆问我："你怎么不问我为什么突然出现那么多羊？"

"因为临近古尔邦节了呀。"

"原来你知道啊。"

"当然啦。你之前告诉过我即将有重大节日到来，不是闭斋节和开斋节，当然就是古尔邦节啦，因为我只知道这三个节。"

街头有个老头儿认出伊萨姆，他是伯伯的朋友，冲我们招手。车子停到了他身边，老头儿靠在车窗旁，好整以暇地问姆妈："我在医院遇到你丈夫和一个女人，那是你吗？"

妈妈一愣："不是吧，我没去过医院。"

老头儿话接得很快："原来他跟别的女人在一起呀！"

大家才会意原来他在逗大家玩，全都哈哈笑起来。只有我傻呵呵的不知道他们在说些什么。

我问伊萨姆你们讲什么呢。他说和你没有关系，你为什么这么紧张。我说与我无关我也想知道，你们都在笑，我不知道你们在笑什么，感受很不好，你也不主动解释。而且在你看来无关紧要习以为常的事情，在我眼中都是有趣的。我想要参与，希望你分享。我找到手机里一张照片，是我在电车上拍伊萨姆和弥科同时看手机，他们浑然不觉，可他俩旁边一个完全不认识的小哥哥却在看我的镜头，冲我笑。我告诉伊萨姆："我收集这些生活中很小的美好的瞬间，包括照片和对话。"

妈妈和女主人半路下车，先去采购一些食物，我们到了公园再会合。

当扎基开入市中心后，两个男人开了一辆很酷的跑车跟在我们车旁伊萨姆那一侧，他们用英语跟他说话。这很不寻常，这个国家的人一般都会用阿拉伯语和法语打招呼。我喜欢这个不同寻常，好处是我能听懂，不用伊萨姆翻译了。两人自我介绍是肯尼亚人，他们以为伊萨姆是美国人，问他能否留个手机号。伊萨姆叫扎基把车停在路边，下车跟他们聊天。他不让我下车，因为我还没去提帕萨警察局报到，不想我出任何问题。我待在车里和扎基聊天，说你的哥哥长得和你家人，甚至这个国家的人都不太一样，总是被人误会是外国人，为什么？他说不知道呀，从小就不一样。看来真的是姆妈和伯伯在医院抱错孩子了。

扎基没有进公园，就折回去接其他人。

这座曾经辉煌的罗马城池历经17个世纪，依然屹立在近千米的高地之上。城内遍布广场、神庙、斗兽场、歌剧院，而现在，人们叫它"废墟"。经过时间和海风的侵蚀，再伟大的人类杰作，也不过是废墟。

突然，一阵海风裹挟着沙子打在我的脖子和耳朵上，生疼。沙子们想提醒我：这里不只有废墟。

我和伊萨姆信步城中，观赏着人类毫无意义的"自然改造工程"，幻想着昔日的城邦如何宏伟。

海边有船只可以出海，我和伊萨姆决定等大队人马到齐后再一起出海玩。

山下的一片是为活人建造的，山上的则是为死人建造的。

我们沿着蜿蜒的幽径步行上山，穿过橄榄丛和成片的乳香黄连木，在临近悬崖的地方发现两个无盖石棺，并排放在一起。我俩对视一眼，同时爬进去休息了会儿。石棺尺寸竟然出奇的合适，胖瘦长短刚刚好，像是为我俩量身定做的。躺在石棺里，正好可以欣赏天空，真是个不错的安息之所呢。

"伊萨姆，你要是再饿晕，我不会把你丢在大街上了。我会把你丢进石棺，再离开。"

"谢谢你，你对我比在北京的时候好了很多。"

"哈哈哈……"

"我想回家了。"

"瓦尔格拉？"

"不，中国，北京，我大学的那间宿舍。我现在把那里当家。"

我们下山，回到海边。正巧四哥和萨莎来了，我们一起坐在海边等伯伯和姆妈他们。萨莎有点不高兴，噘着个小嘴，气鼓鼓的。我问伊萨姆怎么回事。

"她饿了，但是早上她选择睡觉不吃饭，现在饿了，应该承担后果。"

"我想萨莎只是不太习惯手上没有零食。"

"没关系，先不告诉她，让她好好反省一下。姆妈很快就要带很多好吃的来啦。"

这时候距离我们发现海边有船可以出海已经一个多小时了，船早就不知道哪儿去了，扬帆出海计划无疾而终。

伊萨姆突然感慨："如果我不是穆斯林，娶一个不是穆斯林的中国老婆挺好的，这样就有人对我严格：你为什么吃那么多？做什么什么的时间到了。"

"我尊重穆斯林，不能因为爱你而成为穆斯林。"

"当然，宗教不能勉强。"

"我有信仰，但是没有宗教。信仰给我自由。"

伊萨姆长叹一声。

就在我俩对话的时候，萨莎用伊萨姆的手机四处拍照。拍照让她暂时忘却了空空如也的肚子。伊萨姆拿过自己的手机，随意翻看萨莎拍的照片，然后惊讶地递给我。我也被惊到了，萨莎对透视与光影天生敏感，拍出的照片着实不像出自一个12岁的小姑娘之手。

伊萨姆豪气地说："好，我回中国买个相机送给她。"

我摇摇头："买个拍照手机更好，这样她可以拿着它到处拍，经常拍。"现在我眼中的萨莎已经是个知名女摄影师了，"还有，带她多旅行吧。"

"她总看你拍拍拍。她不爱说话，但一直在观察你。"

"嗯，她很有天分。"

姆妈、伯伯、女主人驾到，带着两大篮子食物和野餐布，我们几个小鬼躺在草坪上美美地饱餐了一顿，见到吃的萨莎终于又开心了，吃饭的时候左右开弓，吃得满脸都是米粒。

晚餐前，男主人下班回家了。他瘦瘦高高，戴着一副小眼镜，脸上有种隐隐约约的愁苦，这令他的年纪看起来比实际上老了很多，像是40多岁，他说话时有些腼腆，却透着骨子里的热情。

他带着我和伊萨姆去隔壁他的哥哥家做客，家里还有两个客人，都是来看受伤的哥哥。他的哥哥拄着拐杖，一条腿上打着石膏。大家坐在院子中喝茶，我们被几种玫瑰花簇拥着，有淡淡的肉桂色、粉色和白色的。

我问这位哥哥发生了什么，原来他是一名消防员，在训练的时候不小心受了伤，他还热情地邀请我明天去参观他上班的消防局。

消防员哥哥的一位朋友向我热情炫耀自己儿子和女儿旅行的照片，他们

海边的罗马废墟

十七八岁，共骑着一匹白色的骆驼，在一座金字塔前合影。我问他们，是不是白色的骆驼最少。幽默的消防员哥哥先是点点头，然后又摇摇头，说想刷什么颜色都行，然后在自己身上比画，模拟用刷子给自己涂油漆的样子，逗得大家都笑了。

他的两个女儿诺哈和莱拉跑来找我玩，她们让我坐在树下的秋千上，合力推着我的背。

当客人们告辞时，挂着拐杖的消防员哥哥执意起身送客，而后转身摘下一朵白玫瑰，塞进我的手里。诺哈和莱拉都对着这朵白玫瑰高兴地拍手。

晚饭后，男主人开车带诺哈、莱拉、我和伊萨姆一起去看日落。

途经男主人的阿姨家，这家只有女人，伊萨姆只好留在车上，男主人带着我和女孩们去家里坐一会儿。我们一共只待了10分钟，5分钟用来互相问好。

这家唯一会说英语的是个10岁的小女孩，她胖乎乎的，很可爱，很机灵。当我听到一声猫叫，她立刻跑去抱来一只小白猫。她像个代表全家人的外交官，问我的问题相当官方："你喜欢我们的国家吗？"

"当然喜欢。"

"喜欢什么呢？"

"食物、沙漠、海，还有……"我指了指自己怀里这只小猫。

男主人带我们去的地方，令我觉得像是穿越到了希腊。海岸突然延伸出一块小小的陆地，还在陆地上拱出了个小山包，一片蓝白辉映的小房子错落其间。这座小小的半岛属于沿海公园的一部分，但是今天提前关闭了，我们没能进去玩。不过，没什么能扫一个阿尔及利亚人的兴，每个人都继续高高兴兴在公园里溜达。男主人把诺哈（也没准是莱拉，反正我分不清谁是谁）放在肩头，驮着她玩得不亦乐乎。

伊萨姆突然对着男主人的背影说："医生确定了是妻子的问题。"

这没头没脑的一句让我愣了一下，但随即明白他说的是孩子："你们不是可以娶四个老婆吗？再娶一个呗。"

"当然有人这样说过，但是我觉得这不公平。我跟他说如果是丈夫的问题，妻子不会离开他，为什么妻子的问题，就要再娶一个呢？"

我点点头，想起了女主人审视我的眼神："我知道她为什么这么喜欢你了。"

回到家后，萨莎不知道从哪儿找到一张绿色的纸，指着上面的照片让我看。原来是伊萨姆的阿尔及利亚的身份证，证件上的照片比现在还要胖，谁看了都会笑。我第一次知道他的全名，可我只会念最前面的两个词"伊萨姆、Ben"，于是故意念了好几遍"Ben"。

伊萨姆当然知道"Ben"和"笨"的发音一样："你太坏了。Ben是'儿子'的意思，第二行是我爸爸的名字，第三行是姓。"

上完厕所后，我发现自己被关在厕所里了，诺哈和莱拉从外面把铁丝圈套在了把手上。两个小家伙真调皮。我把手从门缝中艰难地伸出去，费了好一

★ 守望着大海的罗马废墟

番工夫才解开铁丝，得以从厕所脱身。回到房间，两个调皮鬼竟然跟没事儿人一样躺在地毯上玩。我抓起她们一边打屁股，一边用中文告诉伊萨姆刚刚发生了什么，他用阿拉伯语翻译给全家听，全家都笑得东倒西歪。

  伊萨姆突然说："这里条件不好，我会以你对蚊子过敏为借口提前离开。不想让他们觉得以前我们没钱时来住这里，现在有钱了就不来了。"

  幸好蚊子飞不进撒哈拉。

梅莉姆

清晨,我醒来时发现,自己枕着白玫瑰的花瓣和花梗睡了一夜,竟浑然不觉,幸好我没有豌豆公主的命和病。

我站在房间里梳头发的时候,正想着这里怎么没有镜子,女主人突然出现叫我去她的房间梳,那大概是唯一一个有镜子的房间。她送了一块漂亮的浴巾给我,我将弥科妈妈送我的布料送给了她。

突然想到伊萨姆用我对蚊子过敏作借口早点回家不太好,就对伊萨姆说:"不能因为可能这是我这辈子唯一一次住在她家,而你们还会再来,就用我作借口。"

"我知道了,这个借口是不太好。我堂兄的女儿死了,就是送你手镯和沙漠玫瑰那家。我们今天就回家,回瓦尔格拉。"

四个五六岁的小姑娘跑来看我收拾行李,除了消防员哥哥的两个女儿,另外两个大概是邻居家的吧。她们在地毯上排成一排，挨个告诉我自己的名字：莱拉、诺哈、拉达、拉莎，让我复述出来。虽然相处了几天，但是我依然傻傻地分不清楚究竟哪个是莱拉、哪个是诺哈，更何况又多了两个，而且我深度怀疑她们在耍我玩，因为每次每个女孩告诉我的好像都不一样，貌似她们四个很有默契地在互换名字。我让她们站好，我用手机记下每个人的名字后，终于重复对了。但她们立刻又出了新招数，跑来跑去换位置。害得我又要重新记脸和衣服才能喊出她们各自的名字。到最后，我不得不放弃了，四个聪明的小姑娘足以逼死一个大傻子。

她们四人又主动地当起我的阿拉伯语老师，我就像是有了一部阿拉伯语立体声复读机，每当我拿起一样东西放进行李箱，她们就用阿拉伯语说出这样东西的名字，每次我学一遍，她们就大笑。我根本不觉得自己说的和她们说的有什么区别。她们很认真，反复纠正我，不过都是以她们放弃收尾。

收拾好行李，我脱下睡衣，掏出了那条卡比尔族连衣裙。我闻了闻衣服，有汗味，但是好在不脏。我喷上了一些香水，皱着眉头换上。没想到穿了一条这样带汗味的裙子，她们竟然一同给我鼓掌，我转了一圈，她们又鼓一次掌。但是我说了那么多阿拉伯语单词，一次掌声都没得到。

出发前，女主人为大家准备了一顿饭菜，她发现我很爱吃菜，给我单独做了一盘沙拉，我一口气吃完。她看出我意犹未尽，递给我一根胡萝卜。我却指了指生菜，她刚要用刀去切生菜，我连忙摇手，一手拿一片菜叶子，左右两边各咬了一大口。他们说从来没见过有人这么爱吃菜，都笑了。伊萨姆已经吃完了自己的饭，催促我快点。我突然把剩下的菜叶子一股脑儿全都塞进嘴里，那样子大概和一只鼓着腮帮子的兔子没什么区别，更惹得大家哄然大笑。

伯伯决定跟我们一起坐大巴，他嫌扎基的车太小了。

在车站等车时，我突然问伊萨姆：女主人叫什么名字？他又唱起了那首《梅莉姆》，原来她就是那个很不错的本地姑娘啊。

车子在笔直的道路上行驶，窗外吹进来的风逐渐没有了海的咸腥，空气又干燥得让嗓子和眼睛疼痛，可是我喜欢这种疼痛，它让我感受到自己的鲜活。

作为一个金庸迷，我最喜欢的不是那些被改编了无数次的鸿篇巨制，而是至今为止看过的唯一一篇以女性视角写的武侠小说《白马啸西风》。也许因为那个故事也发生在黄沙之中，在这满眼黄沙的撒哈拉之中，突然就想起了故事的结尾。

白马带着她一步步的回到中原。白马已经老了，只能慢慢的走，但终是能回到中原的。江南有杨柳、桃花，有燕子、金鱼……汉人中有的是英俊勇武的少年，倜傥潇洒的少年……但这个美丽的姑娘就像古高昌国人那样固执："那些都是很好很好的，可是我偏不喜欢。"

我也是那样固执甚至偏执的人吧："伊萨姆，我可以接受你黑、你胖，与我信仰不同，但我接受不了你总晕车。"

伊萨姆捂着疼痛欲裂的头，笑了。

比预想的时间推迟了整整五个小时，司机终于喊出了我期盼已久的那句："瓦尔格拉到了。"

晨光中，一个少年骑在一头黄骆驼身上，由远及近。当他拐过街角时，我才发现，他的身后竟还跟着一头白骆驼，我目送他们悄无声息地走远。瓦尔格拉没有了印象中的酷热，竟有了丝丝凉爽，一年之中最热的时候已经过去了。

伯伯说："我们回家啦。"

我在撒哈拉的瓦尔格拉确实有一个家，有伯伯，有姆妈，还有伊萨姆和三个熊孩子。

Chapter 3

不想说再见

当汽车最后一次颠簸在瓦尔格拉的街道上时,我想起了一个半月以前,和扎基、伊萨姆、厄里斯一起坐在那辆小白车上,碾过了几乎瓦尔格拉的每一条街。那时的我还不知道,这座撒哈拉中的小城,竟然在之后的一个月时间里与我的命运交汇得如此彻底。

儿女成双

这个家一切如常，就像两周前一样。不同的是，二嫂在家也开始化妆了，那只消失已久的乌龟又突然出现在走廊里，两只小奶猫不再只躲在楼梯下面的阴暗角落，而是跟在姆妈的脚后到处爬。

萨莎不再是个隐形人，到处都可以看到她。才在一层走廊看到她在给苏卜希修小车，过不多会儿就在二层楼梯转角发现她抱着玛迦玩。她依然不太爱说话，但是我们之间的交流变多了，每次见到她，我都给她一个飞吻，或是把手上的水拍到她脸上，跟她开玩笑。

喝下午茶的中央房间多了一个人——二哥，他终于结束了一个月的工作，开始了一个月的休假。他是几兄弟中长得最清秀的一个，总喜欢抱着小沙恩躺在垫子上玩。孩子们又多了一个新玩具——一个花栗鼠头像的靠垫，想来应该是二哥买的吧。玛迦在玩它，我故意上去抢走逗她玩，她伸手"啊啊"

乱叫着，看着她那可爱的小表情，我心满意足地还给了她。紧接着，玛迦做了一件惊人的举动，她使出全力举起靠垫砸向伊萨姆，然后跑过来把靠垫给了我，还在我的脸颊上亲了一下。伊萨姆什么也没做，却挨了打，走过来想抢走靠垫。我把靠垫死死靠在身后，就是不给他，叫着："玛迦给我靠垫，就是为了不让你报复她！"把在喝茶的伯伯笑坏了。

萨莎很喜欢看一个阿尔及利亚本土的电视节目，我虽然看不懂，但感觉这个节目过于严肃，怎么看也不像是一个12岁女孩会喜欢的那种。我12岁时好像只爱看卡通片和港产电视剧。眼前的这个节目是一个男的和一个戴着头巾的女人分别与主持人对话，而后变成两人激烈地争执，最后女人哭了，结局是两个人拥抱言和。我问二哥这个节目讲的是什么，他说这个节目在阿尔及利亚很有名，帮助人们解决家庭问题。我说中国也有类似的节目，通常的家庭问题都是关于钱、房子、老人。二哥说我们的也差不多，还有些是爸爸娶了两个老婆，不同老婆的孩子之间产生了矛盾，比如这集就是。

节目结束后，姆妈、大嫂、二嫂都去厨房准备晚餐，萨莎回楼上了。小沙恩突然哭了起来，二哥抱着他走出中央房间。苏卜希的嫉妒病又犯了，用他那特有的哭喊法叫着爸爸追了出去。房间里只剩下玛迦、萨罕、伊萨姆、伯伯和我。

我跟伯伯开玩笑，自从苏卜希的爸爸回来，他再也不哭喊妈妈，而改喊爸爸了，我还夸张地学着苏卜希喊妈妈的样子。玛迦像是突然受到了感召，边跳边叫我妈妈，紧接着萨罕也开始叫我妈妈，两个人分别对着我的左右耳大喊妈妈。伯伯开玩笑说，你有了一个儿子和一个女儿。我先是被惊得不知所措，紧接着眼泪夺眶而出。伯伯问我怎么哭了，我说不出任何一个词。伊萨姆赶紧拿出手机拍下了我的"儿子"和"女儿"叫够妈妈后坐到我身边，安静地看我用电脑的情景。

"儿子"给我拿来了一支蓝色圆珠笔，"女儿"拿给我一张白纸。我把电脑合上，当作桌板，把纸放在上面，画了一只小猫和一只老鼠。两个人欢天喜地地拿走我的"大作",开始在上面胡涂乱改。

当我的心情平复一些后,我试着向伯伯解释为什么刚才那么激动:"我的梦想就是有一个儿子和一个女儿。"

伯伯接过我的话:"刚才那个时刻让你感觉梦想成真了。"

我说是的。

伊萨姆决定古尔邦节前的白天都不吃饭。我反而有了提早吃晚饭的机会,每天日落时,可以和他单独吃晚饭,而不用等到巨晚的晚餐时间跟吵吵闹闹的整个家庭一起吃。他不知道从哪儿变出一小盒酸奶,是全阿尔及利亚只有我爱喝的那种无糖酸奶。玛迦想要,他不给,赶紧塞到我手里。

晚饭后,他去"小高羊"家,安慰刚刚失去外孙女的外婆。

窗外是皎洁却残缺的上弦月。

两小时后,伊萨姆回到我们的房间,从两个裤兜里往外掏花生、硬糖和泡泡糖,掏了足有五六次才将裤兜掏空,花花绿绿的小东西摆满了一整张桌子。他说,这些都是外婆送给你的。

桌子上还有一袋花生,伊萨姆问是哪儿来的。我说厄里斯临走前给我的呀,我想他了,想去看看他和吉娜。

在全世界最热的地方被冻伤

8月中旬,撒哈拉的水和风都友好多了,水不总是那么烫手,风也不总是那么热辣了。

阿米涅要结婚了,伊萨姆去帮他建房子,把我留家里自己玩。

临走前,他给萨莎一些零钱,让她给我买些鸡蛋和无糖酸奶。我说想一起去,他说不行,外面又脏又乱,他打开门的一瞬间,我发现门口那条路已经面目全非——外面在修路。昨天早上我是从后门进来的,所以没发现。

我刚走回二楼,就听到门铃响,估计是萨莎回来了。果然,我转身下楼的时候与她在楼梯里相遇,她把一个袋子和一枚硬币交到我手上,我把硬币还给她,她笑了,转身跑下楼。回到我和伊萨姆的房间,我打开袋子,里面是四小盒无糖酸奶和三个生鸡蛋。

我又工作了一会儿后,提着袋子走到楼下的厨房。正在准备午餐的二嫂帮我找了一个锅放好水，我放进去一个鸡蛋。

煮鸡蛋的时候，我走到院子里看二嫂怎么做午饭。她把茄子、西红柿、青椒一个个放到烤架上，底下是个小天然气灶。每过一会儿她就用手按按它们，翻个面，或者把烤好的拿下来，换上新的。她问我伊萨姆还在楼上睡觉吗。我说没有，出门了。

二哥坐在院子另外一边的小板凳上，给萨罕和苏卜希用电动推子理发。他也问我伊萨姆去哪了。

我一边给刚煮熟的鸡蛋剥皮，一边和二哥聊天。他问我有几个兄弟姐妹，我说我是独生子女，一直特别想有兄弟姐妹，但是我爸妈都六七十岁了，这个梦想估计不太可能实现了。他说我们就是你的兄弟姐妹呀。半颗鸡蛋哽在嘴里，我差点哭出来，我说是呀，我也感觉你们就是我的兄弟姐妹。

萨莎的亲弟弟来看她，他很瘦，很有礼貌，虽然我和二嫂的手都很脏，但他坚持行礼，用右手抓了我的右手手腕一下，当作握手，向我说"萨朗姆"，同时左手抚着自己的胸口，微微鞠躬。一套礼节完毕，才和萨莎一同上楼。

我把剩下的半个鸡蛋全部丢进嘴里，一边嚼，一边跑去帮二嫂。她开始用刀切西红柿，然后是茄子，最后是青椒。我必须要形容一下何为切菜，在这里，是轻易不会使用到切菜板这种东西的。只需要左手拿菜，右手拿刀，灵活运动左手大拇指帮助右手控制刀子的力度，就能把左手变成一个切菜板，方便又快捷。

当我开始帮二嫂切青椒后，玛迦和萨罕跑过来亲我，我摸了摸他们的小脸，又用手抹了把嘴。过了一会儿后，鼻子以下的脸都开始有些火辣辣的，原来那些青椒其实是辣椒。再过了一阵子，双手也开始感到有些刺痛，我估计是自己手上有细小的伤口。我没有多加理会，辣椒辣手又不是第一次，一会儿就过去了。我看看玛迦和萨罕都没有被辣到，放心了。二嫂也没有感觉，估计他们早就习惯了。

姆妈和哒哒米娅买水果回来，问我伊萨姆去哪儿了，我说去朋友家了。

回到楼上时，遇到了二哥，他正在摆弄一个绿色的塑料筐，说打算把所有的猫都放进去，然后丢到远一些的地方。我问为什么。他说对孩子们不太好。我说在中国我们会给猫打针，它们就可以和孩子一起玩了，如果你把宠物丢弃了，会被大家谴责的。

我回房间继续工作，双手越发火辣，不光手掌和手指，手背也开始疼，一直蔓延到手腕，甚至小臂，几乎抵达手肘。双手逐渐变得红肿，控制不住地微微颤抖。这不太寻常，也许是过敏了。我下楼想找些东西缓解一下。姆妈给我手上倒了油，让我来回搓，结果更疼。哒哒米娅把椰枣汁涂在我的手上，也没有效果。我说大家先吃饭吧。

那些烤过的蔬菜都被做成了沙拉，我当然再也不敢碰了，把菜推得离我远远的，女人们都笑了。

伯伯说也许除了因为辣椒，还有这里的天气，太热了，被辣到会感到更疼。

我太低估撒哈拉的热了。

伯伯问我伊萨姆在哪儿。这是我今天第五次回答这个问题。我突然意识到一件事，伊萨姆出门只跟我交代了，没有告诉其他人。

我用颤抖的手吃完饭，手愈加疼痛，像被放在火上烧一样。

我去厨房打开冰箱的冷冻室，上面结了厚厚的一层冰，我像看到亲妈一样把手放在冰上，瞬间舒服多了。伯伯看到后，给我一个小碟子，我把冰用手抠下来放到碟子里，再把手按在冰上。

二嫂往冰里撒了一大把糖，告诉我搓起来会更舒服。至此，我才发现，不仅是在牛奶和咖啡中，这里的人用起糖来从不手软，颇有一种糖治百病的架势。好了，现在我的这双手可以说非常符合阿尔及利亚人的口味了，沾满了辣椒、油、椰枣和糖，简直可以算作一道菜了。

我突然听到有猫在挠地窖的门，便走到厨房隔壁的地窖门口，这里蹲了一只乖巧的小黄猫，它只是一动不动地盯着门，没有任何动作。我用颤抖的手把门打开，刚开一条缝，"公主"立刻蹿了出来，原来它被锁在了地窖里。

我发现自己已经无法离开冰了，只有当我把手放在冰上才觉得舒服，一旦拿开超过两分钟就又疼起来，像是千万个小针在同时扎。这时，距离我接触到辣椒已经过去三个小时了。我突然意识到一件事，把火辣的手轻轻贴在自己的小腿上，小腿感到一阵冰凉。我立刻扔掉了手里的冰块。

我想找些事情做，让自己分散一下注意力。走回二楼，打开中央房间的门，我惊喜地发现伊萨姆不知何时回来了。我把双手展示给他看，他用那双厚重的大黑手托着我冰凉红肿的小手说："走，带你去医院，你这是冻伤了。"

我想到了一个关键性的问题："你们这里的医生有治疗冻伤的经验吗？"

"呃……"伊萨姆认真思考良久，"应该没有。"

我突然意识到整件事情的荒诞搞笑，我在撒哈拉——世界上最热的地方，居然被冻伤了！

这令我明白了两个道理：北非辣椒碰不得；不只爱情能让人智商降低，辣椒也可以。

无论我触碰到什么东西，都感觉它是火热的。真有意思，分明是冻伤，却感受到热。

"公主"很喜欢来我们的房间，跟伊萨姆一起睡午觉。今天它又来了，这倒提醒了我一件事："你二哥说要把所有的猫扔掉。我觉得他告诉我是想让我告诉你，我如果没有说，明年你回来发现猫都没有了，一定非常生气。"

"我现在就很生气，他应该直接告诉我。有事要直接沟通，他为什么告诉你？你不该陷入别人的麻烦里。"

"如果是你怎么做？"

"当时就跟他说，我不知道这件事，你直接告诉伊萨姆，猫是他的。"

"我以为猫是大家一起养的。"

"不，'公主'是我养的第一只猫，其他的猫都是它的孩子。这是我父母的家，他们没有反对我养猫，为什么他要扔我的猫？"

"那现在怎么办？我当作不知道这件事，找机会跟他说：你直接跟伊萨姆说吧。"

"好。"

伊萨姆知道我的手有了好转后，又出门了。

晚上，大家舍弃了有空调的房间，开始在院子里吃晚饭。晚风中的一丝清凉，让我体会到了撒哈拉的慈悲，它觉得我的手已经将我折磨得差不多了，可以凉快些了。姆妈和伯伯决定夜里在院子里睡觉，还开玩笑说笑嘉你也试试吧。

萨莎跟她弟弟一起回自己家住几天，古尔邦节时才回来。

姆妈来看我的手有没有好些，而后又问了我一次那个最经典的问题："伊萨姆哪儿去了？"

等到伊萨姆回来后，我对他说："今天你家里五个人问了我六次你去哪儿了。好像我是这个家的成员，你才是我邀请的客人。你二哥说'我们就是你的家人'，我差点又哭了。"

"为什么？"

"因为从来没有人跟我说过呀。"

"他们没有说是以为你知道，原来你并不知道啊。"

接触辣椒和冰块的12个小时后，双手的灼热感依然存在，我就伴着这熬人的灼热入眠。

也许是双手透过火辣在帮助我记住阿尔及利亚，记住撒哈拉，记住瓦格拉中的这个家。

我们都曾经是猫

一觉醒来已经10点,蒙眬中我看到伊萨姆起床离去。我的双手已不再疼了,但是没有力气,连抱起一只猫都觉得累。

洗漱后下楼喝咖啡,发现二哥站在院子里,旁边是那个绿色的大筐,他的右手戴着一只冷酷的机车手套,筐里是五只狂躁无比、嗷嗷乱叫的猫。我惊恐地看着筐里,没有"公主"。

"我准备把它们送到远一些的地方去。"

"伊萨姆知道吗?"

"我认为他不知道。"

"为什么不告诉他?猫是伊萨姆的。"

"不,只有最大的那只是他的。我会留下两只的,包括它。"

我看着四周,椅子底下有一只小灰猫,瞪着眼睛盯着我们,明显受到了很大的惊吓。"公主"不知道去哪儿了。

二哥打开后院的门，小白车停在门口，伯伯赫然坐在驾驶室里，他像往常一样冲我挥了挥手，但是表情似乎有些尴尬。

当二哥把筐抬上车的时候，筐的盖子被两只极度恋家且机智果敢的猫顶开，它们迅速窜回了房子。二哥指挥扎基去追，但是人哪里撵得上被逼急了的猫。这时我才发现，冷酷机车手套的另外一只戴在扎基的左手上。

萨罕和苏卜希看着人猫大战，兴奋地拍手大笑。

二哥带着三只倒霉的猫坐在后排，关上了车门。伯伯问扎基要不要上车，扎基摇了摇头，伯伯一脚油门绝尘而去。

萨罕、苏卜希和我都站在后门门口。萨罕回头冲我笑，苏卜希又开始莫名哭闹。

我呆呆地站在原地，傻子一样看着所有的事情发生。惊讶于这原来不是二哥一个人的"阴谋"，而是二哥、伯伯和扎基三个人的"合谋"。

我问扎基伊萨姆去哪儿了，企图用这个问题唤醒他的良知。他一定是被催眠了，不知道自己在干什么。他说只知道他很早就出门了，不知道去哪儿了。

恰巧伊萨姆在这时回来了，我告诉他伯伯和二哥带走了三只猫。他的表情和我刚才的一模一样——惊恐而呆滞。大概三秒钟后，他拔腿在一层转了一圈，我跟在他的身后，还是没有见到"公主"和两只小奶猫。我突然想到，刚刚看到的那一幕也许不是第一趟了。

这一圈下来，我们发现屋子里只有四五只猫，个个缩在角落，眼神惊恐万分。

伊萨姆来到一楼的中央房间，气呼呼地坐到垫子上说："我等爸爸回来。"

我说好，然后赶紧退出房间，谨记着昨晚伊萨姆告诉我的那句话：不要卷入别人的麻烦中。

我忘记了自己刚刚下楼本来是要喝咖啡、煮鸡蛋吃的，回到楼上开始工作。工作一会儿之后，肚子提醒我还没有吃早饭。我又下楼去厨房，今天是大嫂做饭。我煮了一个鸡蛋,将咖啡壶里的咖啡一饮而尽。

厨房外,扎基用脚踩着一只猫,他没有用力,只是在和它玩,但是猫明显不太喜欢这种不公平的玩耍。我没有制止扎基,只是跟他说:"还记得我说我们相信人有很多次生命吗?但并不是每一次都能当人。上一世也许我们是猫。"扎基放开了那只踩着猫的脚。猫叫了一声,跑开了。

大嫂说她的妹妹来看她,拉着我去中央房间。我和她的妹妹相互问好。

伊萨姆还坐在原地看手机,我问他:"你还记得我说不要杀死虫子吗?"

他说记得。

"你还记得我说我们相信人有很多次生命吗?你知道它们之间的联系吗?上一世也许我是一只猫,这一世我不伤害猫。下一世也许我是一只虫子,所以我也不伤害虫子。"

他点点头:"原来如此。"

伯伯和二哥开车回来了。二哥手里拿着那个绿色的筐,里面是两只机车手套。他们向我问好,我机械地回答。伊萨姆突然出现在院子里,劈头盖脸说了一连串阿拉伯语,虽然我一个词都不懂,但肯定是在质问为什么把猫扔了。我火速离开战场,转移到客厅。

刚在客厅的沙发上坐下来,伊萨姆和伯伯也转移了战场,站在客厅吵了起来,姆妈也加入了战斗,二哥只是站在门口的地方,学了一声猫叫,试图缓和气氛。我从没见过伊萨姆生气,也没见过他这么大声讲话,他的手势动作很快,表情很激动。伯伯完全插不上嘴,姆妈双手张开,有些不知所措。我上去搂住姆妈,用中文对伊萨姆说别生气。伊萨姆大声地对我说了一句以前从未说过的话:"你走!"我立刻转身回到院子里。离开前,我看到伯伯也生气了,他好像用拳头捶了一下厨房的门。

二哥追出院子,向我解释:"我们遇到了一些分歧,你不要担心。"

我故作轻松地耸了耸肩。

我坐在小板凳上,竖起耳朵听着"战士们"的动静。

手里拎着一个袋子的伊萨姆突然出现在院子里,抄起正在院门口散步的"公主",粗鲁地把它塞进袋子里,完全不顾它的尖叫。我从未见过他这样粗暴地对待他最爱的"公主"。我立刻站起来阻止他,我说你这样会被它抓伤的,他们都是戴着手套的。他对我的话置若罔闻,收紧了袋子的口,攥在手里。"公主"在袋子里不停挣扎,他嘴里发出嘘声,试图让它安静下来,右手抓起地上经过的倒霉蛋——一只黄白相间的猫,走到储物间。他让扎基再找一个袋子,储物间瞬间变得像被洗劫过一样,玩具、衣服掉了一地。这只猫的战斗力显然不如"公主",伊萨姆居然只用了几秒钟,就单手把这只拼命挣扎的猫塞进了扎基拿的袋子里。

当他双手提着两袋子猫走出储物间时,我不太认识他了。他穿着经常穿的那件黑白条纹T恤,深蓝色百慕大短裤,戴着黑框圆眼镜,右手无名指上戴着厄里斯送他的戒指,脚上没穿鞋。但是我不太认识眼前的这个伊萨姆,他的表情是我从来没有见过的——愤怒、悲伤,还夹杂着别的什么,我不知道该怎么形容,太复杂了。但是我知道他为什么会变成这样,他为这个家付出了很多,却保不住几只猫。

现在的他大概也不认识我了,他可能压根就没看到我。我又回到院子里的那个小凳子上。可以听出,伊萨姆、伯伯和姆妈的声音已经全部集中到了中央房间里。伊萨姆大概已经气得说不出话,只能听到伯伯和姆妈的说话声,他们的语气当然比平常激动,但要比伊萨姆冷静许多。

猫们突然都来到我身边,静静地趴在我的脚边和凳子底下,仿佛我的周围是它们唯一的避难所。过了一会儿,那只黄白相间的猫和"公主"也奇迹般从厨房的门跑出来,溜到我脚边趴好。我把"公主"抱到我的腿上,它顺从地叫了一声。我感到用手抱起它仍旧有些吃力,双手还未完全从昨天的冻伤中恢复过来。

我的手机没电了,我回到二层的房间充电。过了一会儿,争吵声渐息,我听出伊萨姆上楼了,他的脚步声比平时重了许多,而且踢踏着拖鞋。他尝试了五六次才打开因为发热而变形的木门。他见到我也在房间,装出很轻松的样子吹着口哨哼着歌,开始收拾行李。

我已经不需要空调,只有我一个人在屋子里时通常不开空调,我知道伊萨姆怕热,他一回来,我就把空调打开。

伊萨姆突然说:"古尔邦节的第二天,我们去厄里斯家吧。"

"好!"

"我也想他了。"

"我没再流鼻血。"

"对呀,为什么?"

"因为撒哈拉比之前凉快了。"

"那很好呀。"伊萨姆终于又开心地笑了。

扎基来叫我下楼吃饭。我说我不吃,陪着伊萨姆。伊萨姆说明天你再不吃吧,明天比较有意思。为什么?先不告诉你。

没等到我放下手里的电脑,大嫂便端着餐盘把午餐送了上来。

等我吃完饭,伊萨姆说:"我困了,你用灯吗?我可以关上灯吗?"

"你为什么需要关灯呢?你的眼皮那么黑,闭上眼睛不就够了?"

伊萨姆又笑了。

下午4点,我放下电脑,把餐盘拿到一层的厨房清洗。这是整个家庭除了夜里最安静的时候,所有人都在睡午觉。三只猫趴在厨房的地上睡午觉,一切安静得像是什么也没有发生过。我故意从院子里穿过,走到饮水机旁去接凉水喝。我的身体在午后最炽烈的阳光下仅仅暴露了五秒钟,就感到后颈和肩膀的刺痛。我还是太低估了撒哈拉的阳光。

厄里斯去了其他城市。我们最终没有机会去厄里斯的家,也没能见到传说中的吉娜,也许这恰好预示了我和伊萨姆都还没有遇到属于自己的那个独一无二的"吉娜"吧。

为婚礼定做衣服

"今天不用去帮阿米涅建房子吗?"

"不用。"

"他什么时候结婚?"

"什么时候房子建好,什么时候结。"

"什么时候建好呢?"

"两年以后吧。"

"什么?那么久!没有建房子的公司吗?"

"我们不是在大城市啊,主要靠朋友帮忙。"

两周前,我们在裁缝店定做的衣服,本来说第二天就能取,后来说没有我选中的面料,需要三天时间进货。直到我们返回瓦尔格拉,才想起来还没去取衣服。

傍晚，三哥开车带我们去裁缝店，衣服居然还没做，老板说是没找到面料。伊萨姆的那件没做便罢了，我的那件明明有面料，也没做，真不靠谱。我决定再信他们最后一次，把订单改成只做一条特别简单的长裙，基本上就等于买面料了。

接着三哥带我们去另一个面料店买结婚时的衣服，四个月后他就要结婚了。路上，一向内敛的三哥突然开心地唱起歌来，我用中文问伊萨姆："你哥为什么这么开心？"

"生活就是这样啊，有时候突然很开心，有时候突然不开心。"

"你懂什么，有媳妇儿就是开心。"

布料店里琳琅满目，从素色到花色，从亚光到闪着金光的都有，足有几百种。每米在680到980第纳尔之间（合25到36元人民币）。我指着几款卡通面料，说一定是中国制造，老板说几乎都是。我说有些花色从来没在中国见过，他骄傲地说是我们定做的。

可供男士挑选的颜色不多，无非是灰色到黑色之间的几种，外加几种卡其色。

"我们兄弟六个穿一样的，面料需要够六个人的才行。"

"六个人一样怎么区别谁是新郎？"

"新郎会在衣服外面再套一条白色的纱。"

"我觉得浅灰色比较漂亮。"

"可是浅灰色看不出白纱。"

"嗯……那就深灰色的吧。新娘穿什么颜色的衣服？不用一起买吗？"

"各买各的，婚礼的部分也是各自负责。我们已经给过她们家钱了。"

回程时，三哥更高兴了，一边开车一边哇啦哇啦说个不停。当然高兴了，距离婚礼又近了一步呀。

"伊萨姆，你回来参加婚礼吗？"

"当然了，那时候差不多是寒假，我正好可以回来。"

回到家后我就进了二楼的中央房间，伊萨姆却一直没有上楼。一个小时后，突然姆妈驾到，她在一桌子的花生和糖中，挑了一块泡泡糖吃。60多岁的老太太嚼起泡泡糖来还挺可爱。她问我手好些了吗。我说不疼了，但是依然没有力气。

有人敲门，我打开门，发现是萨罕。他进来后，二嫂抱着小沙恩也进来，把他交给姆妈，然后转身出去，大概是去做饭吧。萨罕发现了桌子上的糖，没有拿，而是一直用眼睛直勾勾地望着。我立刻会意，递给了他一块，他慢慢剥开糖纸，把糖含进嘴里。没过多会儿，苏卜希也闯进来玩，他立刻发现了桌子上的糖，扑到桌前，伸手就拿，迅速将一块糖放进嘴里。我索性把七八块糖都从花生里挑出来，他就全部抓在自己手里。姆妈说不要给他那么多糖，对牙不好。我的确忘了这点，一个4岁的孩子对糖能有什么自制力？我叫他给萨罕几块，他摇头，叫他还给我，他也不肯。我从他手里抢过来两块塞到萨罕手里，苏卜希立刻大哭大闹起来，而且一会儿跪倒在姆妈脚边，一会儿冲出门去，在走廊里干号，给自己加戏加得十分足。萨罕看到弟弟哭得那么惨，便把糖都给了他，自己去玩玩具了。萨罕比苏卜希快乐，虽然他拥有的比苏卜希少。

二哥和二嫂听到苏卜希的呼天抢地，上到二楼，发现又是苏卜希霸道的独角戏，便叫大家都去院子里玩。

不知何时，院子里抬进了一张床，地上也铺上了地毯，还有两个灯照明用。看来他们非常喜欢待在户外，毕竟撒哈拉下雨概率十分小。

厨房突然传来一阵噪声，二嫂在为做蛋糕打花生碎。我说伊萨姆对花生过敏，除了姆妈，其他人居然都不知道。

吃晚饭时，萨罕去接了一杯水，自己喝完后主动给苏卜希喝，颇有大哥的风范。

我很喜欢观察几个小鬼的行为，当二哥抱着小沙恩、萨罕玩玩具的时候，苏卜希总是会故意做些什么事情引人注意，比如把桌子上的眼镜递给此时并不需要它的二哥。

萨罕突然走到我面前使劲亲我的脸，然后给了我一块糖，一块被苏卜希遗弃的糖。我很高兴地展示给大家，让大家都知道萨罕多么懂事，大家一起给萨罕鼓掌。

我以为苏卜希不知道主动把食物或水分给其他人，但是晚饭后，他主动把一块哈密瓜递给玛迦，我刚想责怪自己把苏卜希想坏了，没想到苏卜希并不是真的想分享水果给别人，他只是也想得到别人的夸奖。当玛迦一点也不领情的时候，他便开始强迫她，非要她收下，追着她满院子跑。玛迦虽然还不会说话，但是拒绝得非常决绝，开始挥手打苏卜希。最后全家齐上阵制止两人的战争。

突然，玛迦跑过来用她的小手删了我刚写的一个句子。我"哇"的一声叫起来。伊萨姆说好的文章都是删出来的呀。姆妈说玛迦也许会成为和你一样的作家呀。全家人一起为姆妈的这个预言鼓掌，玛迦什么也不知道就跟着鼓掌，自始至终高兴得没有任何道理，完全不记得自己刚跟堂兄打过一架。

饭后，姆妈和伊萨姆拿锅里剩下的骨头喂猫，萨罕和苏卜希缠着二嫂玩，玛迦被大嫂抱回房间。

我洗完澡回到房间，伊萨姆已经躺倒，姆妈正坐在自己的床垫上。等我敷上了一张黑乎乎的面膜，姆妈对我说"你现在很漂亮"，然后倒头就睡。真是个调皮的老太太。

我和伊萨姆在黑暗中用微信聊天。

伊萨姆说："我很确定，我们一起飞到阿尔及利亚那天，是我们第十次见面。"

"啊呀，原来我们仍然在第十次见面中呀。"

今天没饭吃

早上,姆妈叫我起床喝咖啡。院子里,哒哒米娅在做古尔邦节吃的小点心。除了孩子,今天所有人在日落前都不吃饭,因为明天是古尔邦节。

快到中午的时候,伊萨姆突然到二楼喊我:"快下来,看看!"

我跑到院子里,发现一只公羊赫然出现。它的三只脚被一条绳子松松地拴着,绳子的一头被放长拴在院门上,它被迫只能在一个小范围里溜达。

大嫂拿一个盛满了水的杯子往公羊的脚边泼去,伊萨姆说这是在表示欢迎。

伊萨姆突然有些担心,他说:"古尔邦节那天我们要宰了它,你如果不喜欢就别下楼看了。"

"这是你们的节日习俗,我当然要看一看啦。你们宰它是为了吃它的肉,并不是以此为乐。"

"是呀，我们心里很感谢羊的。"

家里，水果、饮料、点心都多了起来，都是为明天过节准备的。

扎基开车，带我和伊萨姆去延长我的签证。我把玛迦也抱上后座，她开心地叫我"阿莫（叔叔）"，那是伊萨姆教她的称呼。我教她叫我"哒哒"，我说一遍"哒哒"，她就嗯一声，就是不学我说话，最后变成了我叫她"哒哒"。

我们在下午1点半到达了签证办公室，这里居然关门了。门口贴着一张通知，从今天起，往后三天都放假，只有6:00—13:00工作。但是，从今天起，我的签证就到期了，我已经算非法滞留阿尔及利亚了。

可我和伊萨姆半点没将这件事放在心上，没心没肺地带玛迦逛街去了。

伊萨姆说："所有人都会以为玛迦是我和你的孩子。"说完就把玛迦放在了自己肩膀上。

我这才惊觉，玛迦的肤色已经比我还要白了，而刚到撒哈拉时，我明明记得自己是家里最白的那个。

我们路过一家卖香水、彩妆和墨镜的店，店老板认识伊萨姆。一进店，呛人的香味便扑鼻而来。这里的香水都是散装的，种类有几十种，大多是无色或黄色的，只有一款是蓝色的，我好奇蓝色那款味道如何，于是老板抹了一点在我的手背上，竟然是淡淡的香味加一点辛辣，适合阳刚的伊萨姆。我说这个好，你买这个吧。其他的我不用闻也能想象出来是怎样一种要人命的香味，就像他们的甜品一样。老板也不管伊萨姆买不买，突然用很漂亮的小玻璃瓶装了一款香水，送给我。我一闻，是淡淡的栀子花香味。老板用他的行动证明了店里不止有一款淡淡的香水。

回到家门口时，一辆载着两只羊的车刚好也停在门口。伊萨姆、扎基、三哥和送羊的人一起努力把羊推进院子，可是羊的战斗力实在太强了，先是死活不愿意下车，下车后又死活不愿意进院子。伊萨姆突然蹲在地上，双手捂着下腹，表情十分痛苦。一切发生得太突然，谁也没有看到起因和经过，只能推测某只羊用角顶到了伊萨姆的要害。我们四个笑得前仰后合，他们仨忘记了与羊的斗争，我也忘了拍视频，全都没有丝毫同情心地笑着蹲在地上的伊萨姆。

当伊萨姆终于从痛苦中挣扎着站起来后,他纠正了我,羊用的凶器不是角,而是蹄子:"每年都会被羊踹到,今年踹的位置太尴尬了。"

姆妈给我买了一条红色的连衣裙,长过脚踝,前后领口和下摆都用白线绣了漂亮的花纹,配有一条白色的流苏腰带。我立刻换上,人人都说好看。"明天是宰牲节,像你们的春节一样,人人都穿新衣服,所以姆妈给你买了一件。"怪不得早上姆妈也在试穿新裙子。

下午3点,我终于饿了,趁着全家人都在午睡,我动手给自己做了一锅西红柿鸡蛋意大利面,为了本土化,我在面里放了些柠檬汁、咖喱粉和孜然粉。旅行时,每当我想家或是生病了,都会想吃西红柿鸡蛋面。因为从小开始,每次生病,妈妈都会给我做西红柿鸡蛋面吃。我一口气将面吃完,连汤也喝得干干净净。

萨罕和苏卜希来厨房找吃的,从冰箱里拿了一些桃子和巧克力饼干,一边吃一边玩去了。

萨莎也回来了,换了新发型,不再是满头小辫,而是只梳了两条辫子,再用白色布条把辫子层层缠起来,看起来像是小羊的犄角,与"小高羊"同款发型。我冲她学了一声羊叫,二嫂说明天把她也一起宰了,我赶紧告诉伯伯,家里其实有四只羊。我指指萨莎的胳膊,说我想吃这里。伯伯摇摇头,说她太瘦了,肉太少,估计不好吃。

四哥今天特别古怪,每次见到我都对我说"阿什阿都",我不明所以。

太阳落山后,终于到了晚饭的时间。

我一跨进一层的中央房间,四哥迎面就对我说"阿什阿都"。伊萨姆说:"他说话,你跟着重复。"

于是四哥每说一句,我便机械地重复一句。全家人都不出声,静静地听着。说完,伊萨姆用中文告诉我:"你已经是穆斯林了。"

姆妈用英文说:"You are Muslim now(你现在是穆斯林了)!"四哥也

重复了一遍英文。二哥笑眯眯地看着我，冲我点头。萨莎用阿拉伯语快速地重复了一次刚才那段话。

我完全蒙掉。

"你刚才说的话，大概意思是你相信天地万物间只有一个真神安拉。不用紧张，我们这样做只是为了表达对你的爱而已。"伊萨姆向我解释。

我就像完全没有吃过下午那顿西红柿鸡蛋面一样，"饿狼狼"地吃完了自己的晚饭，然后观察我的三个孩子吃饭。大人们不喂孩子，无论孩子们吃得身上多脏。萨罕吃得很快，身上也很干净，毕竟他是最大的一个。玛迦太小了，吃得全身都是汤，但很专注，似乎世上没有什么事能阻碍她吃完眼前的鸡腿、饼和汤。苏卜希吃得最慢，他突然对玛迦碗里的汤很感兴趣，用手指蘸了一下，其实大家的汤都一样。萨罕已经自己盛回第二碗汤、拿了第二块饼，苏卜希连一块饼还没吃完，汤只喝了几口，鸡腿更是几乎没动。

苏卜希突然仰起小脑袋指着鸡腿对我说了一句话，伯伯帮他翻译："他说'这是我的'。"我笑了半天，原来我一直盯着他看，他以为我想抢他的鸡腿吃。

我跑去看羊，伊萨姆也跟来。

三只羊在跟我玩游戏，当我站在院子中间，它们就缩在西边角落；我走到最东边，猛一回头，它们已经跟着我走到了院子中间，而且个个瞪着我，丝毫不动；但当我朝它们走去，它们就低头回到角落。这样反复几次，像极了小时候玩的游戏——"红灯绿灯小白灯"。全部的猫都待在院子东边，眼睛瞪得圆圆的，盯着这三只庞然大物，十分警惕，似乎生怕它们抢了自己的位置。

今晚，小沙恩忘记了啼哭，猫忘记了叫，新来的羊还认生，外面也没有流浪狗经过。

古尔邦节

清晨5点半,我被从一楼传来的一连串声响吵醒。伊萨姆立刻像只受了惊的兔子一样,跳起来冲出门去。过了一会儿,传来四哥的声音。

几分钟后,伊萨姆回到房间,向我报告噪声是四哥端水果没端好造成的。他一边跟我说他一宿没睡,一边换上一套崭新的衣服——白色的萝卜腿长裤,小立领及膝长的深棕色上衣。我怎么看这套也不像穆斯林的服装,他们的长袍都长及足踝。伊萨姆说这是他的印度朋友送给他的,他立在门口,调皮地说了一声"namaste"(印度问候语),便翩然离去。

我想再睡一会儿,可是怎么也睡不着。

6点半开始,清真寺传来了持续将近一小时的广播,不是往常的唱诵,而是像阿拉伯语贯口一样越来越快。

我又毫无意义地赖了一会儿床,才起身认真地化了个妆,选了与新连衣裙同色的口红，戴上一对夸张的金色大耳环，还给自己编了一头蝎子辫。既然是个隆重的节日，就要全情投入，开开心心过节。

7点半，男人们都从清真寺回来了。每个人都换上了脏脏的旧衣服，因为要宰羊，衣服上会沾到血。

扎基跟身边的四哥说了一句悄悄话，四哥立刻大声出卖了他："刚刚扎基说笑嘉漂亮！"

我学着伊萨姆的样子撩了一下头发，说："我知道。"把大家都逗笑了。

我想起自拍杆应该能派上用场，便转身跑回楼上。姆妈在楼下喊我的名字，生怕我少看一眼。

8点半，羊的大限到了。

伊萨姆用姆妈给的头巾把最大的那只公羊的眼睛蒙上，然后将羊"骑"过来。男人们合力将羊按倒，念诵"真主至大"后，伯伯负责切断羊的喉咙，其他兄弟负责按住羊、扒皮、取内脏。

伊萨姆像是大哥般，整个过程中他不断跟大家说话，而且每隔几分钟就会逗得所有人哈哈大笑。

猫儿们大摇大摆地走过被放倒的羊身边，神情颇为得意。

女人们负责清洗内脏。哒哒米娅一直在炉子边，不是烤饼就是烤羊头和羊蹄。

七个大男人很快把第一只羊解决了。伯伯跟我开玩笑，把手里的刀递给我说："第二只羊该你宰了。"

我脑袋摇得跟拨浪鼓似的，一通"哇喽哇喽"（阿拉伯语"不要不要"）。

我突然想到一个问题：七个大老爷们儿才按得住一只垂死挣扎的羊，家里如果全是女儿怎么办？

"我们帮她们宰好了送去。羊肉本来就要分成三份，一份给亲戚朋友，一份送给穷人，一份留给自己。如果不认识穷人就送去清真寺，他们知道谁需要。"

第二只挨宰的是那只母羊，也就是昨天踢了伊萨姆要害的那只。

10点半，三只羊都已经被收拾好了。

四哥和伯伯一直忙到最后，将院子堵住的下水道淘干净。伊萨姆在地上挖了坑，将血和不要的部分内脏埋进去。

11点，我吃到了姆妈煎的羊肝。

开始不断有没见过的亲戚朋友来到家里，门铃响个不停，最后索性敞开大门，任人来去进出自由。

第一个到达的是一个胖胖的小姑娘，看样子比萨莎小一两岁，她端着一个玻璃碟子，碟子上面覆盖着餐巾纸，纸下是羊肝和几片薄荷叶。

生活在阿尔及利亚的这一个半月里，宰牲节期间的我是最幸福的。我这个货真价实的肉食动物在过节期间，每天从早饭开始就有羊肉吃——咖啡配羊肉。不论去谁家做客，主人家端上来的"点心"都是一盘羊肉，就连下午茶时间也变成了吃羊肉——薄荷绿茶配羊肉。他们对于羊肉的做法非常朴素，无非是放在锅里煎，再撒上一点点盐和迷迭香，这就已经很好吃了，胜在羊肉十分新鲜。而我最喜欢的是放薄荷叶的做法，特别去腻。有时候，我会觉得这种吃法实在太单调，就往小碟子里倒上一点孜然粉和辣椒粉，拿羊肉蘸着吃。他们颇感兴趣，都试着尝了尝，不过最终他们还是喜欢自己那种朴素的吃法。确实，撒了孜然和辣椒的羊肉跟甜得要人命的咖啡搭配在一起，总感觉哪里怪怪的。

12点，全部收拾停当。

我回到二楼的房间，蒙眬中竟然睡着了。

两三个小时后我被热醒了，伊萨姆不在，我都忘了开空调。我像个孤魂野鬼般游荡在这座大宅里，伊萨姆不知去向，也许已身在某个叔叔的家里。

我飘去接水喝，二哥经过问我吃过午饭了吗。我说还没，他说跟女人们要或者自己去厨房吃吧。

于是我又飘到了厨房，收音机里传出欢快的歌曲。锅里满满的都是羊肉，冰箱里是沙拉。中央房间传来女人们说话的声音，大家都在吃饭。

突然听到门铃响，我立刻飞奔去开门，门的外面站着伊萨姆。

"你吃饭了吗？"

我摇摇头。

"为什么不吃？"

"我刚下楼。你吃饭了吗？"

"我吃过了，但是可以再吃一点。"

所有人都像平时一样，吃饭、聊天，分外开心。

姆妈用柠檬和橙子自制了果汁，我喝了满满一大杯。

羊肚好吃得让我几乎停不下来。番茄、洋葱、鹰嘴豆、香菜都被炖得面面的，羊肚就被浸泡在所有蔬菜的汤汁里，每咬一下，就有汤汁从羊肚中溢出来，伴随着辣椒、咖喱、红胡椒和孜然的辛辣味道，填满整个口腔。

伊萨姆问我："上午吃到羊肝了吗？"

我哪里还顾得上说话，嘴被羊肚撑得鼓鼓囊囊，只抽空冲他点了点头，当作回答。

"有的时候也有羊心，但是今天没有。"

我歪了一下脑袋，意思是询问为什么。

"有的时候，"伊萨姆双手一摊，嘴一撇，"心没啦。"

他的冷笑话哪里比得上眼前的羊肚，还好伊萨姆识趣，只吃了几口，没敢跟我抢。我吃了一整盘羊肚还不够，姆妈和嫂子们终于见识到了我真正的食量，二嫂给我额外热了一小锅羊肚，我又全部吃掉了。

今天的午饭和下午茶竟然连在了一起。姆妈将茶具搬到中央房间，刚盘腿坐下，伊萨姆立刻把头放在了姆妈的膝头，就像个比萨罕大不了几岁的孩子。玛迦依偎在大嫂怀中，小沙恩趴在扎基和哒哒米娅身旁酣睡。萨罕和苏卜希缠着二嫂二哥玩。透过窗口可以看到伯伯和四哥在院子里忙着什么。

这是我一生之中最热的夏天，也是我度过的最热闹的一个夏天。

晚上6点，伊萨姆回到房间补觉。他刚刚躺好，穿了一身粉色新衣服的萨莎就冲进来，她的"羊犄角"不见了，散着乱蓬蓬的一头长发，举着一堆花花绿绿的小辫绳和发卡，指指我的蝎子辫，再指指自己的头发，我立时会意。

萨萨头发非常多，我将它们一绺一绺认真编起来，又在头顶歪着别上一个黑色小礼帽状的发卡，再加上一个金叶子发箍，才令萨萨心满意足地离开。

晚上8点，阿米涅突然出现。我们费了九牛二虎之力，动用了关空调、撩水等恶作剧，才叫醒了沉睡的伊萨姆。他又换上那套印度服装，跟阿米涅去了某一个叔叔家。

在那之后，整栋房子都在巨大的敲击声中震动，那是男人们在分割羊。

11点，呼呼的风声突然取代了敲击声，整栋大宅门窗紧闭，却依然可以闻到空气中弥漫的沙子的味道，幸好没有在院子里分割羊。

我去了一趟厕所，忘记了关房门。从厕所回到房间，不过两三分钟而已，房间的地上已经积了一层沙子，脚一蹬都能画出花来，电脑上居然也有了一层细细的沙子。风是沙子最好的同谋，它令沙子无孔不入。

飞沙停止前伊萨姆不会回来。

下楼吃晚饭时，我跟伯伯说我想出门，因为我想飞。他说你可以试试，然后翻译给全家听，大家都笑了起来。

我的晚餐丰盛至极，足足六七块大大的羊肉，让我几乎没有肚子盛沙拉和汤。

四哥总是做又累又脏的活儿，他将羊蹄一段段敲碎，又在用斧子和榔头敲羊头。

我看着女人们围在一起有说有笑，很想知道她们都说了些什么。

电视机里播放着公益广告，呼吁大家把自己的羊肉分给穷人。

夜里12点，风沙渐息。

我刚喝完最后一口汤，门铃响起，我知道是伊萨姆回来了。姆妈没有戴头巾，要我去开门。我好整以暇地站在门后，勒令伊萨姆说一句开门暗语。他想了好久，说出自己经常挂在嘴边的话："我是全世界最帅的男人呀。"

节日快闪串门法

昨夜我一人独享二楼的中央房间，伊萨姆在一楼和三哥、四哥、扎基、伯伯一起聊天到深夜才睡。

早上10点，姆妈在楼下大喊我的名字，然后冲进房间问我喝不喝咖啡，说楼下有人要见我。我匆匆洗了把脸，来到楼下。四个妆容精致的年轻女人坐在客厅跟姆妈、大嫂聊天。桌上摆着传统英式下午茶的三层塔，里面每一层的点心都是家里的女人们自己做的。哒哒米娅端上来一盘羊肉，睁开眼就有羊肉吃，我知道幸福美好的一天来到了。羊肉先在厨房由女人们用刀切成大块，端上来后，人们用手将大块撕成小块，边撕边放入口中。

当我把双手伸向羊肉前，我居然记得向客人们一一问好、握手、吻面，姆妈告诉她们我已经是一个穆斯林了，她们都大笑起来。

当我幸福地把羊肉从眼睛里全部挪进嘴里的时候，我的眼睛才能看到羊肉以外的东西——家里每个人都换了一身最漂亮的衣服。大嫂的头巾和长袍都是粉色且镶了金边，脖子上戴了四条长短不同的项链，浑身珠光宝气，她为玛迦挑的亲子装是条粉色连衣裙。二嫂则给萨罕和苏卜希都穿上了西裤、衬衫，还打了可爱的圆点图案的小领结。

男人们也都穿上了崭新的白色长袍，只有伯伯不同，他穿的是白色衬衫搭配白色西裤，脚上是一双传统的阿拉伯尖头皮鞋，白色的皮面上布满金色的刺绣。我连忙夸他是世界上最帅的男人，绝对比伊萨姆还帅。四哥依然穿着昨天的那身脏兮兮的"工作服"砍着羊头。

大嫂出门前在粉色长袍外又套了一件黑色长袍，她不喜欢受到别人的关注。今天女人们都带着孩子们回娘家了。伊萨姆不知所踪。

伴随一段长长的门铃声，客厅突然拥入七八个姑娘，从十几岁到三十几岁都有，其中一个长得跟萨莎十分像，而且身上穿的衣服和萨莎昨天穿的一模一样。原来她是萨莎的双胞胎妹妹，而年龄最长的那位是她们的亲生母亲，其他女孩都是萨莎真正的姐妹和表姐妹。她们甚至没有坐下来，只是与姆妈和我问好后，便一阵风一样离开了。

中午，终于吃到了久违的白米饭。煮好的长粒米隔水再蒸10分钟，加少许盐，然后把放过辣椒和咖喱调味的青豆、胡萝卜、羊肉混合菜羹，与米饭搅拌均匀。

伯伯十分细心，看我手里拿着勺子对那块硕大的羊肉无从下手，便叫扎基拿来了刀叉，继而又想起伊萨姆去年曾从中国拿回来一双筷子，他找出来，递给我。

二哥好奇地问我用筷子怎么吃米饭，我给他演示了一下。我问他怎样用五根手指吃粒粒分明的米饭呢。他立刻给我演示，原来优雅的诀窍在于灵活运用自己的大拇指，当四指将米饭扒入手中后，大拇指轻轻一推，便能将米饭送入口中。从此我再也不用仰起脑袋，才能将手里的米饭送入嘴巴，脸上也没再沾满米粒。

两分钟后，我将这个房间变成了筷子学习大课堂，教每个人体验了一把用筷子夹羊肉。我还发明了左手用筷子夹羊肉，右手当勺子抓饭吃的中非结合新方法。

伯伯还想跟我继续聊天，姆妈则拉我一起去找伊萨姆。

我们在阿米涅家发现了伊萨姆，当我进入客厅时，五六个男人围坐在一起，中心是一瓶绿莹莹的风油精。那风油精瓶的造型很特别，是月牙形，很明显是专为出口阿拉伯国家而制作的。我纳闷：撒哈拉又没有蚊子，你们研究它干吗？伊萨姆说我们发现它能够有效缓解肌肉疼痛。这个地方室内外的温差太大，因此这里不光是老人，不少年轻人也有肌肉酸痛的症状。

姆妈率领我和伊萨姆到了一个叔叔的家里，吃了今天第二顿午餐——带羊肉的库斯库斯。姆妈问我好吃吗。我说好吃，但是她做的更好吃，别告诉这家人。姆妈爽朗地笑了。

回家时，姆妈提议我和伊萨姆在门口拍张照片。我俩自恋地欣赏照片的时候，伊萨姆夸我："你怎么这么漂亮？"

"我不是故意的。为什么只有你留大胡子？"

"穆罕默德说胡子区别男与女、成人与小孩。"

"我也觉得有胡子比较帅，但是你已经这么帅了，再帅还让不让别人活了？"

"我也不是故意的呀。"

下午，两个来自隔壁城市的伊萨姆朋友到家里做客。一个人的名字听起来像"沙拉"，另一个听起来像"骆驼"。

"沙拉"去年开始在湖州学中文。我问他为什么选在南方学中文，老师也许是专业的，但平时接触到的人多数有口音，会让一个中文初学者脑子混乱的。他说他来中国之前不知道汉语口音有这么大区别。我安慰他说幸好你没选广东，然后给他学了两句广东话。他说确实听起来不像同一种语言。"骆驼"全程一句话没说过，只是静静地看着我们。

他俩刚走，楼下又来了一拨姑娘。其中一位姑娘打扮得格外精致优雅，大多数姑娘别头巾用的是普普通通的大头针，这位姑娘用的是一个漂亮的蓝色小花形别针。我随口夸了一句，她立刻把别针摘下来送我。我说我不戴头巾，给我就浪费了。姑娘说是礼物，坚持要送我。我把它接过来，别回姑娘的头巾上，说漂亮的东西要在漂亮的人身上才漂亮。姑娘笑成了一朵花。

我将她们送到门口，发现满大街都是成群结队走着的男男女女，大概都是串门的。

"伊萨姆，为什么这些串门的客人只坐5分钟就走？几乎刚说了你好就说再见。"

"他们只是来看看。"

"我们说的'看看'是要喝茶、聊天的。春节的时候，所有人都去自己父母的家里，大家聚在一起效率更高。你们这样互相串门，简直是浪费时间。今天你去了二叔家，再去三叔家，明天再反过来，二叔和三叔分别来你家，后天三叔也要去二叔家，二叔再去三叔家。这是要累死人的呀。"

伊萨姆似乎从来没想过这个问题，一副恍然大悟的表情："对哦，这么好的办法，我们怎么不知道？"

"还有，为什么你哥不陪妻子回她娘家？我们都是同去同回的。"

"因为没结婚的姐妹不能见他啊。"

我一愣："哦，我忘了这点。那就所有人分男女串门，今天都是男的去串门，女的都躲在家里；明天女的去串门，男的都不动。"

"但是有些阿姨我想见怎么办？"

我崩溃了："那你们现在的串门方式，已经是最好的方式了。"

就这样，我们过了两天串门的生活，从一家快速移动到另一家，这座城市仿佛都被我踏遍了。同时，也不断有人来家里做客。直到现在，我也没想明白，他们究竟是如何安排行程的，似乎从没发生过我们去别人家吃了闭门羹，或者别人来伊萨姆家扑了个空。不得不赞叹，这种快闪般的串门方法好神奇。

下午茶时间，姆妈和哒哒米娅突然给我套上了一件几乎可以装下伊萨姆的肥大的粉色长袍，又变出一条玫红色带花纹的巨型纱巾，两个人围着我左转右转，我被她俩左裹右裹，最后那条纱巾也成了我身上的衣服。姆妈将一条荧光绿色的毛线腰带系在我的胯上，哒哒米娅往我手里塞了一把彩色的羽毛扇。她们还把一整套茶具推到我面前，让我弄着玩。我完全被搞蒙了，学着姆妈往常的样子，把茶壶举得高高的，往每个茶杯里倒茶。

孩子们鼓掌，大人们掏出手机，围着我拍照。

伊萨姆说："这是我们尕尔根族人最传统的衣服，只有在重大节日或者结婚时才穿。好玩吧？"

"好玩！"我指指自己身上的玫红色面料，"它有多大？"

"6米长、2米宽。"

突然，我觉得大家的笑有些诡异。女人们在二嫂的带领下开始起哄，"喔喔喔"地叫。我问伊萨姆，他们在说什么。

伊萨姆也开始嘿嘿坏乐："我们在说一些好事呀。你长得漂亮，还会沏茶，可以卖给一家会说英语的家庭，一定能卖个好价钱！"

家里每个人都来跟我合影，还有各家来串门儿的人，看到有个穿着节日盛装的中国人坐在屋子里一本正经地倒茶，都觉得好玩，挨个儿跟我合影。我感觉自己就是个吉祥物，和人拍拍照就有羊肉吃，简直过上了梦想中的生活。

晚上去阿米涅家吃饭，又见到了迪多，他向我展示了自己手机里搜集的老照片。19世纪时，人们的装束看起来与今天节日时的几乎一模一样——有白袍，也有我那身穿戴复杂的服装。

大家热烈地交换着听来的各种八卦消息，伊萨姆的某个表兄听说有个中国男人娶了一个阿尔及利亚女人，就住在瓦尔格拉。伊萨姆说有意思，应该去看看他们。可惜，亲戚如此多的他们，竟没一个认识这对夫妻。

伯伯明早4点就要去上班了。当我想要跟他道别时，他已经睡下了。伊萨姆说没关系，他刚刚一定也想跟你道别，但是我们回来得有点晚。想到过的事情，和真正做了，是一样的。

这才是中国茶

早上刚睡醒,我就问伊萨姆今天做什么。

"去叔叔家。"过节这几天每天他的回答都一样,天知道他到底有多少个叔叔!

"今天不是过完节了吗?"阿尔及利亚有两天古尔邦节公众假期,而一般民众都会将这个节日过满三天。

"可是我还没去过所有叔叔的家呀。"

我又一次体会到伊萨姆的烦恼——亲戚多到让人崩溃。

下楼觅早餐时,只有哒哒米娅在厨房。她完全不懂英语,我和她的交流仅限于指手画脚。她给了我一杯咖啡、三块小点心,还用锅热了六七块羊肉。

大嫂进入厨房和哒哒米娅打招呼。我才发现,即使住在同一栋宅子里,每天早上第一次见面,年轻女性对长辈女性也是握手、吻面、吻额头,礼节齐备。

吃过早餐的大嫂开始在院子里烙饼，它们薄得几乎透明。萨罕、苏卜希和玛迦三个小馋猫都围在她周围等着吃饼，时不时用脏脏的小手拽她的头巾捣乱。面团毫无疑问又是用小麦做的，大嫂用手蘸着玉米油，将面团一点点铺成薄如纸的面片，拿起面片放到饼铛上是个相当需要技巧的活儿，一不小心就会破个大洞。我也试着烙了一张，把面片铺大很容易，但是拿起它的瞬间就破了，大嫂帮助我把已经变为"面圈"的饼一起放到饼铛上，最薄的地方立刻就煳了。我说这是个标记，只有我做的饼是黑色的，这样大家吃的时候就知道这个饼是我做的了。

　　二嫂在切羊肉，至此，我终于见到了阿尔及利亚家庭中的切菜板，一大家子十几口人，几柜子的锅碗瓢盆，却只有一个切菜板，而且是仅有两个巴掌那么大的迷你切菜板，看起来像我5岁时候过家家用的。

　　有人在敲后院的铁门，二嫂去开门，门口是一个十分矮小的老妇人。她弓着背、弯着腰，我猜即使她完全站直了，也不会超过一米六。二嫂十分恭敬地将她迎进院中，她的白色长头巾几乎裹住了全身，透过白头巾我可以看到她的衣服非常花哨，身子的左半边是红色的，右半边是橘色大花掺杂着黑色墨点。衣服虽然不算新，但都非常干净，白头巾干净得甚至有些晃眼。她的左手上戴了两个黑白花的手镯，跟伊萨姆外婆送我的一模一样。右手上的手镯很花哨，粉色、红色、紫色都有。一双红色的尖头鞋上绣着金色的花边，上面沾了不少沙子，看来她用它们走了不少路。她那张典型的柏柏尔人巴掌脸上挂满了皱纹，看样子肯定超过80岁了。

　　二嫂吻她的额头，我也赶紧上前吻了她的额头。她高兴地笑了，一张嘴，把我也逗笑了，她只剩了一颗牙，还是颗大门牙，这颗仅存的牙令她笑起来格外可爱。二嫂把她让进院子，把一只趴在床垫上的猫赶走，扶她坐下来。我才发现她弓着背的原因是身后背了个大袋子，袋子也是白色的，几乎与头巾的颜色一样。大嫂也过来吻她的额头，三个孩子过来拉她的手。我认为她一定是家里十分重要的一位长辈，至少是伊萨姆祖奶奶辈儿的。

　　大嫂端来了一杯水给她，她只喝了一半便给了在旁边眼巴巴看着的玛迦。

二嫂从冰箱里取出了足有两个拳头大的一块肉，放进她手里。她打开那个对她来说有些大的白色袋子，将肉块放进去的瞬间，我偷瞄到里面满满的全是肉块！怪不得她的腰弯成了那样，这一大袋子肉足有20来斤重吧。

大嫂和二嫂将老人家送出院门。我问二嫂她是谁，对自己英文一向没什么信心的二嫂隔着窗户叫来了正在中央房间的二哥。

二哥的解释令我非常吃惊："她是个邻居。"

"她每年都来要羊肉吗？"

"不是每年，是每个月都来，或者两个月来一次。平时通常只要面包和蔬菜，但是现在是节日，我们都会给她羊肉。"

"她很穷吗？她没有孩子吗？"

"也许吧。"

二嫂插嘴道："她有孩子。"

"那她为什么向别人要东西？"

二哥说："也许她的孩子穷，没法养活她。也许只是为了有事做，这样挨家挨户敲门，可以跟所有人保持联系。我们不在乎她是不是穷，如果她需要，我们又有，我们就给她。她今年至少85岁了，但是记性依然很好，可以记住每个孩子的名字。"

"阿尔及利亚没有养老院吗？国家不给老人钱吗？"

"我猜你想问我们有没有养老系统？"

我点点头。

"据我所知，没有。"

"不过看起来你们似乎也不太需要。"我想到那一大袋子羊肉，不禁畅想未来，"等到我老的时候，我就搬来这里住，这样就可以保证有羊肉吃了。"

二哥笑着说："你比她强壮，应该不只走附近这几家邻居，可以走遍整座城市。到时候，你会是这座城市里拥有羊肉最多的人。"

院子里，一筐羊毛在阳光下闪着微光，"公主"颇为得意地趴在上面眯着眼睛打盹,仿佛那是它的战利品,宣示着它依然是这个家里地位最高的宠物。

伊萨姆回来后立刻把我叫到客厅去,三个小朋友带着5个包和一双凉鞋靠墙站成一排,其中一个是阿米涅的亲弟弟,但是由别人抚养,那个家庭有亲戚来自撒哈拉深处的城市,他们带来了一些手工做的真皮物件。伊萨姆财大气粗地将包都留下了,打算送给中国的朋友,鞋让孩子们带了回去。我问他一共多少钱,他说不知道,孩子们要了他的电话,说回家后妈妈会打给他。我冲着孩子们离去的背影吐了吐舌头,还以为小朋友可以赚到一点零花钱呢。

午餐是早上大嫂烙的那些饼,配着甜得要人命的菜羹。纠正一下,是甜得要我命而已,阿尔及利亚人非常热衷于这种甜度。菜羹中的羊肉毫无咸味,我不得不去厨房找了一个小碟子,里面放上盐、孜然和辣椒面,蘸着它们方能下咽甜羊肉。

伊萨姆发现今天的饭菜实在不合我胃口,悄悄把自己的鸡蛋给了我。

"你觉得我最大的优点是什么?"

"长得帅呗。"这种不走心的回答张嘴就来。

伊萨姆居然收起了他一贯不要脸的样子,并没有笑。

我知道他想知道真正的答案:"因为你善良。"

"我还以为是聪明。"

"没有善良的聪明是很可怕的。"

"嗯嗯,我善良、聪明,而且还帅。"

"臭不要脸。"

"什么意思?"看来这句中文超出了他的水平。

我用手指指他的脸说:"屁股。"又指他的屁股说:"脸。"用另一只手捏住鼻子:"放屁臭。"

"你说我的嘴在放屁?"

我一口将鸡蛋塞进嘴里,含混不清地说:"我什么也没说。"

到了喝下午茶的时间，我下楼跟姆妈说："今天喝我从中国带来的茶吧。"

那是一饼来自云南的熟普洱，我让伊萨姆给我当翻译，向全家介绍了一些简单的中国茶知识，比如中国茶的种类有上千种，每种茶的味道都不一样，即使一样的茶叶，用不一样的水，甚至不一样的茶具，沏出来的味道也会不一样。

我先在厨房烧了一壶开水，然后把壶放在中央房间的小灶上。没有茶针和茶刀，只好隔着纸用手掰下一些茶叶，放在平时沏茶的不锈钢壶中。

大嫂说她先上楼一下，一会儿茶好了再下来。我一愣，随即明白，平时家里喝的薄荷绿茶都要在火上煮至少一个小时，大嫂大概以为所有茶叶都需要煮上个把钟头才能喝吧。我告诉大家，普洱茶只需要用热水泡十几秒就能喝。

在每个人都喝了一杯简陋的普洱茶之前，他们无法想象，虽然他们每天喝的茶都是中国产的，但是多么不一样。当然，他们还是更喜欢喝惯了的重口味"薄荷甜茶"。

晚上，伊萨姆和姆妈带我去某一位亲戚家做客。我们沿着巷子步行到街头找出租车。

天上挂着的月亮不知何时，又圆了。

直到见到"小高羊"，我才知道目的地是伊萨姆的外婆家。

伊萨姆的外婆今天满脸愁容，很慢很慢地喝着一碗粥。她得了腮腺炎，她的孙女也是死于腮腺炎。

我在地毯上坐下时，无意中牵动了昨夜落枕的脖子，忍不住龇牙咧嘴。"小高羊"问我为什么脖子疼。我伸出右掌虚空劈了一下，说伊萨姆打我。姆妈居然当真了，关切地问我："他打你了？"机智的"小高羊"立刻跳到伊萨姆身边，假装打他，伊萨姆高举双手求饶。由于"小高羊"和伊萨姆的配合，气氛终于不再那么沉重。

我们没有久留，又打车去了另一个亲戚家里。

这是我第一次来到这座城市里有着标准户型的楼房里。楼房一共两层，有五六个楼梯，伊萨姆的亲戚将一个楼梯二层的两个单元都买了下来，但是只有其中一个单元住了人，另一个单元里竟然只有一个烤羊肉的烧烤架子。

伊萨姆和这家的男人们在一个房间聊天。

一位30多岁身材丰腴的主妇在厨房忙活着晚餐，姆妈一边帮她择菜，一边和她聊天。一个满头金色鬈发的小姑娘一直缠着那位主妇，要她陪自己玩。这位在做饭和聊天中已经分身乏术的母亲，除了喊几声女儿的名字来威胁她，毫无其他手段。

这个小姑娘的名字很逗，听起来像"艾玛妮"——爱money（钱）。后来伊萨姆告诉我，"艾玛妮"是许多梦想的意思。

小姑娘看起来只有6岁，眼睛格外水灵，透着一股子顽皮劲儿。

我在卧室找了个舒服的垫子坐下。这家女主人大概70多岁，看起来应该很爱聊天，只是碍于语言不通，才甘于坐在地毯上与我大眼瞪小眼。我突然打了个喷嚏，她条件反射般说了一句"罕都拉"，然后指指我，我猜大概是让我也说一遍，于是我顺从地重复了一次"罕都拉"。

之后，我向伊萨姆询问，才知道了她的用意："罕都拉"大概相当于英文中的"God bless you（上帝保佑你）"，他们认为人在打喷嚏的时候心脏会停顿一下，因此打完喷嚏后自己依旧活着，应该感谢真主安拉。

一个多月以来，我自信已经吃遍了阿尔及利亚的家庭美食，但今晚，出现了一道之前没有见过的菜——"马尔夫夫（malfouf）"，一小块羊肝外裹着一层肥肉，穿在木签上烤，乍一看有点像羊腰子，味道也有些像，不过口感比羊腰略硬。每碟菜，他们都盛情地让我这个客人光盘。

电视里突然放起了连续剧《三国演义》，居然是阿拉伯语配音的。当刘备、张飞、关羽、诸葛亮穿着宽袍大袖却用一口流利的阿拉伯语交流时，姆妈指着电视说："Your family！（你的家人！）"

吃饭吃得太饱，饭后就丝毫不想动弹。艾玛妮老是踹我，非要我跟她玩，我索性用一条腿把她的双腿压到底下，小姑娘一下就不乐意了，哭着喊着找妈去了。我能听到她在厨房跟刷碗的娘亲说笑嘉怎么怎么样，肯定是告状呢。过了一会儿，她突然特别严肃地走进来，嘴里不停说着伊萨姆什么什么的。姆妈和女主人都要笑死了，姆妈笑够后才告诉我："她说她要告诉伊萨姆，让他打你。"

我偏不信这个邪，跑到隔壁屋子帮她把伊萨姆找来。没想到艾玛妮已经忘了刚才想好的战术，改为亲自上阵追着我满屋子跑，同时挥着小手要打我，可她哪里追得上我，才跑几圈而已就急哭了。

看来我不该在别人家说瞎话，说伊萨姆打了我，结果当晚真的被伊萨姆抓住胳膊打了两下。我立刻扑倒在姆妈身边，学着艾玛妮的样子说："伊萨姆打我，你打他！"

艾玛妮一脸震惊，显然没有想到有人比她还会演。

临走前，艾玛妮一手叉腰，一手指着我的鼻子说："你留下，我要跟伊萨姆回家。"

我跟伊萨姆开玩笑："没想到你这么个黑胖子还挺抢手。"

伊萨姆的表兄开车送我们回家。我和姆妈先下车，他俩站在门口聊天。我第一个跨进院门，姆妈转身就把门锁上了，然后头也不回地往卧室走去。我问姆妈："伊萨姆怎么办？"

老太太侧头沉思了片刻，似乎终于想起来自己确实生过这么一个儿子，于是折回去，将门重新打开。

分开旅行

伊萨姆要去首都更新他的留学签证,我要留在瓦尔格拉等我的签证,他明早就走,比我先一步到达首都。

上午,伊萨姆说要趁着凉快,去巴扎买些礼物带回中国。我说我也要去,自己一个人在家待着闷。他死活不肯带我,说我化妆、换衣服超慢,还要在外面时时负责我的安全。姆妈也要去,叫他带上我俩,他才肯。我跟姆妈说伊萨姆抱怨我至少准备半个小时才能出门,姆妈笑着对伊萨姆说了一句非常智慧的话:"难道你想和你一起出门的女人都蓬头垢面吗?"然后姆妈拉着我坐在院子里,悠闲地喝咖啡、吃点心和羊肉,我再上楼化妆、换衣服,还帮姆妈挑了一条头巾,足足花了一个小时,才收拾完毕。伊萨姆很无奈,却只敢用中文抱怨:"女人真麻烦。"

这一小时中,还发生了一件意想不到的事情。当我美滋滋地吃着羊肉的时候，家里所有的猫都聚集过来，蹲在我面前望着我。我给了"公主"两块肥肉，它吃得心满意足。当我把最后一块羊肉塞进嘴中，刚要站起身来，它却突然扑向我，用爪子狠狠挠了我的右手，五条血印子赫然出现。我赶紧到洗手间用肥皂和水反复洗了三次手，火辣辣地疼。

我学着艾玛妮的口气，叉着腰对"公主"说："我告诉伊萨姆，叫他打你！"伊萨姆假装打了它屁股一下，它一点没有认错的样子。姆妈说刚才自己不小心踩了它的尾巴，它大概是吃疼后随便挠了一下，恰好挠中了我。

这里的人们对于狂犬疫苗毫无概念。好在这是家猫，也不是毫无理由地攻击人类。

我们先去裁缝铺取定做的衣服，居然还是没有做！而且面料已经到了，依旧没做。伊萨姆说，他们已经赚够了买羊的钱，当然可以不必努力工作了。我实在是对有钱不赚这件事不能理解，并把它上升到了诚信问题。我要回钱，不做了。可我真的很喜欢那块面料，干脆买了面料，反正我自己也会做。

我们穿街过巷，走到巴扎。大家都还沉浸在古尔邦节中，很多店铺都没有开门。伊萨姆停在一家专卖连衣裙的店门口，指着挂在显眼位置的一条灰色连衣裙问我怎么样。机灵的店老板立刻将之取下来，还拿出另外一款灰色连衣裙，一同举到我眼前。两条裙子颜色一样，都带有简单的传统花纹，款式略有不同，我觉得非常适合成熟女性穿着，于是我买下两件，一件送给姆妈，一件送给我亲妈。我付过钱后，店老板神情很诚恳地对姆妈和伊萨姆说了一句话，姆妈和伊萨姆听了后都哈哈大笑。

我问伊萨姆："你们在聊什么？"

"他说让我娶你，把你变成穆斯林，这样我是救了你，安拉也会高兴的。"

我给爸爸买了一个咖啡壶。老板知道我是中国人后，告诉我壶是中国产的。我说没关系，配上了阿拉伯语的说明书和包装盒，感觉很好玩。

伊萨姆买了一身穆斯林的传统长袍，打算送给他的印度朋友。他指指自己身上穿的印度服装，我立刻会意，他是在还礼。

一过午，店铺几乎都关门了。撒哈拉的热气开始逼人，我们走回家时一直贴着墙根找有阴凉的地方。

姆妈和所有女人一样，回家后立刻换上了新裙子，不是照镜子就是拍照。

下午茶时，大家从电视里看到一则新闻，原来我们刚离开提帕萨，那里就暴发了霍乱，而且很快扩散到了首都阿尔及尔，并出现了两名死者。我赶紧上楼翻看自己的"小黄本"[7]，发现自己注射的霍乱疫苗早就过期两年了。

我有些担心伊萨姆，叮嘱他在首都不要乱吃东西，一定要喝水源明确的水，如果拉肚子或者呕吐必须立刻去医院。他说记住了。

晚饭是被伊萨姆端到二楼的，吃到一半，哒哒米娅突然又送来一小碟菜，红红黄黄绿绿的，看起来很像鸡蛋炒西红柿里加了香菜。我说这盘很像中国菜，一口气吃了半盘，当我再次把装满菜肴的勺子举起来时，伊萨姆突然发话了："羊脑子。"

我的手停在了半空："什么？"

"你在吃羊脑子。"伊萨姆自顾自地摇着头，"我本来想等你全吃完才告诉你的。没忍住，唉。"

结果剩下的半盘都成了他的。

伊萨姆和阿米涅、迪多，以及自己的兄弟一一告别后，一直收拾行李到夜里1点多。

当他开始收拾行李，"公主"就一直跟在他身边，它收起了平日里伊萨姆一亲它就满脸嫌弃的样子，它知道主人又要出远门了。最后一晚，它舍弃了夜晚在巨宅里游荡的自由，选择了留在房间里睡觉。

姆妈知道，再见儿子是四个多月以后了。

---

[7] 小黄本：《疫苗接种或预防措施国际证书》的俗称，是去一些特殊国家旅行时的必备证件。

清晨5点，伊萨姆的闹钟惊醒了姆妈、"公主"和半个我。

直到他提着行李箱下楼后，我才完全清醒，跳起来追下楼。我将度过三天半没有伊萨姆的日子。

姆妈、哒哒米娅和大嫂站在走廊上，与他道别。他将哒哒米娅热好的羊肉夹在法棍里带走了。临出院门，他又一次把"公主"举起来亲了亲，"公主"依旧是那副受不了的表情。

阿米涅开的车停在后院门口不远处，昏黄的路灯下，我们互相挥了挥手。

伊萨姆冲我说了一声："阿尔及尔见。"

"公主"蹲坐在路边冲着汽车远去时扬起的黄沙发呆，姆妈催促我把门关上。

天上一轮满月已经西沉。

姆妈说嫁给伊萨姆吧

吃早饭时,我跟姆妈说这一个月以来我亲过的人,比我前30年里亲的人还多。姆妈说:"等你嫁到瓦尔格拉,还会亲更多的人。"她顿了一下又加了一句,"等你嫁给伊萨姆,还会亲更多更多人。"所有人都哈哈笑了起来。

姆妈说我们需要买一辆更大的车,下次你再来,我们一起开车去摩洛哥和突尼斯旅行。扎基在这几天里跑了三趟签证处,终于成功取回了我的延期签证。

我和二嫂学做饭,萨罕一直围在我身边打转。二哥问萨罕:"跟哒哒笑嘉一起回中国好不好?"他一秒都没思考,特别肯定地点头,大声回答说好。

二嫂把两大盆洋葱和一些胡萝卜用机器打碎,再用手攥去多余水分。我帮她一起弄,只攥了四五把,眼睛就睁不开了,赶紧去洗手。紧接着像感冒了一样，眼泪鼻涕流不止，鼻子完全无法呼吸，只能张着嘴喘气。二嫂教我用煮过的咖啡渣子搓手，减少洋葱的味道，我照做，但是一点没有好转，甚至连脸也开始又红又痒。我被折腾得身心俱疲，上楼睡了一个多小时才缓了过来。姆妈让萨罕给我送了两块柠檬，我闻过后舒服多了，但浑身没劲儿。

大家都好奇难道我以前没有切过洋葱吗。我向他们解释，切过是切过，但是顶多一两个，从没见过一个家庭需要这么多洋葱，而且洋葱品种大概不一样，导致我过敏了。

我宣布："我无法给自己做饭，看来我必须变富有，这样才能雇用一个厨师……或者找一个厨师当我丈夫。"

二哥适时而狡猾地递上一句话："伊萨姆会做饭。"

姆妈说："辣椒让你病了，洋葱又让你病了。我不开心，我不希望笑嘉病。"

我告诉二哥翻译给姆妈，不用担心，我会好的。我经常这样，碰了一些以前没碰过的东西或者吃了什么，就会过敏，突然难受，我只是需要时间，让我把难受都释放出来就好了。我还给他展示了右臂，不知道怎么回事，肿了一大块，还特别痒，已经有几天了，大概是被什么奇怪的虫子咬了。

二哥说难以想象我这么容易受伤是怎么旅行的，我说我不怕，什么也阻止不了我学习新的东西和旅行，我对未知的好奇大过恐惧。

我发微信给伊萨姆："瓦尔格拉确实危险，我已经找到了三样危险的东西——阳光、辣椒和洋葱。"

午餐吃馅饼，馅儿是我攥过的，可怕的洋葱、西红柿和一点辣椒。大嫂知道我爱吃蔬菜，特地单独给我做了一小份沙拉。

一直没见到萨莎，二哥说她回家了，也许下午回来。

午饭后，我开始专心致志收拾行李。大嫂和二嫂送了一堆礼物给我，颈环、头箍、发带、香体喷雾……什么都有。哒哒米娅往我的行李箱里塞了两个迷你塔吉锅，还拿来报纸，帮我小心地包好。塔吉锅是专门用来做库斯库斯的传统粗陶厨具，当代柏柏尔人家庭早已用上了现代化厨具，塔吉锅便沦为首饰盒或者纯粹的装饰品。虽然我和哒哒米娅语言不通，除了问好，互相之间几乎没有什么交流，但是她很细心，她看到过我给家里摆放的大塔吉锅拍照，又看到我喜欢吃库斯库斯，手机里还有各种在市场上拍的五颜六色的小塔吉锅，便把自己房间里摆的两个画了精致花纹的迷你塔吉锅送给我。

下午5点半，二哥帮我把两个行李箱抬下楼。姆妈交给我一个袋子，说是我和伊萨姆的晚餐，我匆匆瞥了一眼袋子里面，有巧克力夹心饼干和中午烙的馅饼。

我来到一层的中央房间和大家一一告别，和姆妈、哒哒米娅、二嫂拥抱时，我能感受到她们的不舍，我在哒哒米娅的额头上留下一个红色的唇印，她们都说着"miss you（想你）"和"love you（爱你）"。苏卜希和沙恩趴在床垫上睡得正香。

姆妈又一次把自己的头巾解下来给我戴上，又一次说真漂亮。这次，我没有狡辩说自己的脸大，不适合戴头巾。因为我知道，这与第一次她这样做，意义完全不同。

女人们跟着我来到院子里，我再一次和姆妈告别，她的眼睛里闪着泪花。我曾经想过几次，和她们告别时我会如何号啕大哭。和弥科的姆妈、姐妹仅仅相处三天，我就在离别的时候哭了，这座宅子里的女人们和我在一起住了一个多月，可是我竟然没有哭出来。

哭的是二嫂。她坐在院子里的床垫上开始抹眼泪，姆妈站在她旁边也用手揉了揉眼睛。我知道自己的眼睛也泛着泪光，却跟她们说别哭呀，然后把墨镜戴上，最后一次挥手说再见，接着一屁股坐进车里。

大哥开车，二哥坐副驾，玛迦和萨罕陪我坐在后排。我对正在开院门的扎基说："一起啊，这还有个空座。"当车开出院子，扎基把院门重新关上后，他跳上了后座，玛迦和萨罕被我俩挤在中间刚刚好。

好在机场不远，只需忍受20分钟大哥那飘忽不定的驾驶技术。

当汽车最后一次颠簸在瓦尔格拉的街道上时，我想起了一个半月以前，和扎基、伊萨姆、厄里斯一起坐在那辆小白车上，几乎碾过了瓦尔格拉的每一条街。那时的我还不知道，这座撒哈拉中的小城，竟然在之后的一个月时间里与我的命运交汇得如此彻底。

也许我没有哭的原因是，我知道自己还会再来？

也许我没有哭的原因是，我不知道自己还会不会再来。

又回到这个沙漠中的小小机场。一个警察从办公室出来，看到我突然很高兴，热情地向我问好。我猜他应该是当初刚落地瓦尔格拉时"审问"我的那个警察，我根本记不清他的脸，但是他肯定能记得我，这一个多月里坐飞机来到这座城市的中国人大概用一只手就能数完，而拿的不是商务签证的中国女人，大概只有我一人。

负责托运行李的先生满头花白头发，他不停催促着扎基去窗口帮我交费，我的行李超重了三倍，补交了几乎四分之一张机票钱。这是我头一次看到一个阿尔及利亚人着急。我把萨罕抱到我的行李箱上一坐，显示屏上的数字多出了15千克，小家伙比我料想的要重一些。

我跟萨罕说再见的次数最多，但他始终没有明白原因，总是懵懂地学我挥手。直到我进了安检区域，他想跟进来，却被二哥抓了回去，他转头看了看身边的大哥和扎基、玛迦，又伸头看了看我的身后，突然咧着嘴伸着手指我，嘴里啊啊地叫着。我最后一次向他说了一句再见："玛萨拉玛。"他终于明白这次"玛萨拉玛"的意思与以往的不同了。

忘了是哪个午后，二哥曾经问过我一个问题："你说萨罕和苏卜希长大后，会记得你吗？"我觉得他们太小，大概记不住，但谁知道呢，孩子的记忆也是惊人的，也许他们会一直记得有个来自中国的哒哒笑嘉。

安检的时候，三个工作人员对我的食物袋子非常感兴趣，问我里面装了什么，我估计他们和那位警察先生一样都不会英语，于是五指并拢假装拿着吃的，做出一个用牙咬手的动作。他们都觉得很好玩，三个大男人并排挤在一起同时学我用牙咬手指。我被他们逗笑了。他们中的一个居然说出了"food"这个单词，我说是。暗想他大概是全机场唯一一个说英语的员工吧。他问我袋子里是中国食物还是阿尔及利亚食物，我说当然是阿尔及利亚食物。他问好吃吗，我说特别好吃。他哈哈笑着翻译给其他人听。他将食物袋子还给我，我说了一句"舒克浪"表示感谢，他们像是三个6岁小女孩见到了一只会学人说话的鹦鹉，挤作一团眉飞色舞地热烈讨论，完全不像在上班的样子。

在登机口检票的居然和负责托运行李的是同一个人——那个花白头发的老大爷，怪不得刚才他要着急呢。

候机室里，终于不止我一人没有戴头巾，一个穿着牛仔裤黑衬衫的女士手里提着一个笼子，里面是一只温顺乖巧的小胖猫。排队登机时，她正好站在我前面。在瓦尔格拉，通常这种穿着时髦（对于长袍头巾来说）的女士一般都是会说英语的。我夸她的猫好可爱，果然，她用英语表示感谢。我想起自己忘了跟"公主"道别。

我选了靠窗的位置，在半空看着华灯初上的瓦尔格拉，渐渐消失于撒哈拉广袤的沙漠之中。来不及最后看一次撒哈拉的月光了。

我好像把什么东西落在这里了，可是我一时想不起来。

没关系，既然是落下了，那说明它也许本就属于这座沙漠小城。

我终于离开了我一生之中最热的夏天。

阿尔及尔用海风和凉爽迎接了我，见识过撒哈拉的夏天后，去哪儿我都可以理直气壮地说凉快了。

伊萨姆在机场接到我，带我去酒店，酒店距离机场不远。

我把食物袋子交给伊萨姆，才发现里面居然还有块生羊肉。

"我住在叔叔家，离酒店不远，他的家很大，四个房间，我一个人住。"

"为什么我不能住你叔叔家？"

"因为叔叔没在，没法带你到警察局备案呀。"

"警察怎么知道我住在他家呢？"

"邻居看到会告诉警察的。"伊萨姆指指面前这个酒店单人间，"这里条件一般，你看还习惯吗？"

我仔细打量了房间，一张方桌，一张单人床，淋浴室和洗手间齐全，天花板上用绿色箭头标注了麦加的方向。虽然简单，但很整洁。

我和伊萨姆愉快地聊着天，他问我："离开我家时有没有哭啊？"

"没有。"

"那证明我做得还不够好呀。"

"我忍住了，姆妈和二嫂都哭了。"

床头的电话猛然响起，伊萨姆接了。挂掉电话后他说："他们从监视器中发现我已经在你的房间停留了15分钟，说先生你该下楼了。"

我突然意识到："你们这里是不是有规定，没有结婚证，不能待在同一个房间？"

"是呀。"

出门送伊萨姆离开时我才发现，走廊尽头有一个小小的摄像头，可以看到整层楼有谁进进出出。

一不小心挑战了底线

在阿尔及利亚的一个多月里,我几乎每天都穿着过膝长裙或长裤。只有最后一天,在首都阿尔及尔,这个相对开放的海滨城市,我决定穿一条短裤出门。那是一条非常正常,而且是我带的最长的短裤了。

当我穿着这条短裤出现在酒店大堂的伊萨姆面前时,他睁大眼睛问我为什么穿了短裤。我说我有个朋友曾经在阿尔及尔工作过一段时间,他说他的同事都穿短裤。

伊萨姆说那好吧,我们今天就试试。

与瓦尔格拉的"七彩马卡龙"完全不同,阿尔及尔的色彩冷静了许多,大街上分布的建筑以白色为主。

大多数首都人民看到我的"异于常人"后,几秒钟之内就能收回他们的目光。也有个别收不回目光的人,不顾自己还开着车,在大马路上突然停下来，身子来不及下车，刚把脑袋钻出车窗就试图跟我聊天。

三个卖别针的孩子一直跟着我，他们习惯性地向我展示自己的货品。我用中文跟伊萨姆说："我又不戴头巾，这不是跟卖梳子给秃头一样吗？"别针是专门用在头巾上的。很明显，他们只不过是对我好奇，无论我跟伊萨姆说什么，他们都跟鹦鹉似的学一遍，感觉我随身带了几个复读机。

"复读机们"一直跟到我们上出租车，我们的第一站是国家博物馆。

一些法国大艺术家都曾在阿尔及利亚停留过。欧仁·德拉克罗瓦在阿尔及利亚旅行后，于1834年画出那幅举世闻名并令毕加索和雷诺阿为之神魂颠倒的《阿尔及尔的女人》。1888年，圣·桑的母亲去世后，他在阿尔及尔恢复了半年才走出悲伤。在他的暮年时光，每年他都回阿尔及尔过冬，最终也是在这座海港城市辞世。

与沉闷的博物馆相比，我更喜欢植物园和动物园。我们坐上缆车从山上的博物馆下到海边的植物园。它是法国殖民时期建造的，园内按照国家特征，划分了不同主题区域，遮天蔽日的巨大植物布满园区，雕塑时不时出现在茂密的植物之间。阿尔及尔的阳光很好，那些浮雕上的繁复花纹在阳光下更加富丽堂皇。植物园实在太大了，刚逛了四分之一的我们就不得不找条长椅休息。

伊萨姆说："你穿短裤唯一的好处是，我再也不用担心把你弄丢了。他们都看哪里，你就在哪里。"

我知道伊萨姆指的是坐在我们对面的那5个小伙子，一直在假装看别的地方，但其实眼神一刻也没离开我。

伊萨姆走开去接电话，对面那5个小伙儿立刻一起跟我挥手，其中一个还高举双手在头顶比了个爱心。我也礼貌性地跟他们挥挥手，心中颇感好笑。

伊萨姆回到长椅时，领回来一个叫卡霖姆的小哥哥。我在记忆里努力搜索了一下，才想起来这是我们第二次见面，上一次见面是在瓦尔格拉伊萨姆的家中。但是这位小哥哥一句英文都不会，我俩只能大眼瞪小眼。

植物园中还有一座动物园，门口的卖票窗口有两个，一个窗口前排了七八个男的，一个窗口前空无一人。于是伊萨姆让我去女士窗口买了3张票，省去了排队的麻烦。

动物园规模不大，动物们都被热得有些没精打采。一个饲养员从笼中单手拎出一只淡黄色的小狐狸。伊萨姆赶紧叫我看："那是我们的国宝，沙漠里的耳廓狐。"

"我知道，就是《疯狂动物城》里狐狸尼克身边那个总装没成年的家伙。"

"对，它长不大，黄色的就已经成年了。"

饲养员提着耳廓狐的两只小前爪，把它换到另一个笼子里。它高举双手投降，乖巧顺从地被饲养员提着走，全程一脸呆萌。

离开动物园，我们到阿尔及尔港的商业街去觅食。这里车来车往，人潮汹涌，满目白色的法式建筑，是老城最繁华的区域。

不过是一条短裤，导致我的曝光率陡升，以至于当我在商业街发现了两个穿短裙的姑娘，立刻兴奋地指给伊萨姆看。伊萨姆说她们和你一样都是外国人，但她们是白人，个子也不高，没有你那么显眼呀。

当我们经过路边一个六七十岁的老人时，那人咕哝了一句话，伊萨姆和卡霖姆蹲在地上笑了半天。我问伊萨姆刚才那人说了什么，他忍着笑翻译给我听："这个中国人穿了内裤出门吗？"

我才意识到，自己一不小心挑战了阿尔及利亚人民保守的底线。

我们路过一个汽车总站，有几个闲散青年，看起来是小巴的售票员，他们刚开始围过来时，与别人一样只是试图跟我说话，我冲他们报以礼貌的微笑。伊萨姆和卡霖姆走在我前面，正准备过马路去打车。当我转身去拍街对面的壁画时，那伙人中的一个用手拉了一下我内衣的带子。我立刻转身挥舞着自己带长指甲的爪子，可是他们跑得太快了。

当我们上了出租车，伊萨姆叹了一口气，说："我看到一个人拽了你的衣服，可是我什么也不能做。如果我打他们，他们打不过我的，但是他们会打你和卡霖姆，他们人很多，我没有办法保护你们。"

"没关系,你的考虑是正确的。我已经威胁过他们了,只可惜我不会阿拉伯语脏话,不然一定骂得他们狗血淋头!"

"你信你的中国朋友,不信我。他们不在街上走,只坐车到办公室,所以觉得可以穿短裤。"

我撇着嘴:"下次不穿了。"

"记住下次不要带短裤来我的国家了,我还有好多地方想带你去呀。"

卡霖姆与我们告别,我和伊萨姆到一家购物中心逛街。

伊萨姆随我走进一家土耳其的快速时尚品牌店面,立刻变得缩头缩脑:"这是我第一次走进女人的服装店,你看看,这里除了我,哪里还有别的男人。"

我四下一看,还真是!怪不得大家都不再看我,而是开始看他:"你们结婚了也不约会呀?丈夫不陪妻子逛街吗?"

"没有约会,只有家庭。女人和姐妹或者女朋友一起逛街。"

我们到一层的超市去买咖啡,准备带回国送人。明天是开学第一天,许多家庭来给孩子买笔和本,排在我们前面付款的一对父母买了四五十个本子。伊萨姆说有意思,我问是看出来他家孩子真多吗,伊萨姆笑着点头。

返回酒店时,伊萨姆的三个朋友分别托他把东西带到中国给他们的亲戚,一共是三个手提袋加两个行李箱。我回国的机票是明天,而他还在等他的机票,他有国家奖学金,机票也是由国家提供的。明天他能否跟我一起回国还是个未知数,真是个毫无计划可言的国度呢。

最后一天，前途未卜

今天是我在阿尔及利亚的最后一天。45天的时间里，我已经爱上了这个国家，而我最爱的城市始终是撒哈拉中的瓦尔格拉。因为那里有一座大房子，住着我的三个孩子，还有姆妈和伊萨姆。

距离飞机起飞还有4小时

伊萨姆把自己的行李放到我住的酒店，然后去了某个办公室，继续为自己的机票做努力，希望可以和我一同回北京。

距离飞机起飞还有3小时

伊萨姆同学的爸爸开车带我和4个行李箱、一个非洲手鼓去机场。珐哈和妹妹玛丽卡已经在机场等我，玛丽卡考上了和珐哈同一所大学的研究生，将在北京度过4年时间。我和玛丽卡同一班飞机，我们一起办理了登机手续。

我托运了两个行李箱，把另两个行李箱和非洲鼓留给珐哈，如果伊萨姆没能赶到，还由他带回去。

距离飞机起飞还有2小时

我们依然没有放弃希望。在这个国家，不到最后一刻，永远不知道结局，就连国际航班的机票都是这样。

距离飞机起飞还有1.5小时

伊萨姆打电话来，说他正往机场赶，让我等他，然后匆匆挂断。

距离飞机起飞还有1小时

珐哈催促我入关安检，她说每一趟国际航班都会晚点，还有机会，在里面一样可以等伊萨姆。

距离飞机起飞还有45分钟

我刚刚通过海关，伊萨姆就打来电话跟我道别，说他没法按时赶到机场了。其实上一次通话我就已经从他的语气中猜到，他没有拿到机票，只是我没有问，始终想给自己留有一线希望。

他用中文说："太好了，你终于走了，我不用每天担心你的安全了，我又自由啦！"

飞机果然晚点了一个多小时，机上还有不少空位。

终于起飞

伊萨姆仍然不知道自己哪天可以回到中国，如同我和伊萨姆各自的命运，事情全都前途未卜。

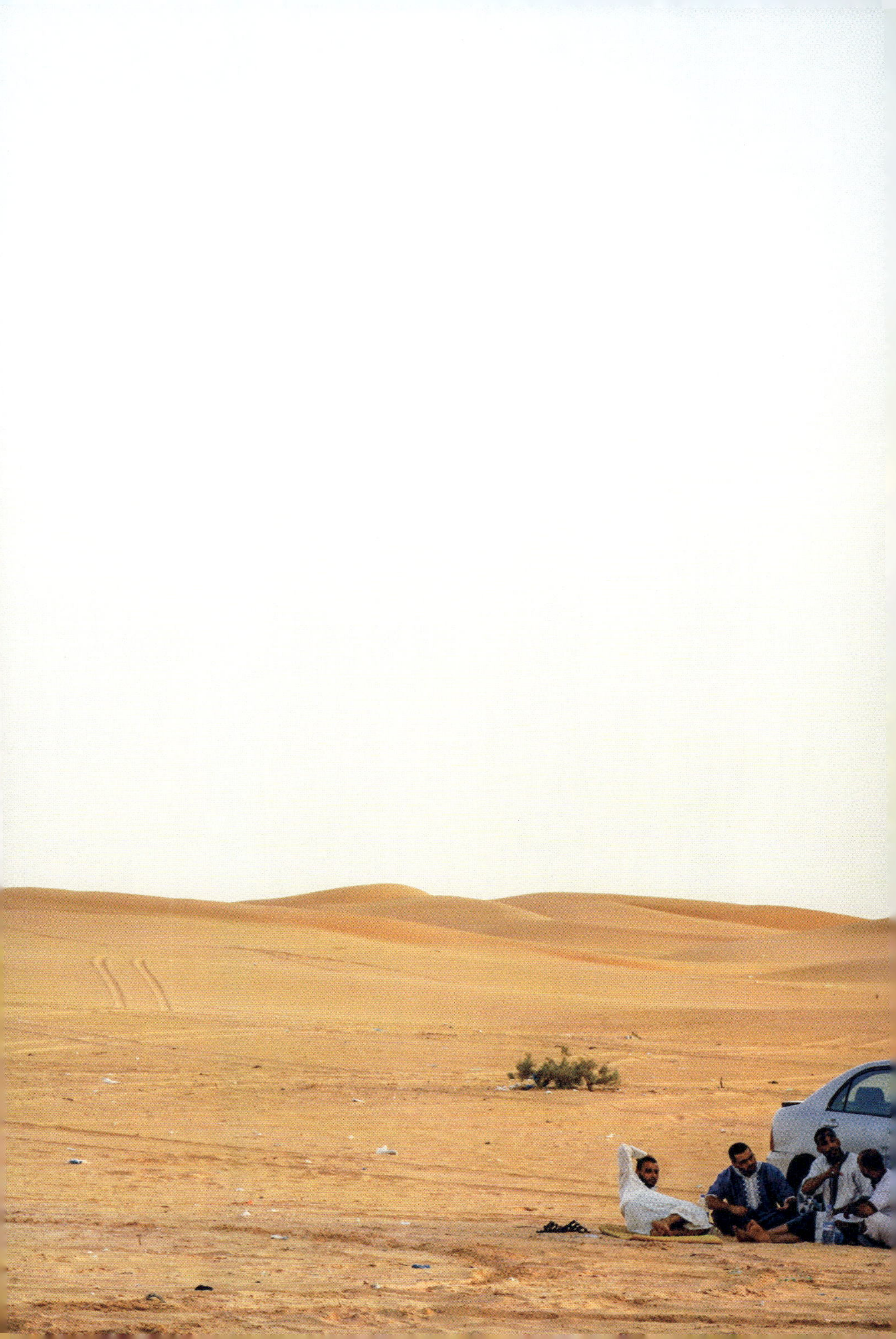

后记

你根本没有借口

这是我一生之中最热的夏天。我把太多汗水、眼泪和鼻血留在了撒哈拉。

我的英语并不怎么样,是个连四级都没过的学渣,10年前考过一次雅思才4.5分,我的一个美国朋友在跟我聊天后说你现在依然是4.5分,他是雅思考官。我万分沮丧,他安慰我说你应该庆幸没有降低。

我很喜欢倪匡写的科幻小说,对其中一本叫《头发》的印象最深。在这本书的世界里,许久以前,人类原本的头发像触角一样,非常灵活,可以帮助我们做许多事情,那时的人类做事效率是现在的几百倍甚至几千倍。但我觉得,现实世界中,人类也不止拥有两只手臂,我们确实有许多"触角"。我们的世界不只可以看,还可以听、读、画、摸、尝……只要我们尽量多地伸出探知这个世界的触角。

这些触角每个人都有。不会英语、已婚、有孩子、没钱……它们都不足以成为你畏惧探索这个世界的借口。

回北京的飞机上,我看了一部阿尔及利亚短片《舷窗》(*Le*

Hublot），短短20分钟，演出了大多数阿尔及利亚年轻人的困境。一座海滨城市（与我到过的提帕萨或奥兰很像），两个小伙子经常在自家天台眺望大海。其中一人想去西班牙见他喜欢的女孩，但是他弄不到签证。这个故事与那首脍炙人口的阿尔及利亚歌曲《梅莉姆》颇为相似，只是最后，这个小伙没能等到"梅莉姆"出现，他心爱的西班牙女孩也跟别人结婚了。同一天，他们得知一栋新的建筑即将动工，他们将再也不能站在天台上看海。万念俱灰的小伙从天台跳了下去。

这两个好朋友曾经互相调侃过："没有了大海，我们还有沙漠。"但是，透过小小的舷窗，永远无法看到真正的世界。

在一个如此不容易搞到签证的国家，我依然认识了一位努力旅行的人——扎瓦德，他断断续续地完成了环地中海之旅，他遇到的艰难远远超于我。他只是做了一件自己喜欢的事，却给了我这个旁观者莫大的鼓舞。

不论有多少理由阻碍你探索这个世界，它们都不足以成为你停下脚步的借口。

别忘了，你拥有的触角。

刘笑嘉

2019年6月于北京